W9-APC-308

La materia del deseo

La materia del deseo

Edmundo Paz Soldán

© De esta edición:
2001, Santillana USA Publishing Company, Inc.
2105 NW 86th Avenue
Miami, FL 33122
Teléfono: (305) 591-9522
Fax: (305) 591-7473
www.alfaguara.net

- Grupo Santillana de Ediciones, S.A.
  Torrelaguna, 60, 28043 Madrid, España
- Aguilar, Altea, Taurus, Alfaguara, S.A.
  Beazley 3860, 1437 Buenos Aires, Argentina
- Aguilar, Altea, Taurus, Alfaguara, S.A. de C.V.
  Av. Universidad 767, Col. del Valle,
  México 03100, D.F., México
- Distribuidora y Editora Aguilar, Altea,
  Taurus, Alfaguara, S.A.
  Calle 80 Núm. 10-23,
  Santafé de Bogotá, Colombia
- Santillana de Ediciones, S.A.
  Av. Arce 2333, La Paz, Bolivia
- Santillana, S.A.
  Av. San Felipe 731, Jesús María, Lima, Perú

Primera edición: octubre de 2001

ISBN: 1-58105-983-3

Diseño: Proyecto de Enric Satué
Diseño de cubierta: Cristina Hiraldo

Impreso en Colombia

A Debbie Castillo, Shirin Shenassa
y Luis Cárcamo-Huechante, por Ithaca en Ithaca

A Gabriel, mi hijo, por ser, por estar

Is there then any terrestrial paradise where, amidst the whispering of the olive-leaves, people can be with whom they like and have what they like and take their ease in shadows and in coolness? Or are all men's lives like the lives of us good people . . . broken, tumultuous, agonized, and unromantic lives, periods punctuated by screams, by imbecilities, by deaths, by agonies? Who the devil knows?

FORD MADOX FORD, *The Good Soldier*

No siempre uno puede ser leal. Nuestro pasado, por lo común, es una vergüenza, y no puede uno ser leal con el pasado a costa de ser desleal con el presente.

ADOLFO BIOY CASARES, *El sueño de los héroes*

1

Me he acercado un par de veces a la ventana y, con disimulo, he escudriñado en vano rostros en busca del tío David. Queda la posibilidad de que me esté esperando afuera, leyendo el periódico a la sombra de un molle, pues tiene algo de misántropo y evita cuando puede el contacto con la gente. No puedo reprimir mi molestia ante su posible ausencia: dijo que vendría a buscarme. Esta ciudad es mía, pero aun así me sentiré un extraño mientras no encuentre una mirada conocida en la cual apoyarme, una mirada que me rescate de esos páramos de soledad donde suelo ir con frecuencia, a la menor torpeza de la realidad. Esta ciudad es mía, pero el aeropuerto es nuevo, recién inaugurado, oloroso a pintura fresca y fundas de plástico, y los paisajes cambian y se alejan cada vez más de mí. Ése es el precio que pagas cuando partes: los objetos no se quedan donde los dejaste, los amigos difuminan tu recuerdo apenas les das la espalda, los parientes no te vienen a buscar porque los tenues lazos se estiraron en la distancia y terminaron quebrándose. El mapa de la isla del tesoro que se pierde. Les ocurre a todos porque todos, tarde o temprano, parten a algún lugar. Le ocurre a esa chiquilla morena que mira su reloj cada diez segundos, luego levanta la vista hacia las ventanas detrás de las cuales se agolpa la gente, y busca a alguien y no lo encuentra.

Aparecen las maletas. Enciendo un cigarrillo preguntándome si habrá un grito que me haga levantar las manos, un empujón que me tire al suelo y haga caer la cajetilla de Marlboros, un arresto y seis meses en una prisión federal. No ocurre nada, el tema no da aquí para la histeria; uno es libre de dañar sus pulmones y cambiar el color de sus dientes por cuenta propia, y de dañar de paso los pulmones de los demás: second-hand smoking kills, dicen las revistas especializadas. Y no soy el único: hay un par de jóvenes que parecen hermanos; el olor de sus cigarrillos es inconfundible; están fumando marihuana, maría, bayer, qué otros nombres habrán inventado en mi ausencia. Aretes, poleras con un dibujo de Bob Marley, Birkenstocks: se fueron de camisa y corbata y así los devuelve el Norte. Uno vuelve de los viajes con los bolsillos llenos, con otros saberes y otros olvidos, contaminado y dispuesto a contaminar, para que lo que es deje de ser más rápido de lo que suele dejar de ser, para que el reino de lo temporal clave de una vez por todas sus garras en este mundo.

Cae la ceniza leve en el piso de mosaicos color crema. «Y en ese instante supieron al unísono, de una vez por todas y para siempre, que pronto serían aquello para lo que habían nacido y que mil permutaciones habían ocultado: ceniza.» Como en la Villa de Ash. Como Ashley.

Un maletero de piel arrugada y uniforme azul oscuro se me acerca y me pregunta si puede llevar mi maleta. Es una sola, no pesa mucho, pero lo reconozco y le digo sí. Trabaja en el aeropuerto desde que comencé a viajar, hace unos quince años (el otro aeropuerto tenía una terminal como el galpón de una granja y los baños olían mal; debería ser fácil olvidarlo, pero no). Es chiquito y enclenque; muchas veces me pregunté cómo lo hacía, hormiga capaz de llevar en sus espaldas mucho más que su propio peso. Sale con mi maleta de lona verde mientras yo llevo mi maletín con una iBook color mandarina, revistas y *Berkeley*, la novela de papá a la que me volví a acercar cuando comenzaron mis problemas (ese desvelado semestre la enseñaba y la tenía cerca, sobre mi escritorio, pero una cosa es leer para enseñar y otra para refugiarse del mundo). Es una primera edición, de tapa rústica, llena de manchas de café, anotaciones en los márgenes y frases subrayadas; la compré en un puesto de libros usados cerca del Correo, hace varios regresos. En la portada, con los tonos plateados y el tratamiento de la luz de Ansel Adams, hay una foto del poste en el que se encuentran los nombres de dos calles que convergen y fundan una esquina mítica: Bancroft y Telegraph. El telégrafo, ese gran invento para cifrar mensajes. Es una foto que logra condensar los temas centrales. Una obra maestra de ciento treinta y dos páginas, con la que papá descubre al fin que podía llegar más lejos como escritor que como político —pero no al fin, sino al mismo tiempo—, y luego el asalto de los militares al departamento de la calle Unzueta, donde se reunía con la plana mayor de su partido en la clandestinidad, y su torpe y sangrienta muerte, y la de tía Elsa, la esposa de tío David, su hermano, el único sobreviviente del asalto (aparte de René Mérida, el traidor que los había delatado y no llegó a la reunión). Papá que me dejó cuando niño, y yo que me empeño en encontrarlo en un libro.

Caminamos sobre mosaicos lustrosos rumbo a la puerta principal, en medio del alborozo de mis compañeros de viaje y de quienes los reciben. Una cantarina voz de mujer anuncia desde los altoparlantes demoras en algunos vuelos, las escaleras metálicas trabajan sin tregua, los sonidos rebotan sin estridencia en las altas paredes pintadas de amarillo suave, donde se encuentran letreros luminosos de Coca Cola, McDonalds, Entelnet y varios hoteles. Hay un gran cuadro del presidente Montenegro —afable, triunfador, nada dictatorial— y una placa que dice que el aeropuerto fue entregado en su gestión. Me detengo en un quiosco pletórico de revistas argentinas y chilenas; las portadas dan cuenta de las crisis sentimentales de las modelos y de las ventas de los futbolistas de turno; compro periódicos —*El Posmo* y *Veintiuno*— y chocolates M&M, dejo dos dólares en el mostrador, la vendedora ve una telenovela mexicana en un televisor diminuto y no se inmuta; recibo dos chicles de cambio.

En la primera página de ambos periódicos, en grandes titulares, se anuncia que el gobierno aprobó oficialmente la extradición a Estados Unidos de Jaime Villa, ese legendario narcotraficante que se las daba de Robin Hood, pero en realidad estaba más cerca de Al Capone. En *El Posmo*, foto a todo color de un Villa efusivo con sombrero de mariachi y traje blanco al estilo de Gabo cuando recibió el Nobel en Estocolmo. En *Veintiuno*, foto del narcotraficante con su primo, ese militar ministro del Interior que en 1980 planeó la masacre de la calle Unzueta. Bienvenido a Bolivia.

Apenas salgo de la terminal, escucho las voces de los taxistas ofreciéndome sus servicios. Extraño a los chiquillos en busca de limosnas. No los deben dejar entrar a la nueva terminal: el precio de la modernización, supongo.

Me detengo al borde de la acera, perplejo: ¿tendré de castigo un ataque de migraña, de esos que me hacen encerrarme en un cuarto con las luces apagadas y maldiciendo mi suerte? El inquieto nervio trigémino, los neuropéptidos, la presión detrás del ojo derecho: la Migraña, ese animal mítico que apenas logro domesticar con Imitrex. No, no es eso. Apenas una punzada esta vez. Aspiro aliviado el aire sucio de esta región y, ahora sí, al ver la nube de polvo flotando sobre la ciudad, el cielo de un azul deslavado, y sentir el agresivo calor del sol, tan lejos de la nieve, reconozco Río Fugitivo, dibujo una sonrisa tenue y me sé, por fin, una vez más, de vuelta. Todo deja de fluir unos segundos y soy el niño y el muchacho que nunca se fue, el que planeaba seguir los pasos de papá, el idealista que quería dedicarse a la política para cambiar el país de una vez por todas y para siempre.

El maletero me pregunta adónde debe llevar mi maleta. Fin del arrebato.

—Déjala aquí —digo, y le doy un dólar.

Tío David no está por ningún lado, puede haberse demorado. O quizás no, al menos no aquí, donde todo queda tan cerca: cuántas veces esperé el rugir de los motores de un avión surcando el cielo para recién ir al aeropuerto. ¿Cuánto debería esperar? ¿Media hora? Veinte minutos, y nada más. ¿O debería llamarlo? No, ya no quiero volver a la terminal.

Me siento sobre la maleta. Me quito los lentes, me los vuelvo a poner. Saco mi Palm Pilot, lo enciendo, lo miro sin saber qué hacer con él y lo vuelvo a guardar. No tengo ganas de jugar blackjack, estoy cansado de perder al ajedrez y tengo que reorganizarme para un nuevo juego de Dope Wars (en el que uno está a cargo de un cartel de la droga y debe construir su imperio en lucha contra otros carteles y perseguido por la DEA; nada edificante, por cierto).

Hojeo a la rápida los periódicos y luego busco, en la segunda sección de *El Posmo*, una de las cosas que más extraño de Río Fugitivo: el Criptograma, el crucigrama que elabora tío David (no lo ponen en la versión del periódico en la red, gran error: ¿cuántas veces hice que me lo enviaran desde Bolivia?). *Apodo de*

Firmenich. Lo esperaré resolviendo sus laberintos verbales, enterándome de las últimas cosas que ha visto y leído, descubriendo las extravagantes ramificaciones de su cultura. *Unió Hungría con Bulgaria*. Frases horizontales y verticales que se entrelazan, espacios en blanco que uno debe llenar. *Astronauta en Friendship* VII, cinco letras. Hay gente que nació para sembrar jeroglíficos tras su paso; otra, para descifrarlos, para clarificar el mundo que alguien se empeña en opacar. Pertenezco al último grupo, y tengo la convicción de que nuestra tarea no es menos honrosa, ni menos digna del aplauso y la memoria, que la de los creadores. Sin nosotros, sin nuestra respuesta a su amenazante y hermético desafío, ellos no podrían existir.

Pionero francés de aviación. Jaque mate a Spasski. Creador de Hermann Soergel. Técnico de la selección brasilera derrotada en el maracanazo. Pintora catalana mencionada en La subasta. ¿Así que ha estado leyendo a Pynchon? ¿Y cómo se atreve a colocar un dato tan esotérico si pocos de sus seguidores saben quién es Pynchon? Pero no es para tanto, no es necesario saberlo todo para resolver crucigramas, es cuestión de olfato, capacidad analítica y deductiva, y de tener una cultura general. Es también cuestión de buenos diccionarios y enciclopedias, talento para buscar información en la red, amigos que compartan el fervor y paciencia, sobre todo eso: paciencia.

Transcurre media hora. Mi tío no aparece y tampoco termino su crucigrama. Me subo a un radiotaxi.

En la parte posterior de un Toyota blanco, castigado por Enrique Iglesias y un aliento a chicha, me limpio la boca con la manga derecha de mi polera azul y me digo una vez más lo que me cansé de pensar en el avión, dormitando al lado de un gay chileno que leía *Look Homeward, Angel*: vine a Río Fugitivo con la excusa de buscar a papá, pero en realidad lo hacía para escaparme de una mujer: de Ashley, de la hermosa y dulce y cruel y frenética Ashley.

Ahora sí, en el taxi, bordeando las estancadas aguas del río que serpentea por la ciudad, me invade todo el dolor de la ausencia de Ashley. Y extraño Madison, su cielo plomizo en el corazón del estado de Nueva York —centralmente aislada, más cerca de Canadá que de Manhattan—, la nieve intolerable, los hoteles baratos en la Ruta 15 y las habitaciones con MTV a todo volumen para ahogar nuestra ruidosa lujuria.

Pintora catalana, cuatro letras.

Le pregunto al taxista si puede apagar la radio. Me responde con un seco no. Bienvenido a Río Fugitivo, donde el cliente no siempre tiene la razón.

Tío David me espera en la puerta de su casa como si no hubiera ocurrido nada. Tiene las manos manchadas de tinta o de grasa. Me recibe con pantuflas, una bata raída de cuadrados azules sobre un fondo blanco, un abrazo ligero y ninguna mención de nuestra charla telefónica, ningún intento de disculparse por su ausencia en el aeropuerto, como si las palabras pronunciadas hace un par de días contra el auricular, con ese vozarrón de escándalo, hubieran sido apenas otra forma de la estática, ruidos que se disuelven apenas emitidos, frecuencias invisibles que uno puede jurar que existen pero, para probarlo, necesita de experimentos complicados, fórmulas químicas o alquímicas, o radiaciones electromagnéticas.

—¿Qué tal el viaje? Pasa, pasa. Tantas horas encerrado allí. Ni muerto me haces subir a un avión, aunque admiro mucho a los hermanos Wright y a todos los que los siguieron. El Espíritu de... ¿dónde?

—Saint Louis.

—Bien, bien. La casa es chica, pero el corazón... Éste es tu cuarto, no está muy limpio, no tengo empleadas, para qué, ¿para que me roben? Querrás ducharte, supongo.

—Estoy bien así —dije, mirando la cama simple en un rincón, las paredes desconchadas por la humedad, un velador sin gracia y un estrecho ropero donde se amontonaban frazadas olorosas a naftalina. Puse la maleta en el suelo, descorrí las cortinas celestes: la luz ingresó con timidez al cuarto. Las ventanas daban a un patio interior. Nothing to write home about. No, no estaba bien así, necesitaba un escritorio y más vida en las paredes. Pero, ¿qué podía decir? Todo esto me lo había buscado solo.

Había vivido aquí durante mi infancia, a salto de mata, pero no recordaba mucho (o mejor: me ayudaba poco la reconstrucción que mi memoria había hecho de la casa). Quería dar, como los perros, un paseo de reconocimiento por el nuevo territorio, pero sentí que mi tío, su figura alta y flaca en el umbral de la puerta, quería que lo dejara solo. Acaso lo había interrumpido en la etapa final de la construcción de un crucigrama. Sí, se había quedado toda la noche trabajando, por eso no fue al aeropuerto; eso explicaba las ojeras y el enrojecido ojo izquierdo (no el derecho, que era de vidrio; lo había perdido cuando lo atravesó la bala de uno de los paramilitares, esa tarde en la calle Unzueta).

—¿Algo para desayunar?

—No, gracias. Desayuné en La Paz, en el aeropuerto.

—Entonces descansa, y te llamo para el almuerzo. Porque almorzarás aquí, ¿no? No es gran cosa, yo me cocino, así que no esperes milagros. Hay una chica pandina que viene los lunes, limpia y deja comida para unos días. Por lo demás, a lo que venga. Has engordado un poco.

—Es la edad —dije, tocándome el estómago—. He comenzado a ir al gimnasio, y me estoy cuidando. Aunque éste no es el lugar más indicado para eso. Una de las cosas que más extraño de aquí es la comida. Las parrilladas. Intenté hacer tu crucigrama. Me falta poco. Cada vez están más difíciles. ¿Pintora catalana...?

—Cuatro letras. ¿Quién más puede ser? Remedios Varo. Pero no me vuelvas a preguntar porque no me gusta, eso es hacer trampa.

—Pensé que era mexicana.

—Eso cree la mayoría.

—Así que Pynchon.

—En español. En inglés es muy difícil.

—Para cualquiera. Hasta en español ya es un mérito.

—Es más fácil de lo que dice su fama. Y muy divertido. Sobre todo *Vineland*.

—No la leí. Me encantó *La subasta*. La leí hace mucho, en Berkeley. Debería releerla.

—Tantas cosas para releer.

La conversación no iba a ninguna parte. Mi tío me cerró la puerta y se fue. Limpié con un trapo el polvo acumulado sobre el velador, deshice una telaraña junto a la lámpara, me eché en la cama. Por las ventanas ingresaba el aire tibio del día y el olor de un limonero en el centro del patio.

Lo había llamado para pedirle alojamiento temporal por un par de semanas en las que esperaba encontrar un departamento. Mamá no estaba, hacía meses que viajaba por Europa con un italiano con fortuna para disipar, buscando un amor estable y a la vez su destrucción. Acaso debí molestar a Federico o a Carlos, incluso a Carolina. O debí haberme ido a un hotel. Ya no era un estudiante; ahora era todo un profesor en el Instituto de Estudios Latinoamericanos en la Universidad de Madison, alguien que por culpa de un artículo sobre la situación política en la región se había convertido, para rabia de algunos colegas con más edad y prestigio, en una figura cuyas opiniones eran muy solicitadas por *New Times*, *Latin American Affairs* y otras revistas y periódicos norteamericanos interesados en el tema (no muchos, por cierto). ¿Qué dirían mis editores, que seguro me hacían en alguna versión local del Hyatt o alguna otra transnacional hotelera? Estaba en un momento de transición, mi nueva forma de vida me pedía más gastos, corbatas de seda italiana y un hábito que hiciera al monje, como a mis amigos chilenos y peruanos que trabajaban en Wall Street; sin embargo, todavía no había perdido del todo las costumbres ahorrativas de mis años de estudiante. Mi pequeño gran ascenso: de Gap a Banana Republic, la casual elegancia a relativamente bajo precio (a veces iba a un outlet mall, a una hora de Madison, y compraba camisas y chompas Polo falladas). Mis únicas debilidades: los perfumes y los gadgets electrónicos, Palm Pilots y MP3 players (influencia de Ashley, deberé agregar). ¿A quién llamar? No me urgía hablar con ninguno de mis amigos. Cada uno de mis regresos anteriores había servido para comprobar, dolorosamente, cómo la vida me iba separando de ellos. Lo único que nos unía eran los recuerdos comunes de un tiempo compartido en la adolescencia, y quizás alguna noche de drogas juntos durante mis vacaciones; incluso esos recuerdos se iban desvaneciendo. A veces me preguntaba cómo había sido posible que algún día hubiéramos llegado a compartir cosas tan íntimas como una gonorrea galopante debida a la misma puta. Casados, yuppies, divorciados viviendo con sus papás, pequeños y grandes triunfadores, con horarios de ocho a seis y a la vez buscando la manera más fácil de volverse ricos, a sus anchas en un mundo en que yo no me terminaba de encontrar, con la certeza de ser mucho y sin saber lo poco que eran. No era sólo mía la sensación; seguramente ellos también se preguntaban qué los había unido con alguien tan parecido a ellos pero en el fondo tan diferente (alguien sin muchas certezas, alguien que al menos sabía lo poco que era).

Era típica en mí esa forma de pensar; comenzaba en un polo y luego se dirigía al otro, antes de terminar en la esquizofrenia de ambos extremos al mismo tiempo. Nos habían unido muchas cosas, aunque yo pocas veces me hubiera entregado del todo a ese universo tan infernal como celestial. Pronto estaría con ellos, bebiendo y ayudando a dirimir sus vidas entre esposas y amantes, entre Nokia y Motorola (Nokia, siempre). Cosmopolita y todo, ése era mi mundo más real y debía aceptarlo. Si me hubiera quedado no habría desentonado, ya con barriga y un par de hijos, importando tampones del Brasil, pensando si poner o no un videoclub, planeando la farra del viernes y la parrillada del sábado y el domingo fútbol italiano en cable, mientras la esposa duerme y otros confiesan sus pecados para comenzar de nuevo esa misma tarde (los moteles llenos a cualquier hora).

En la ducha, bajo el agua tibia y sin la potencia a la que estaba acostumbrado, para aliviar mi tensión, me masturbé imaginando a Ashley desnuda en el piso alfombrado de mi departamento, en la mirada el deseo y también la ternura.

La casa era de un piso. Había a la entrada un jardín muy cuidado, con pretenciosos claveles, y una enredadera en los barrotes oxidados de la verja. ¿Era verdad que, de niño, yo había cazado aquí mariposas? Un pasillo adornado en las paredes por mapas antiguos —las Américas en varias versiones renacentistas— y fotos de personajes célebres con el fondo alterado digitalmente: Sartre en el Palacio Quemado, Franco en la Casa Blanca, Walt Disney en las minas de Potosí, Evita en el café Deux Magots, Cantinflas dirigiéndose a la Asamblea General de las Naciones Unidas, Pelé jugando fútbol en el estadio de los Chicago Bulls. Mi tío se divertía. A la derecha mi cuarto, más pasillo y luego la sala principal.

Cuando llegué al umbral de la sala me detuve y vi por un instante ramos de flores esparcidos por todo el piso y dos ataúdes lado a lado. El velorio de papá y tía Elsa. Pero no fue así, no hubo velorio, sus cadáveres jamás aparecieron, y ahora son huesos resquebrajados en alguna fosa común o en el patio del Cuartel General de la policía (donde se juega fulbito todas las tardes). ¿Se puede imaginar algo con la fuerza suficiente para terminar imponiéndolo a la realidad? ¿No es ésta más frágil de lo que creemos, no anhela en el fondo ceder a nuestros deseos?

Las flores se desvanecieron, luego los ataúdes, y en su lugar aparecieron un sofá y un par de sillones alrededor de una mesa de vidrio oprimida por montañas de libros, revistas y diccionarios, y en una esquina un obsceno televisor de cuarenta pulgadas que exigía veneración incondicional con su sola presencia. A mi izquierda, un carrito de madera recargado de botellas de whisky y singani, vasos, coctelera y hielera. En torno a la sala, junto a las paredes, como si se tratara de un museo, una serie de artefactos sobre pedestales de madera: obsoletas máquinas de escribir Smith Corona y Underwood, fonógrafos que databan de principios del siglo XX, una computadora Sinclair Spectra, una monstruosa radio Blaukpunt de los años cuarenta (envidiosa ante la presencia del televisor, y a la vez confiada en que, tarde o temprano, éste vendría a hacerle compañía). Cerca de Madison había, cuando llegué, una fábrica Smith Corona; la última vez que pasé por ahí, un par de meses atrás, la fábrica había cerrado. Me había conmovido ver tanta desolación en edificios otrora llenos de trabajadores.

—¿Qué te parece? —mi tío me miraba con orgullo. Tenía un vaso de Chivas en la mano, hacía tintinear los hielos sin descanso—. Esta sala quedó chica. Hay más, mucho más en el depósito.

—Capítulo treinta —dije.

Una idea robada o un homenaje a *Berkeley*, pensé, recordando el Museo de los Medios de Bernard. Admiré de cerca la negra Underwood, toqué sus teclas frías, el aparatoso caparazón. Un invento para ciegos del que se habían adueñado filósofos, secretarias y novelistas. En una de esas máquinas papá había escrito las ciento treinta y dos páginas de su novela, sin contar las múltiples versiones, los errores y el comenzar la página de nuevo. Agobiaba de sólo pensarlo. No importaba la calidad de las obras; eran admirables y merecedores de múltiples premios todos los que se habían sentado —o se sentaban— a componer sus obras tecla tras tecla, sin la facilidad del procesador de palabras en la computadora. Y qué decir de los que lo hacían a mano, o de los que todavía lo hacen; hay más de un escritor de hoy que se hubiera sentido a gusto en un monasterio medieval.

—Es un vicio mío —dijo—. Colecciono lo que otros desprecian. Tanta historia en cada una de estas máquinas.

Tenía una voz intimidatoria: parecía estar gritando aun cuando hablaba despacio. Dicen que papá también intimidaba con su voz, ronca como la de un fumador sempiterno o alguien con cascajo en la garganta. Era una voz seductora que conminaba con elegancia a que se le hiciera caso. Dicen. Yo recuerdo casi nada de él, ni su voz ni sus facciones, apenas una figura borrosa y apurada que entraba y salía de mi infancia, sin prestarme mucha atención y sin que yo tampoco se la prestara, extraño desconocido al que vi tan pocas veces en persona, al que tuve que reconstruir —todavía lo estoy haciendo— gracias a fotos, a su novela, al recuerdo de otras personas. Su imagen más presente proviene de uno de mis cumpleaños. Habría una gran sorpresa, me había dicho mamá, y yo la esperé con ansias. A la hora de la torta, saltó del armario alguien con una vieja máscara de piel roja, un abanico de plumas en la cabeza. Y yo me asusté, aunque sabía quien era. Se sacó la máscara, se acercó, me abrazó y todos aplaudieron; y ahora a mí me queda, vívida, la máscara, pero poco el rostro tras ella.

—Es un vicio nuevo.

—Uh, hace mucho que lo comencé.

Quizás no era una idea robada a *Berkeley*. Acaso, con el Museo de los Medios, papá le rendía un homenaje a su hermano, y por eso la sala era una especie de retorno al principio. Pero yo no me acordaba de ella en mi infancia.

—Sólo que ahora me puedo dedicar más en serio.

No me extrañaba su afición por esos artefactos: a él le hubiera gustado inventar uno. Aparte de su habilidad verbal, tenía mucha destreza con las manos. El timbre de la casa, de distintos tonos de piezas clásicas —de Bach a Stravinsky—, era una confección suya, al igual que las múltiples velocidades de una licuadora para preparar cocteles, una cortadora de pasto cuyo motor era una extravagancia de alambres y tornillos, y las conexiones gracias a las cuales podía ver televisión por cable sin pagar. «Poeta y matemático», solía decir. Estudió ingeniería industrial, pero apenas la ejerció; quería ser inventor, pese a carecer del presupuesto y la infraestructura para materializar sus alocados proyectos. Papá se burlaba de él y lo llamaba «inventor conceptual». Eran más los inventos dejados a medias que los terminados. Dicen que desde niño se la pasaba armando y desarmando radios, estudiando sus cables y sus diodos, tratando de mejorar el producto original. Su esposa y él habían sufrido muchas privaciones por culpa de su pasión, dirigida a todas partes, constante en su inconstancia. Tenía la inteligencia para triunfar en cualquier profesión que se le antojara, no la disciplina. Se movía de trabajo en trabajo, de fracaso en fracaso, y terminó, incluso, convencido por papá y tía Elsa, metido en política. Había sido un fanático de los crucigramas desde su adolescencia, pero su dedicación a construirlos la encontró en la edad tardía; ya llevaba cinco años en ellos y muchas veces me pregunté cuándo los abandonaría. Parecía haber descubierto al fin algo a qué aferrarse. En ocasiones no es bueno ser capaz para todo; es mejor tener talento para una sola cosa, sea tejer chompas de alpaca o diseñar el museo Guggenheim en Bilbao.

—¿De quién es? —dije, señalando la Smith Corona verde clara que ocupaba un lugar central.

—De tu papá. En ella escribió partes de *Berkeley*. Un coleccionista me la quiso comprar por buen dinero. ¿Me habrá creído loco?

La admiré en silencio. Una máquina pequeña, portátil, más adecuada para un profesional o un ejecutivo apurado que para un romantizado escritor.

—Vi tu iBook —dijo—. No me gusta el color, prefiero algo más sobrio. Yo también tengo una Mac. Hasta hace poco tenía una Commodore 64 a la que le hice algunos ajustes para que sea más rápida y acepte programas actuales. Al final me cansé. Era mucho trabajo.

—Pero no coleccionas cualquier tipo de artefactos. Todos tienen algo en común.

—Sí. Permiten comunicarse a distancia. Porque, ¿sabes?, ésa es la mejor manera de comunicarse. A distancia. La presencia de la gente sólo obstaculiza la comunicación.

—¿Y lo que estamos haciendo ahora?

—A veces no se puede remediar —terminó el whisky de un trago largo y dejó el vaso sobre un diccionario en la mesa.

Lo miré para ver si bromeaba. No lo hacía. Sentí el frío que irradiaba su personalidad. La nariz prominente, el entrecejo fruncido, la cara alargada y adusta, las arrugas muy marcadas en las mejillas, el inamovible ojo de vidrio. De niño, me regalaba rompecabezas y jugaba ajedrez conmigo. También me enseñó a hacer acrósticos y crucigramas, revelándome secretos de los elementos químicos y del alfabeto morse a los que apelaba todo creador de crucigramas. Sabía trucos inverosímiles con monedas y naipes, pero no los pude aprender. Luego se creó una distancia entre nosotros: a ratos lo culpé por haber sobrevivido en vez de papá. Me había acercado a él en los últimos años, pero nuestra relación era puramente intelectual, a través de los crucigramas. Cuando volvía en las vacaciones, lo visitaba muy raras veces, me contentaba con un par de llamadas telefónicas de compromiso; era suficiente también para él. Había sido un error pedirle que me alojara.

—El pollo ya debe estar listo —me dijo, y se dirigió a la cocina.

Lo seguí. Tenía hambre.

Reviso mi correo electrónico en yahoo. *NewTimes* me pregunta si durarán mucho los últimos acuerdos de paz en Colombia. NO WAY, respondo, y luego una frase convencional, de ésas que me sé de memoria para cada país, más para Colombia, civilizado como pocos y a la vez trágico resumen de los grandes males del continente. Una cariñosa despedida de Yasemin. Uno más de los sarcásticos y petulantes mensajes de Clavijero a todos los profesores del Instituto. Ashley todavía no ha escrito el email incendiario que me merezco; quizás no se haya enterado todavía de mi ausencia (lo dudo).

Leo los titulares de *El País* y de *New York Tim*es. Nada que me llame la atención.

Carolina pasó a buscarme a las cuatro de la tarde, en una Kawasaki amarilla de carreras. No cambiaría nunca: a los quince había corrido en un rally, de copiloto de su papá, y desde entonces su vida acumulaba más riesgos que la de todos mis amigos juntos. Le gustaban los deportes de aventura como el aladeltismo; escalaba montañas y navegaba por ríos intratables. Vestía una chamarra azul de aviador, pantalones de paracaidista, aretes y manillas, los labios pintados de violeta y rímel en las largas pestañas. Un clip hendía su piel sobre la ceja derecha. Lucía radiante; el nuevo corte de pelo, casi al ras, iba con su rostro angular.

Nos abrazamos.

—Estás gordito —dijo, sonriendo, sin saber cuánto hería mi vanidad. Me saqué los lentes para ofrecerle mi mejor rostro.

—Y tú, flaquísima. Pareces cada vez más joven.

—Las apariencias engañan —una mirada pícara—. Al menos estás aprendiendo a combinar colores.

Y tu obsesión con las rayas horizontales. Te vistes mejor que antes. Aunque formal, como siempre.

—Si Berkeley no me cambió, menos lo hará Madison. ¿Me imaginas con una tie-dye? Negro con negro, me voy a lo seguro. ¿No te duele? —dije, señalando el clip, acordándome de Yasemin y sus cinco aretes en la oreja.

—A veces. Dicen que no hay placer sin dolor.

—Metafísica estás.

—Y tú hueles muy bien.

—Swiss Army. Fresco, para el día, aunque también te lo puedes poner en la noche. Me lo compré en el duty free de Miami.

Subí a la moto, Carolina partió, me aferré a ella. Tenía treinta años; hacía unos cinco habíamos sido pareja un par de meses, durante una de mis vacaciones. Fue una relación intensa, llena de confianza y de múltiples maneras de pasar las horas sin aburrirnos, desde perdernos en el campo los fines de semana hasta inventar relatos pornográficos juntos (habíamos creado un personaje recurrente, Dick Vital, el policía bisexual). También nos unía un cierto vacío en la relación con nuestros padres: su mamá había fallecido de cáncer de pulmón cuando ella era niña; el papá vivía en Buenos Aires y no se esforzaba mucho por mantener la relación con su hija (al respecto, debo decir que mi madre fue ideal durante mi infancia y mi adolescencia, pero, apenas sintió que había cumplido con su labor formativa, me relegó de su lista de prioridades y se dedicó por completo a sí misma). Mi regreso a Estados Unidos enfrió las cosas. Las siguientes vacaciones llegamos a convertirnos en muy buenos amigos, de esos que incluyen el sexo entre sus actividades más amistosas, sin compromiso alguno. Mis parejas le tenían celos, no sin razón, porque a veces pasaba más tiempo con Carolina que con ellas; aunque les decía que se trataba simplemente de una gran amistad, no me creían, y me decían que sus miradas no eran las de una amiga; era obvio que ella quería mucho más. Podía ser. Elegí hacerme el desentendido. Dos años atrás hubo una imprevista escena de celos y una confesión lacrimosa en la puerta de su casa. Mis últimas vacaciones intenté crear algo de distancia, evitando al máximo caricias y sexo. No pude hacerlo del todo.

Ahora había querido llamar a algún conocido y no se me ocurrió nadie más que Carolina. No quería quedarme en casa y hundirme en la melancolía. Debía olvidarme de Ashley.

Pasamos por el Puente de los Suicidas, estrecho, de bajas y oxidadas barandas de hierro, sobre la garganta profunda del río y con los balsámicos eucaliptos en los bordes; se me ocurrió que ese lugar legendario había inspirado a papá el rol fatídico de los puentes en *Berkeley*: el lugar de paso de una vida a otra, el preferido para que el poder, en sus múltiples encarnaciones, se deshiciera de sus enemigos, en sus múltiples encarnaciones.

Cambié dólares con una gorda librecambista. Luego fuimos al centro comercial XXI. Había mucha gente, dedicada más a pasear que a hacer compras; en las vitrinas de los locales, las chompas Benetton y las camisas Polo acumulaban miradas y abandono. Me encontré con un par de conocidos, nos saludamos y prometimos llamarnos (no lo haríamos). En las escaleras mecánicas comenté que las chiquillas de la nueva generación, pululando por las tiendas, parecían más desenfadadas que las de nuestra generación.

—Van al gimnasio que no tienes idea —dijo Carolina—. Eso no había en nuestra época. Y están de vuelta de todo. Nosotras jugábamos con moco a su edad.

Me quedé mirando a una morena que no llegaba a los quince, una apretada solera blanca y el estómago al aire. Piel suave que acaso no sabía de caricias todavía, o quizás sólo manos inexpertas la habían tocado, manos que no enseñaban mucho, pero que la ayudaban a ingresar, centímetro a centímetro, al territorio de carne inquieta y moral suspensa al que había ingresado yo hace mucho y del que me costaba salir.

En el café Mediterráneo, rodeados de fotos de artistas de la época dorada de Hollywood —sobre todo Bogart y Bacall— pedimos un café con leche para ella, un capuchino y dos cuñapés. En los parlantes de la disquera de al lado se escuchaba una canción de Ricky Martin. Dos jóvenes pasaron a nuestro lado hablando portugués.

—No hay muchas novedades —dijo—, casi todo te lo conté en ese email larguísimo de hace como un mes. Que me contestaste con dos líneas, by the way.

—El email no es para cartas largas, es para pimponear.

—Tenemos nuevo aeropuerto. Quedó muy lindo. Tardó pero llegó.

—Pensar que el decreto para su construcción urgente se firmó en 1949... Nadie podrá decir que nos apresuramos en hacer las cosas. Por cierto, Montenegro se llevó todas las flores. Como si él hubiera sido el gran responsable de su construcción.

—El alcalde también se hizo mucho autobombo. Pero en fin, así son los políticos, ¿no? Hay recesión, y fuerte. La óptica de mi hermano, por ejemplo, está vendiendo un cuarenta por ciento de lo que vendía hace un año. Te perdiste los líos de abril. Tres semanas de bloqueos campesinos, huelgas de maestros, desabastecimiento. Un caos. No podías salir ni a la esquina. Hubo un par de muertos en una manifestación en la plaza principal. Claro que lo que ocurrió aquí no fue nada comparado a Cochabamba. Lo cierto es que mucha gente se cansó, dice que este país es inviable y está gestionando una visa al Norte. Incluso tengo amigos que se fueron a Arica, a Lima.

—Y lo que falta todavía. El gobierno está en serios problemas de liquidez, las exportaciones han disminuido considerablemente y la balanza de pagos... Las soluciones han sido apenas parches, nada de fondo. La lucha contra el narcotráfico nos dejó sin el colchón de dólares que nos protegía. El ch'aqui de tanto neoliberalismo salvaje.

—Estando allá sabes más que yo de lo que pasa aquí.

El mozo llegó con los cafés y los cuñapés.

—Te conté que dejé mi trabajo en el gobierno.

—Ya era hora. Nunca me convenció que trabajaras para Montenegro.

—Creo que tú eres el único que se acuerda que fue dictador. Hasta los guerrilleros que lo combatían son ahora sus aliados.

—No todos.

—Casi todos. Tres décadas ya. Dejalo en paz. Se acaba ya su mandato, y de nada sirve quejarse. ¿Lo elegimos ahora nosotros, o no?

—No se puede borrar tan fácilmente el pasado.

—En este país todo se puede borrar. Me extraña que no lo sepas.

Carolina trabajó dos años en la oficina de relaciones públicas del gobierno, en la Ciudadela. Era la encargada de la imagen general, de lograr que las obras del gobierno se difundieran en los medios de comunicación y recibieran una cobertura positiva. Algo así como enseñarle al ministro de Trabajo a sonreír en el preciso momento en que anunciaba que no habría aumento salarial durante los próximos cinco años.

—Como te decía, dejé mi trabajo. Una cosa es ayudarles a mejorar su imagen, otra es mentir para lograrlo. Mentí un buen tiempo, me sentí mal y lo dejé.

Tomó su café. Ricky Martin cedió su lugar a Shakira y ésta a Matchbox 20.

—Y ahora —continuó— ayudo a construir sitios en la red. Páginas personales, para un negocio, lo que quieras. En esto sí que no hay recesión. Ahora todo el mundo quiere tener su sitio en la red. Si no estás ahí, no existes.

—No sabía que tenías idea de computación.

—Lo aprendí sobre la marcha. Tengo una socia, Estela, con ella he abierto una oficina. Lo mío es más el diseño gráfico. Ella es la experta en HTML, Java, lo que se te ocurra. Se dedica a crear programas para recuperar emails borrados. ¿Sabías que todos los emails que borramos en realidad están alojados en algún rincón secreto de la computadora? Así que mejor no andes mandando mensajes comprometedores.

Pensé en los emails que habíamos intercambiado Ashley y yo, borrados apenas los escribíamos o leíamos. Si Patrick recurriera a los servicios de Estela, los recuperaría y tendría pruebas de nuestra correspondencia. Pero, ¿de qué le servirían si no podría descifrar los más comprometedores? Ashley y yo teníamos múltiples códigos secretos —sustituciones simples, claves que remitían a otras claves—, y a ellos Estela no llegaría tan fácilmente como a los mensajes.

—Ahora —continuó Carolina— estoy muy metida en una revista que va a salir exclusivamente en la red. Algo tipo *Salon*.

—Sabes más de los States que yo.

—Tampoco vives en otro planeta. Se llama *Digitar*. En el primer número hay una entrevista exclusiva con Jaime Villa. Te cuento que lo llegué a conocer. Ricardo, el editor de la revista, me pidió que lo acompañara, y nos hicimos amigos.

—¿De Ricardo o de Villa?

—Chistoso, de Villa.

—Probablemente estaba flirteando contigo. Así son todos los presos.

—Cada vez pronuncias peor la *l* y la *r*. Te estás agringando.

—Los años no pasan en vano.

—Amigos no es la palabra correcta. Avisame si te interesa visitarlo. Tiene una personalidad impresionante. Apenas entras a su habitación, puedes sentir una energía muy fuerte.

Carolina era dada a brujas que le leían el futuro, a campos de fuerza personales, a cambios de carácter debidos a la posición de la Luna. Creía en el Cristo que llora sangre en Cochabamba. Decía haber tenido un par de experiencias en las que su alma había abandonado el cuerpo y había logrado verse a sí misma desde afuera. Alguna vez me contó que quiso contactar a su madre por medio de un espiritista, y que cada tanto ella le hablaba en sueños y la aconsejaba. Ahora tenía en el cuello una cadena de plata con la imagen de Cristina, una chiquilla de quince años que decía haber transcrito en latín seis libros dictados por el Señor, y que se había convertido en un fenómeno de devoción popular en Río Fugitivo. Nunca entendí esa parte suya.

—Claro que me interesa —dije, pensando en la posibilidad de un artículo que me sacara de la sequía—. Mientras más información de primera mano tenga, mejor.

El café era más rico que el de Starbucks, pero no que el de Common Ground. Fue allí donde vi a Ashley por primera vez. Era agosto, estaba sentada en una mesa con Patrick, el alto y rubio holandés con el que se iba a casar en diciembre. Al pasar al lado de ambos, ella se incorporó y me preguntó si yo era profesor en el Instituto. Le dije que sí, oprimiendo mi ejemplar del *New York Times*. Era pelirroja, tenía el cabello muy largo, casi hasta la cintura, y ojos verdes redondos y fijos que me pusieron nervioso.

—Mucho gusto —me dijo, extendiéndome la mano y sonriendo, mostrándome sus frenillos—. Soy Ashley, su futura estudiante. Éste es mi primer semestre aquí. Voy a tomar la clase de Política y dictadura que está ofreciendo. Me han hablado muy bien de usted.

—El gusto es mío. No hay que hacer caso a las buenas lenguas.

—He leído un artículo suyo en *NewTimes*.

—Te pido disculpas.

—Eso es lo que deberían hacer más profesores, escribir para periódicos y revistas. De otra manera, la universidad va a seguir aislada de lo que pasa in the real world. ¿Quiénes leen esos journals tan solemnes en los que se nos exige publicar?

—La universidad también es el real world. Y qué bien que pienses así, pero mejor anda pensando en trabajos de veinte páginas para esos journals. Los periódicos y las revistas no te llevarán muy lejos.

—Éste es Patrick —dijo, y el holandés movió la cabeza y me dio la mano sin moverse de su silla.

—Usted es muy joven para ser profesor —dijo Patrick, con un español neutro, sin acento.

—Gracias por el elogio —dije, y sonreí.

—¿Te pasa algo? —interrumpió Carolina.

—Nada. Te escuchaba.

—Parecía que no. Estabas en otra. Muy serio.

—Hablabas de Jaime Villa.

—Es un tipo de lo peor, pero la gente está cansada de que el gobierno haga lo que los gringos ordenan. Que si erradicar cocales, que si extraditar a Villa... Increíble, hasta políticos de izquierda han salido en defensa de Villa, no por él, sino por el hecho de la extradición. Dicen que hay que juzgarlo aquí, y no me parece una mala idea, aunque siempre existe el peligro de que el tipo se compre hasta a la Corte Suprema en un dos por tres.

Ya sabía todo eso. En mi profesión se trataba de estar al día en lo concerniente a Latinoamérica. Los periódicos, las revistas y la televisión, el continuo navegar en internet y una vasta red de amigos me mantenían al tanto de las percepciones de la gente acerca de sus gobiernos, los futuros líderes, la economía. Sabía un poco de todo, y de nada en profundidad. Hacía apenas tres años era un flamante doctor en Ciencias Políticas, con una prometedora tesis sobre el papel de la izquierda durante las dictaduras de los setenta. Mis profesores y compañeros esperaban mucho de mí. Sin embargo, en algún momento perdí el rumbo y me dejé seducir por un rol de opinador profesional en las revistas y los periódicos, con una frase rápida para cualquier ocasión («Si Argentina dolariza su moneda, el país se hunde»; «los zapatistas son guerrilleros de cartón piedra, mediáticos, y por tanto superficiales»). Había perdido el interés en mi mundillo académico de reflexión pausada y continua, de trabajos exhaustivos sobre un área muy acotada, y lo abandonaba rápidamente. El aire de los tiempos, supongo. Con razón algunos de mis colegas —Clavijero, Shaw— desconfiaban de mí.

—El gobierno ya aprobó la extradición, y la situación es inestable. Grupos que han llamado a defender la soberanía nacional, una bomba que explotó el anterior viernes en el Correo.

Ningún grupo se había atribuido la bomba. Era raro llegar y saber más del país que sus propios habitantes, incapaces de sospechar la magnitud de la crisis que se venía. El gobierno necesitaba ayuda económica de Estados Unidos, y no le quedaba otra que entregar a

Villa y seguir erradicando cocales. Carolina continuó hablando. Me distraje creando anagramas con su nombre. Aanilorc: algún planeta para *La guerra de las galaxias*. Oilancar: auto y aceite.

Carolina pagó la cuenta. Cuando bajábamos por las escaleras mecánicas, me dijo que estaba muy callado.

—¿Y eso qué tiene de nuevo?

—Nada, la verdad.

Había perfeccionado el arte de escuchar, de dejar que los demás se revelaran para así no tener que hacerlo yo. Ésa era una de las razones por las cuales me iba mejor con las mujeres que con los hombres: a ellas les gusta la confesión, y uno de los valores que más buscan en un hombre —o en otra mujer— es la capacidad de escucharlas hora tras hora, o al menos aparentar hacerlo, mover la cabeza en el momento apropiado, un pestañeo o una mueca para dar signos de vida.

Pero era cierto que estaba más ensimismado que de costumbre. Ashley revoloteaba en mí todo el tiempo, su espalda llena de lunares remeciéndose ante las suaves caricias de mi lengua. Me dolía su ausencia, me angustiaba su ausencia, y a ratos me preguntaba si había hecho bien en irme de Madison para que las aguas se calmaran y todo volviera a su cauce normal. El curso más inteligente de acción no era necesariamente el mejor.

—¿Cuánto duran tus vacaciones? ¿Los típicos tres meses?

—Esta vez hasta fin de año. Ocho meses. Conseguí una beca de investigación —ya tenía la excusa preparada—. Quiero escribir un libro sobre mi papá. Sobre su novela, la lucha armada…

—Qué interesante —dijo ella, y me miró con delectación, acaso feliz de saber que tenía más tiempo del que había pensado. Tres meses no eran suficiente; ocho podrían serlo.

2

Había llegado a Madison, pueblo de blancos anglosajones que se las daban de liberales, después de sacar el doctorado en Berkeley. El Instituto de Estudios Latinoamericanos (ILAS) de la universidad de Madison me había contratado como especialista en política moderna y contemporánea de América Latina, con énfasis en el Cono Sur y en la región andina: típicos compartimentos estancos académicos, que me impedían hablar con confianza, por ejemplo, de la Revolución mexicana, bajo pena de ser considerado por un colega como invasor de su territorio (el sueño era ser especialista en un solo día, en un solo país, por ejemplo, el 11 de septiembre de 1973, en Chile, el 19 de julio de 1979, en Nicaragua). Mis clases se enfocaban a los años sesenta y los setenta, proveedores de inagotable material dramático para evitar el sopor de mis estudiantes; tenía planeado escribir mi primer libro sobre la base de la tesis.

El ILAS tenía sus oficinas en el mismo edificio del Programa de Estudios Latinos (LSP). Era una construcción de cuatro pisos, regalo de un graduado de la universidad que había hecho fortuna en Silicon Valley; con la yedra en las paredes, las torres almenadas y los vitrales por donde se filtraba la tenue luz del atardecer, los arquitectos habían logrado mantener el espíritu decimonónico de los edificios de la universidad (un espíritu que echaba sus raíces en la época medieval y en la antigüedad grecolatina, como si los norteamericanos, tan capaces de mirar hacia el futuro, necesitaran de rastros aunque sea artificiales del pasado para legitimarse como nación). Pese a la cercanía, los del ILAS y los del LSP nos ignorábamos mutuamente: si Elián González y su familia vivían en La Habana, caían bajo nuestra jurisdicción y los estudiábamos nosotros, pero si se escapaban en una balsa y llegaban a Miami, eran estudiados por el Programa de Estudios Latinos. Era cómico. El ILAS y el LSP sólo coincidían en que ambos querían desesperadamente convertirse en departamentos, pero se quedaban en programas por falta de apoyo de la administración: nuestras clases rebosaban de estudiantes y, sin embargo, los jerarcas de la burocracia universitaria, hábiles para enarbolar un discurso tan inclusivo como hipócrita, preferían, a la hora de la verdad —cuando se aprobaba el presupuesto—, apoyar a departamentos de estudios europeos que agonizaban por falta de interés estudiantil. La explosión migratoria y demográfica latina no se traducía necesariamente en la adquisición simbólica de un peso cultural que pudiera convertir a lo latino/latinoamericano en algo tan digno de investigación como lo francés y lo alemán. «Eurocéntrico» es un epíteto ya gastado, pero, si hubiera alguna forma de volver a darle lustre, no había candidato mejor para recibir el adjetivo que todo administrador a cargo de la suerte del Instituto y del Programa en la universidad de Madison.

El Instituto tenía, aparte de los muchos profesores flotantes que enseñaban cursos sobre Latinoamérica en otros departamentos, un reducido plantel fijo de colegas pintorescos que se desgastaban la vida en rencillas de entrecasa y jugaban a la política como chiquillos en vacaciones, acaso sabedores de que lo hecho y deshecho carecía de repercusiones en la administración y en el mundo exterior, que rodeaban y envolvían al académico y a la vez se olvidaban de él. La directora del Instituto, Helen Banks, alta y de lentes oscuros que le cubrían la mitad de la cara, especialista en movimientos políticos indígenas —este semestre enseñaba «Marcos y la guerrilla posmoderna»—, era la que se la había jugado por mi contratación; Albert Shaw (o Shadow, como le decían los estudiantes) enseñaba el Caribe, y se escondía detrás de sus bigotes nietzscheanos para propalar rumores infundados sobre los colegas que creía que podían hacerle sombra (yo era la más reciente encarnación de esos colegas, no por algún talento particular, sino, simplemente, porque era el más nuevo). Tenía cursos muy populares como «(Homo)sexualidades caribeñas» o «Mujeres puertorriqueñas al borde de un ataque de nervios». Usaba pantalones de cuero negro, y tenía un novio jamaiquino, un estudiante del doctorado en economía agrícola.

Procuraba estar al margen de la política, pero no era fácil. Junto a Sha(do)w se encontraba un profesor cubano de los mayores, Clavijero, dedicado al siglo XIX. Había llegado a Estados Unidos en 1959, huyendo de Castro, quien había expropiado grandes extensiones de terreno de su familia de clase alta. Mofletudo y conservador, yo le había sido indiferente desde el principio porque sentía que los guerrilleros, esos aventureros de pacotilla, no eran digno objeto de estudio académico (por eso tampoco se llevaba bien con Helen Banks); en el cuarto semestre, me había tomado inquina al enterarse de que yo «perdía» mi tiempo opinando para revistas poco serias en vez de dedicarme al trabajo de investigación para el que se me había contratado. Yo sabía que tendría problemas en mi evaluación del tercer año. Por lo pronto, trataba de ignorarlos.

En realidad, no era mi culpa. El primer año tuve mucha suerte publicando dos capítulos de mi tesis, uno sobre la Operación Cóndor y otro sobre la fragmentación de la izquierda en Bolivia, en revistas especializadas de alto nivel. Sin embargo, me frustraba la poca repercusión de tantas horas de trabajo: años de investigación que iban a dar a una revista con quinientos ejemplares de circulación, destinada sobre todo a bibliotecas universitarias y a los colegas. Tampoco tenía la paciencia para, cuando los resultados no cuadraban con la idea propuesta, descartar la idea y comenzar de nuevo. Todo académico tenía que luchar con eso, asumir la insignificancia de lo que hacía para la sociedad y dedicar su vida a los archivos, aunque de ello no sacara más que sospechas jamás probadas del todo; yo no podía aceptarlo y me preguntaba si había elegido la carrera adecuada. Me fascinaba el mundo de los libros y la investigación, pero quería ser más relevante. No necesariamente un político como papá, no creía tener alma para eso; sí quizás un estratega para un partido político, o un analista influyente en las páginas de opinión de los diarios.

Empezaba a pensar que quizás debía haberme quedado en Bolivia cuando, a fines de ese primer año, conocí en un congreso en NYU a Silvana. Nos hicimos amigos entre cocteles y bocadillos, y terminé con un contrato para un artículo de tres mil caracteres sobre la situación política en la región. Al escribir el artículo y obligarme a ser breve, descubrí mi talento —si se le podía llamar así— para las frases capaces de capturar y simplificar toda una situación. El artículo causó sensación. Los norteamericanos, siempre ansiosos de que alguien les simplifique el mundo con una imagen o una frase de treinta segundos, me convirtieron en un interlocutor importante. Comenzaron a llegar pedidos de otras revistas. Mi fama creció con los estudiantes, mi reputación sufrió con la mayoría de mis colegas. Me fui desinteresando del mundo académico. Lo demás es historia.

Comencé el primer semestre de mi tercer año con muchas expectativas y a la vez dispuesto a pasar una temporada tranquila, dedicado a las clases y a mi investigación, a no dejarme vencer por la ansiedad ante la evaluación de la que sería objeto (mi contrato era por seis años, con una evaluación en el tercero). Después de unas largas vacaciones en Río Fugitivo, había tenido un reencuentro magnífico con Madison. Del pueblo tenía un frío recuerdo, por culpa de ese largo invierno que termina por sepultar en la memoria a las demás estaciones; pero esos días de agosto hacía calor, el cielo estaba despejado y la primavera relucía en los árboles frondosos, a punto de dar paso al otoño multicolor. Los estudiantes paseaban por el campus o jugaban frisbee en shorts y faldas tenues; las ardillas hacían imprevistas apariciones en los senderos y luego se perdían entre las ramas de los árboles; y yo pensaba que quizás todo era cuestión de costumbre, tal vez dentro de poco Madison se ganaría un lugar en mi corazón, tan dominado por esos dos soleados paraísos: el Río Fugitivo de los fines de semana de parrilladas y fútbol, y la Berkeley de librerías y cafés.

Ese semestre enseñaría una introducción a la política latinoamericana del siglo XX, para principiantes, y un seminario sobre los años setenta, para estudiantes del doctorado. Confiaba en que tendría más tiempo para preparar ambas clases, pues ya había desaparecido de mi vida Jean, la rubia y pecosa diseñadora gráfica que durante dos años me hizo ir cada dos fines de semana a Nueva York (una relación que nunca dejó de ser casual y que, sin embargo, duró más de lo previsto, o acaso duró tanto porque era casual, nos convenía a ambos, no nos exigía mucho; todo se fue terminando por falta de interés, de ganas de hacer el esfuerzo del viaje, de inquietantes afinidades o apasionados desencuentros). Las clases del seminario las daría en un piso subterráneo en el neoclásico edificio de las artes Randolph Jones: a la entrada, la estatua del mismísimo Randolph Jones, el barbudo y excéntrico fundador de la universidad, quien hizo su fortuna con una patente derivada de la invención del telégrafo y que, entre otras cosas, se dedicaba los domingos a prolongadas sesiones espiritistas.

Me alegró ver en la primera clase más de diez estudiantes, y reencontrarme con algunos que se habían convertido en amigos: Joaquín, un venezolano de hablar pausado —esa rareza—, y Yasemin, una alemana de piel color moca —los padres eran turcos— que no estaba interesada en viajar a Latinoamérica y prefería mantenerla como una magnífica abstracción que le servía de punto de partida para su imparable y sofisticado teorizar. Desayunaba con Benjamin y Bordieu, almorzaba con García Canclini y Brunner, y cenaba con Said y Jameson. En sus ratos libres era una obsesiva del email (le escribía a su novio, que vivía en Frankfurt).

Mi presentación no duró más de veinte minutos, durante los cuales sentí que una mirada no se desprendía de mí, y me recorría la cara y el cuerpo. Era Ashley, la estudiante nueva que se me había presentado intempestivamente en Common Ground. Desde uno de los costados del salón, me escudriñaba sin reservas, sus manos jugando inquietas con su lapicero. Me dije que por suerte me había puesto los lentes de contacto, inveterada vanidad del primer día de clase, cuando no conocía a todas las estudiantes y prefería ofrecerles mi mejor rostro —el que yo consideraba mejor— hasta que nos hiciéramos amigos y entráramos en confianza (algunas decían que me quedaban mejor los lentes de cristales; no les creía, con ellos me sentía muy formal, intelectualoide, ratoncillo de biblioteca).

Después de la clase fui a tomar un café con Joaquín y Yasemin. Cruzamos el Arts Quad, rodeados por edificios llenos de frases de latín en sus pórticos, y por los fantasmas de sus primeros habitantes: la universidad se erigía en territorio ganado a los indios en batallas feroces. Randolph Jones había comprado en muy poco esa tierra baldía al gobierno federal; hizo construir una casona en medio de esa desolación, y se instaló a vivir allí para escapar de las habladurías: la mujer con la que acababa de casarse, una pálida pelirroja llamada Vivianne Jones, tenía sólo quince años y era su prima hermana. Vivieron apenas tres meses juntos: Vivianne no pudo soportar el primer invierno, y falleció de una fulminante neumonía. Randolph Jones, dice la leyenda, se encerró en la casona y decidió dedicar su fortuna a construir una universidad en torno a la tumba de Vivianne (y a pagar a todo aquel charlatán que le prometiera algún contacto con ella, unas palabras o un suspiro, en el más allá). El pequeño cementerio, junto al campanario en medio del campus, sirve hoy para una misa anual en memoria de Randolph y Vivianne, y para las travesuras de los estudiantes en Halloween.

En una mesa al aire libre, bajo la sombra de un gran roble, Joaquín nos contó de su investigación en Caracas, como parte de su proyecto sobre las causas profundas del fenómeno populista de Chávez: la vasta desigualdad socioeconómica, la cultura autoritaria, la mercadotecnia, la resaca posneoliberal (cuando utilizó esa última palabra sin pestañear, me dije que tenía un gran futuro académico). El discurso latinoamericanista de Chávez, dijo Joaquín, era una de las principales razones de su arraigo en la gran masa.

—Todos los descontentos se suben al carro de Chávez —continuó. Pronunciaba sus palabras con tanta lentitud y gravedad que parecía que el español no fuera su lengua materna—. Aquellos que consideran culpables de la debacle venezolana a los partidos tradicionales y los que apuntan el dedo a la globalización.

—Ah, globalización —dije, tratando de aligerar la charla—, cuantos pecados se cometen en tu nombre.

—Es nuestro destino —dijo Joaquín con característica solemnidad—. Bucaram, Menem, Chávez. La crisis inherente al sistema ha dado lugar a una retórica de la crisis. Hay un hombre providencial que será capaz de interpretar las palabras de Bolívar y sacarnos del pozo. Un hombre fuerte, porque de otra manera no entendemos. Alguien que escucha a los pobres y marginados, la poderosa voz de los sin voz. O también: debemos unirnos para enfrentar al coloso del Norte, somos espíritu mientras ellos son materia. Ariel y Calibán. Quienes sepan manejar esa retórica, adaptarla a las condiciones históricas de su país, serán los dueños del reino de la tierra.

Era difícil, con Joaquín cerca, tocar temas que no fueran académicos, intelectuales, graves. Vivía por y para las ideas con desaforada intensidad. A veces me agotaba.

—Ya tengo un título para tu tesis —dijo Yasemin—: *Beyond Latin Americanism.*

—¿No sería ése un título más apropiado para ti? —dije, tratando de provocarla—. Tomas más cursos fuera del Instituto, no conoces ni México...

—Les sigue costando entender —respondió— que una pueda estar interesada en quote unquote Latinoamérica desde el punto de vista conceptual, as a sophisticated intellectual game. Es la única forma de estudiarla: como una gran abstracción que encubre más de lo que revela. Mírense ustedes, ¿qué hay de parecido entre un venezolano y un boliviano? Nada, aparte del idioma. Not even soccer.

—Te vas al otro extremo, Yasmincita —dijo Joaquín—. Hay diferencias, pero no es para tanto.

—Ustedes caen en lo mismo que critican a otra gente —replicó Yasemin—. Si yo hiciera eso con Europa, verla como un gran concepto digno de ser explorado teóricamente, no les parecería tan extraño. Para Latinoamérica, el compromiso tiene que ser también emocional. Con los quote unquote subalternos. Porque tú, Joaquín, te haces el que tomas una posición politically incorrect al criticar a un líder populista, pero en el fondo lo que te molesta es que engañe al quote unquote pueblo. Lo disimulas bien, pero eres otro gran defensor del pueblo.

Iban a comenzar su acostumbrada discusión cuando Yasemin se percató de mi expresión de desencanto y cambió bruscamente de tema: mencionó un affaire que había tenido con una mujer en las vacaciones, «sólo por curiosear». Ahora sí, pensé que me encantaba tener ese grado de amistad y confianza con Yasemin y Joaquín. Ellos habían hecho tolerable mi estadía en Madison. Mi colega más joven, Helen, me llevaba dos décadas en edad; no era difícil entender que me sintiera más cerca al mundo de los estudiantes.

Hablamos de películas que valían o no la pena y libros recién leídos.

—Tu clase promete —dijo Yasemin—. Muy hip, muy cutting-edge.

—Aparentemente —opiné—. En el fondo es muy tradicional: leer los años setenta a partir de ciertos personajes periféricos, pero no por ello menos importantes. Michael Townley, Pedro Reissig, el capitán Ástiz, Domitila Chungara.

—Reissig es tu papá, ¿no? ¡Eso es nepotismo! Nunca oí nombrar su novela.

—¿Cuándo has oído nombrar novelas bolivianas? Merece más difusión, ya verán por qué. Y les prometo que no es sólo cuestión filial.

—Más te vale —dijo Yasemin, con una sonrisa pícara—. Si me haces leer una novela mala, jamás te lo perdonaré.

—Pero no te quejas de leer mala teoría —dijo Joaquín.

—Es que es diferente. La teoría es *la* teoría.

—La teoría es también una forma de ficción —comenté—. Hay que usarla cuando la necesitamos, y no dejar que nos use, lo cual ocurre cada vez más en el mundo académico. ¿No, Yasemin?

—Cada loca con su tema.

Me despedí de ellos y fui al estacionamiento a buscar mi auto. Bajaba la empinada colina por la calle Woodworth cuando la vi. Caminaba con su walkman por la acera derecha, mirando al suelo como sumida en una canción o en sus pensamientos (o en ambas cosas). Una ardilla se cruzó por su camino y ella siguió impávida. La mochila amarilla en la espalda le daba un aspecto de colegiala; su cuerpo de piernas largas decía que era mayor. Los rayos del sol se filtraban entre las ramas de los altos árboles y a veces la llenaban de luz.

Detuve el auto bruscamente, aunque estuve a punto de ocasionar un choque. No se percató de mi presencia hasta que escuchó un bocinazo; miró al costado y se encontró conmigo. Se sacó los audífonos y se acercó a mi ventana; le dije que subiera, la llevaría.

—Gracias —respondió, y subió.

—Espero no haber interrumpido ninguna seria meditación —dije—. O algún buen casete.

—Todas mis meditaciones son serias estos días —afirmó, haciendo una mueca de cansancio—. Ya se me pasará. Me ha gustado mucho su clase, y no lo digo porquc csté aquí.

—Si ni siquiera fue una clase. Apenas hablé.

—Pero el proyecto suena muy interesante —una ese resbalosa, interminable—. El syllabus es llamativo. No sé nada del tema, pero me ha llamado mucho la atención, ¿entiende lo que quiero decir?

Estaba nervioso, y ella también. Era ridícula esa sensación. ¿A qué se debía? De reojo me fijé en sus uñas pintadas de rojo intenso, los anillos en todos sus dedos, los aretes de perlas. Su perfume sugería una agresiva brisa marina, y fue invadiendo mi Toyota.

Me dio instrucciones para llegar a su casa por un dédalo de callejuelas que no conocía. En el trayecto le pregunté qué tal sus primeras semanas en Madison. No estaba mal, pero extrañaba Europa.

—Ha sido un cambio muy brusco.

—¿Dónde en Europa?

—Es una historia larga. Conocí a Patrick, mi novio, ¿se acuerda de él, en el café?, en Chiapas, donde él hacia su trabajo de campo para el Ph.D. en antropología. Yes, Chiapas, of all places. Yo había terminado mi B.A. y me fui allá de asistente de uno de mis profesores. Luego me fui a Barcelona, donde me gané la vida trabajando en una galería de arte. Seguí en contacto con Patrick, y cuando volvió a Amsterdam, me animé a visitarlo. ¿Espero no estar aburriéndole?

—Sigue, sigue.

—Patrick quería hacer un pos doc. Yo estaba cansada del real world, así que me animé a hacer el Ph.D. Patrick me aconsejó que hiciera algo relacionado con

Latinoamérica. Me dije, why not? Si me encantaba todo lo relacionado con Latinoamérica. Barcelona está llena de sudamericanos, ¿sabe? Madison ha sido la única que nos aceptó a los dos. Si debo ser sincera, hubiese preferido ir a California. Too close to home for comfort. Soy de Boston, y me cansa el East Coast.

—Entonces estás aquí porque realmente quieres hacer un Ph.D.

—Sí y no —su acento era encantador, mezcla de calle y sofisticación; la mayoría de las letras pertenecían al inglés; la ese era definitivamente española—. No quería trabajar después de mi B.A.; estuve en Chiapas, quería hacer algo humanitario. Fue una experiencia increíble la de Chiapas. Y luego España...

—De Chiapas a Barcelona.

—En realidad quería ir a Bosnia. No se sorprenda. Debe pensar que ando confundida. Una amiga me dijo que me podía conseguir trabajo con Doctors Without Borders. Llegué a Madrid, pasé a Barcelona, me encantó y me quedé. Trabajé en una galería hasta que me cansé.

Se me ocurrió que no me decía toda la verdad. La imaginé como un ser muy libre que podía estar estudiando en Madison tanto como viviendo en alguna aldea en El Salvador o algún pueblito en la Costa Azul. Estaba aquí porque el viaje debía proseguir, y alguna otra ciudad debía venir después de San Cristóbal de las Casas y Barcelona y Amsterdam. Pero Madison pronto la aburriría —a quién no—, y no me sorprendería si dentro de unos meses ella volviera a partir. A no ser, claro, que estuviera muy enamorada, en cuyo caso tal vez terminaría subordinando su espíritu de exploración a la estabilidad de la pareja... Debía dejarme de psicología barata; yo no era, después de todo, un novelista o un cineasta, una de esas personas que necesitan tener una explicación para cada acto del ser humano; de otro modo la narración se resiente y los lectores también.

Llegamos. Abrió la puerta, puso un pie afuera. Se iba a despedir, pero se detuvo y me miró sin articular palabra, como si estuviera decidiendo si decirme o no algo que quizás debía saber. Me dije que debía verla como había visto a todas mis estudiantes desde mi segundo año en Berkeley, cuando era asistente de profesor y una despreocupada aventura terminó con un escándalo que casi me costó la cabeza.

—Ha sido una locura venir —dijo, al fin—. Debimos esperar al menos un año. Pero cuando aplicamos no estaba eso en nuestros planes. ¿Sabe que nos vamos a casar en diciembre? El veintiuno de diciembre.

—Muchas felicidades —dije—. Excelente noticia. ¿Dónde?

—Aquí, allá, ¿qué más da? En Boston.

—Debes estar muy feliz.

—No es bueno estar feliz —afirmó, y luego, pausadamente, como si tuviera preparada la contestación—: La felicidad es un sentimiento muy simple.

Se fue sin dejarme oportunidad para una respuesta. Estuve alrededor de cinco minutos con el motor encendido, sin partir, con la vista fija en el porche de la casa de Ashley, lleno de macetas colgantes, pensando en su frase final.

3

Mi tío tenía un amplio estudio al lado de su cuarto, oloroso a cigarro negro y a papeles viejos. Sobre el escritorio de caoba había una G4; el mueble y el suelo alfombrado estaban llenos de atlas, diccionarios y almanaques mundiales. Un televisor en blanco y negro, una videocasetera y un estante con los últimos libros leídos (*Vineland*, algo de Perec y Schnitzler, uno de Brian Winston sobre la historia de los medios de comunicación). En ese estudio hacía sus crucigramas. En bata y pantuflas, con un vaso de Chivas, fuera la hora del día que fuera (de vez en cuando cocteles de tumbo y maracuyá), se sentaba con la G4 a su derecha —Louise Brooks y otras estrellas del cine mudo desfilando en el screen saver—, colocaba una hoja en blanco sobre el escritorio, la cuadriculaba en veintiuno por veintiuno e iniciaba su trabajo. A veces ponía en el estéreo un compact de jazz —Miles Davis era su favorito; de los nuevos, le gustaba Joshua Redman—, otras, una película en la videocasetera, y trabajaba con el televisor encendido. Era zurdo, su mano se movía con fuerza y rapidez, rompía con frecuencia la punta de sus lápices.

Dormía poco, a lo sumo cuatro horas por noche. En ocasiones trabajaba en el estudio, otras en un herrumbroso container, de esos que se utilizan para traer carga en tren, que había colocado en el patio y oficiaba de laboratorio de investigación; había noches en que se quedaba a dormir en el container. También utilizaba una salita entre su cuarto y el baño, en la que tenía el cuerpo central de su biblioteca: estantes atiborrados de libros. Se levantaba muy temprano, se preparaba el café en un armatoste que decía haber inventado —no debió haberlo dicho: el café era pésimo, aguado— y caminaba entre resoplidos por la sala y los pasillos. Sus pasos retumbaban en mi habitación y me proveían de acompañamiento en las cada vez más abundantes noches en que no podía conciliar el sueño. Parecía un alma en pena, el fantasma de una gótica casona, incapaz de encontrar descanso y cerrar los ojos. Su mente no cesaba de funcionar, sus pensamientos se empujaban entre sí, cayendo entre las coordenadas del tiempo y el espacio para expandirse, ramificarse y entrelazarse con todo lo que encontraran a su paso.

Comenzó a hacer crucigramas cinco años atrás. La demanda de los lectores por ese pasatiempo había motivado a los editores de *El Posmo* a no depender exclusivamente de los que Benjamín Laredo enviaba desde Piedras Blancas. Un editor amigo, que conocía sus habilidades verbales y amplia cultura, le propuso crear un crucigrama. Mi tío, al principio, se rió; luego, le fue tomando cariño a la idea. Era un gran aficionado a resolverlos desde niño; ¿por qué no construirlos? Se puso a estudiar los crucigramas de Laredo, y descubrió que lo principal era tener un estilo reconocible de inmediato; si Laredo tenía las fotos y la frase que serpenteaba a lo largo y ancho del crucigrama, él colocaría un mensaje secreto desparramado entre varias definiciones (por ejemplo, si una definición decía *ciudad de Francia*, y otra pedía *uno de los colores del espectro*, y otra *población española bombardeada en la guerra civil*, el mensaje era Picasso, por *Las señoritas de Avignon*, el periodo azul y el *Guernica*). El placer por los mensajes ocultos era un distintivo familiar.

Había comenzado desdeñando el género, y terminó considerándolo un gran arte, capaz de unir, como ningún otro, de un solo plumazo, la alta cultura y la popular. Respetaba a Laredo, pero a la vez pensaba que era algo elitista y que recurría con mucha facilidad a símbolos químicos y otras coartadas facilonas. Sus crucigramas —bautizados Criptogramas— eran más complejos y sofisticados que los de Laredo, y por ello no tan populares; a la vez, habían logrado el fervor de un número cada vez más creciente de seguidores. En ese rincón de los viernes en el periódico, uno se daba un baño de todos los grandes acontecimientos y personajes del siglo XX: las guerras y los políticos y los actores convertidos sin misericordia en trivia, información con la cual sorprender a los amigos en la parrillada del sábado. *¿Primera estación de radio en Estados Unidos? ¿Poeta de «El guardador de rebaños»? ¿Creador de la ENIAC? ¿Puso el @ en los emails? ¿Luchó contra Enigma en la Segunda Guerra Mundial? ¿Mujer minera que inició la huelga de 1977?* Los crucigramas tenían un gran poder democratizador: igualaban en su grilla a inventores y deportistas y actrices. El siglo se había ido; uno comenzaba a acumular sus hechos más notables e insólitos junto a los de otros siglos, en un inmenso paraje de duelo y amnesia, y quedaban los crucigramistas para recordarnos tantas batallas en la que alguna vez hubo sangre, tanto nombre que alguna vez deslumbró, tanta vida ya más que muerta y agusanada. Daba para la risa y para la melancolía; daba quizás para una risa melancólica.

Desde la sala, rodeado de teléfonos disecados y radios muertas, incapaces de emitir sonidos o captar frecuencia alguna, escuchaba su carcajada bulliciosa, señal de que las palabras obedecían a sus órdenes y se iban encadenando en un abrazo del que no saldrían más. Cuando no había risas, y apagaba la radio y el televisor, debía preocuparme, porque eran señales de que el crucigrama se negaba a armarse; en esos momentos, podía tirar los libros al piso, y romper su vaso o cualquier otro objeto a su alcance (menos el ojo de vidrio, esperaba). Eso no ocurría mucho; en general sabía sortear escollos, salir de las camisas de fuerza que él mismo se empeñaba en construir con sus definiciones. *¿Verdadero inventor de la radio (ocho letras)? ¿País en el que se exilió Howard Hughes? ¿Original Comandante Cero? ¿Líder guerrillero de los sesenta en el Brasil? ¿Inventor del crucigrama?*

Por la noche, salía con Carolina, y de vez en cuando con amigos (Carlos y Federico, los únicos que en verdad me quedaban). Por el día, disparaba mi información al Norte («I'M SORRY, Bolivia nunca saldrá del circuito de la coca!»), y releía a saltos *Berkeley*. Papá había abrumado el texto de sentidos ocultos que sólo salían a la superficie —si salían— después de múltiples lecturas. Los Cuervos Anacoretas eran máquinas de producir enigmas, tesoros del Capitán Kidd. Los últimos días, por ejemplo, recordé la primera frase de Ashley al terminar la novela, your dad was crazy about salamanders, que en ese entonces no me dijo mucho; ahora, había buscado y encontrado siete referencias a las salamandras. En una, la salamandra se llamaba Milvia; en otra, «caminaba por el jardín sin ningún apuro»; en otra más, se la describía como un batracio «euclideano». Milvia, Haste (apuro), Euclid: la salamandra era un símbolo que conectaba a siete calles de la ciudad de Berkeley. ¿Por qué esas calles? ¿Y por qué la salamandra? Me veía caminando por Milvia, recogiendo salamandras mientras de alguna casa salía la voz de Ginsberg hablando de algún supermercado en

California, o la de Kerouac entonando su canto a los locos.

Trataba de mantener la concentración y continuar desenterrando símbolos, y no podía: Ashley y tío David se deslizaban por mi mente y me distraían. De rato en rato revisaba mi email, esperando encontrar unas líneas de Ashley, sabiendo que no me las merecía (y, a la vez, sorprendido por su silencio). Sólo había mensajes administrativos del Instituto, inocuos chismes de amigos, notas de Yasemin poniéndome al día de los rumores —no había visto a Ashley desde mi partida— y pedidos de *Latin American Affairs*: ¿qué ocurriría en el Brasil si seguía cayendo la bolsa? México, ¿up or down en el nuevo sexenio? ¿Lograrían las FARC tomar más municipios? ¿En qué derivaría el populismo de Chávez? ¿Qué dirían los inversionistas ante el hecho de que un estudio de Transparency International había mencionado a Bolivia entre los países más corruptos del mundo?

No me animaba a escribir el primer mensaje a Ashley. Era exponerme a un insulto. Justo, por otra parte.

Tampoco podía dejar de pensar en mi tío. Me preguntaba, sobre todo, por la extraña relación entre él y papá. Durante nuestro primer almuerzo juntos, le conté de mi «proyecto» con toda la seriedad de la que podía disponer (en el fondo, sabía que la escritura de un libro académico, con investigación y notas a pie de página, estaba cada vez más alejada de mi capacidad y mis ganas). Incluso le pedí ayuda, a ver si me contactaba con los compañeros de curso de papá, otros amigos de sus días de activismo político. Me escuchó sin decir una palabra; luego, comentó:

—De niño, te parecías mucho a tu mamá. La expresión de los ojos, sobre todo. Ahora, cada vez te pareces más a Pedro. La sonrisa, la mirada...

—La gente dice que me sigo pareciendo más a mamá.

—No saben lo que dicen. Nadie conoció a Pedro tanto como yo. Ven, te quiero mostrar algo.

Se incorporó, sentí su tufo a alcohol. Salimos hacia el patio de pasto quemado y limonero en la parte posterior de la casa, de gran contraste con los prístinos claveles de la parte anterior. En una esquina estaba el container. Sacó una llave del bolsillo de su bata, abrió la puerta y me pidió que lo esperara. Miré por la puerta entreabierta. El piso estaba lleno de radios despanzurradas, máquinas de escribir sin teclas y teléfonos con su mecanismo interior al descubierto. El limonero despedía una fragancia penetrante.

—Pasa, pasa —gritó.

Me abrí paso entre artefactos. Había cajones llenos de herramientas, clavos y cables, y, me explicó, ambiciosos inventos: una máquina que a partir de una foto utilizaba unas pinzas para fabricar el busto de un individuo en un bloque de cal; una cámara fotográfica que, gracias a un dispositivo de múltiples espejos, permitía tomar al mismo tiempo cincuenta fotos, desde cincuenta diferentes perspectivas. Me quedé mirando la máquina de pinzas.

—No está terminada —afirmó—. En mi mente si lo está, y eso es suficiente para mí. Concluirla me tomaría muchos meses, y se me aparece una nueva idea, y luego otra...

—¿Nunca pensaste en acercarte a algún industrial y ofrecerle tus ideas?

—¿Aquí? Estás loco. No les interesaría. No son proyectos con viabilidad económica.

Pensé que tenía miedo a terminar sus máquinas, a que algún industrial lo comprometiera a continuar desarrollando el invento. Discurrí que su verdadero miedo era el fracaso.

—Pero no es eso lo que te quería mostrar.

Un biombo dividía en dos el recinto. Al otro lado, me encontré con una foto de papá en un marco en la pared, un cigarrillo entre los labios y el gesto ceñudo de intelectual/político preocupado-por-el-destino-de-su-país. En un estante a la derecha había varias ediciones de *Berkeley*, algunas piratas. Había una mesa desvencijada llena de cartapacios.

—Me asustaste con tu proyecto relacionado con Pedro —dijo—. Por suerte el mío es diferente.

Alzó un cartapacio, lo abrió al azar y lo colocó entre mis manos.

—Un diccionario para entender *Berkeley*. Página por página, una explicación de todos los símbolos de la novela, y de todas las definiciones y lugares mencionados, etcétera. Por ejemplo, cuando en la página cuarenta y dos el narrador llega a La Villa de Ash, y se deslumbra por «un paisaje con la chimenea de una fábrica construida en 1910», ¿quién sabe que ésa es una alusión a Kandinsky? Porque Kandinsky pintó en 1910 un cuadro titulado «Paisaje con chimenea de una fábrica».

Hojeé el cartapacio, leyendo a duras penas esa letra tensa y minúscula, comprimida sobre sí misma, como agazapada esperando unos ojos agudos capaces de entenderla. *Berkeley* era un libro de culto, uno de esos textos impenetrables que los escritores del recién pasado siglo se habían empeñado en escribir, un tributo al vasto saber, a la información incontenible que los años habían acumulado y que de pronto explotaba en múltiples direcciones, gracias a las nuevas tecnologías que la procesaban y almacenaban. Los miembros de ese culto no eran muchos, pero se dedicaban a él con obsesiva devoción, compitiendo para demostrar quién era el seguidor más fiel. Con su diccionario, mi tío se ponía en primera fila. Recordé un comentario de Borges sobre un libro que explicaba al *Finnegans Wake*: «Lamentablemente necesario para entender la obra de Joyce». El libro de mi tío era también «lamentablemente necesario», aunque, en mi caso, jamás había dejado que mi absoluto desconocimiento de más de la mitad de las alusiones y símbolos con que jugaba papá impidiera el placer de mi lectura (pero había más placer en decodificar el código, y necesitaba un libro como el de mi tío).

Por supuesto, era sólo un punto de partida. A mí me interesaban más los mensajes cifrados que no podía atrapar un diccionario, las capas ocultas detrás de las capas ocultas, la frase mágica que revelaría súbitamente la armonía del texto, del universo. Ésa era mi pasión primigenia, la que me devolvía a los días de la infancia, cuando jugaba con mis amigos a inventar y descifrar escrituras secretas. Ésa era mi gran conexión con papá, que escribió con las primeras letras de cada capítulo de *Berkeley* la siguiente frase, repetida tres veces: «La mejor forma de ocultar un libro es en la biblioteca». *Berkeley* era, en el fondo, una larga carta de papá para mí. Al descubrir el mensaje que había ocultado en las palabras del libro, lo descubriría a él, o al menos eso creía (prefería olvidar otras cosas de las que me había enterado).

—Me falta mucho —dijo, disimulando su orgullo—. Recién he terminado las primeras treinta páginas. Pienso ponerlo en la red. Crear un sitio dedicado a la novela, con todos los datos habidos y por haber.

—Igual —dije, pasando la mano por los lomos de las diferentes ediciones en el estante, la mayoría en rústica—. El solo hecho de animarte a hacerlo es admirable. No sabía que el libro te gustara tanto.

Hojeé una edición pirata, de fotocopias borrosas, destinada a un público universitario sin un peso en los bolsillos. Papá no estaba, pero algo de él quedaba, por ahora en libro, muy pronto, seguro, vía multimedia (la propaganda de American Express en la parte superior de la pantalla, el enlace a Amazon.com a la izquierda). Era admirable. Yo me iría, y nadie se acordaría de mis múltiples aventuras sentimentales, del tono alucinado de mi voz cuando enseñaba mis clases, de mi habilidad para los acrósticos y anagramas, de la expresión de mis labios para mostrar interés o desdén, de mis burdos esfuerzos por no dejar mi niñez y mi adolescencia atrás, de mi vileza. Sentí que el libro me quemaba las manos y lo dejé sobre la mesa.

—Siempre inventaron rivalidades entre Pedro y yo —señaló después de una larga pausa—. La verdad es que no hubo, no hay, ni habrá nadie que lo admirara y respetara más que yo.

En la sala, pensaba en dos hermanos más inteligentes de lo normal. Uno de ellos, el menor, era muy carismático y se llevaba los aplausos; el otro se mordía los labios y juraba que su momento tardaría pero llegaría. Ambos habían intentado escapar de su destino literario, uno a través de la política y otro con sus inventos, pero no pudieron hacerlo del todo: el primero terminó escribiendo una gran novela, el segundo llegó a convertirse en un notable crucigramista (una suerte de destino literario, después de todo). En su momento, se habló mucho de rivalidades, se rumoró incluso que la esposa de mi tío estaba enamorada de papá. Que mi tío no había entrado en política por convicción, sino para estar más cerca de ellos y vigilarlos. No lo creía del todo, pero me interesaba mucho averiguar más acerca de esa compleja relación fraternal.

—¿Sabes con quién deberías hablar? —dijo tío David apareciendo en el umbral, asustándome con su vozarrón—. Con Jaime Villa. Era compañero de curso de tu papá, su mejor amigo en La Salle. Estaban un curso menos que yo. Eran inseparables. Un tipo pedante e insoportable, pero que no se merece lo que le está ocurriendo. Si quieres saber mi opinión, tenemos que aprender a lavar en casa nuestros trapos sucios. ¿Por qué mandarlo donde los gringos...?

¿Villa, alguna vez su mejor amigo? ¿Villa, cuyo ingreso en el narcotráfico se debió a la misma dictadura que dio fin con papá? El autor de *Berkeley* no dejaba de sorprenderme.

Camino por las soleadas calles de Río Fugitivo escuchando a They Might Be Giants a través de los audífonos de mi Nomad. La música en mis oídos intensifica mi experiencia de estas calles estrechas cuyo punzante ruido —bocinas de colectivos, gritos de vendedores callejeros— se convierte en apenas un murmullo. La revolucionaria intimidad de mi universo en medio del tráfago cotidiano, mi sistema nervioso moviéndose por el paisaje urbano con su propia banda sonora. Música portátil para aislarme sin cerrar las puertas de mi habitación. Como cuando iba a visitar a Jean a Nueva York, en el largo invierno; las ventanas cerradas del auto, el crepuscular paisaje a los costados y la música de Queen a todo volumen en el interior de la burbuja.

Alguna vez fui dueño de estas calles. No era necesario conocerlas todas para saberse poseedor de ellas. Desde mis barrios movedizos —las casas que mamá habitó, la de mi tío— podía dominar el palimpsesto de ciudades que esos días iba adquiriendo consistencia: la pobre zona sur, apretada entre la estación de tren y la feria del fin de semana y las colinas, llena de campesinos migrantes; los barrios residenciales en el norte, cubiertos de árboles que daban sombra a sus calles plácidas; el casco viejo, acorralado por nuevos edificios que comenzaban a usurpar su quieto esplendor —fachadas republicanas, iglesias coloniales, grandes casas con patios interiores—; el turbio y serpenteante río Fugitivo, cada vez más miserable en aguas, acumulando basura en sus costados y mendigos bajo sus múltiples puentes.

Una mujer embarazada me cambia dólares en una plazuela con la estatua de Bob Dylan (una guitarra en las manos, una grieta en la frente, al fondo la colina donde se esconde la Ciudadela). El desenfrenado contraste abruma en la Avenida de las Acacias, profusa en jacarandas y en jardineras bien cuidadas. Más y más edificios hunden sus raíces en el centro, con sus paredes llenas de anuncios publicitarios; hay refulgentes galerías comerciales con escasa clientela; las áreas verdes se multiplican con su remanso de fuentes (y sus niños drogadictos por las noches). El alcalde hace todo lo posible por darle una magnífica apariencia exterior a la ciudad; es, parece, su única preocupación (también ha propuesto, para paliar su obsesión modernizadora, que uno de los nombres oficiales de la ciudad sea Kitamayu). A la vez, hay más vendedores informales en cada cuadra —ofreciendo en carretillas falsificada ropa de marca, hojas de afeitar y videos—, y familias campesinas enteras, llegadas de Potosí, piden limosna en las esquinas y duermen en las puertas de las iglesias. Inventamos, día a día, nuevas formas de mostrar el progreso y la miseria, y luego nos es suficiente una calle para enseñar nuestros contrastes: la gente se agolpa en las vitrinas de las joyerías, pero hace sus compras en las carretillas de los informales.

Camino entre el gentío, pensando en Ashley, quien me bajó de la red estas canciones de They Might Be Giants sólo accesibles en MP3. En una sala de juegos electrónicos, jóvenes y no tanto miran abstraídos sus pantallas. Un borracho está tirado en una esquina de la plaza principal. El vendedor de periódicos vocea los sangrientos titulares de los tabloides. Una mujer es asaltada en plena calle y corre con sus tacos incómodos detrás del ladrón. Un joven de saco negro tiene un celular púrpura pegado al oído derecho. Las paredes están llenas de pósters de Montenegro y el alcalde, dándose un efusivo abrazo. Los graffiti sobre los pósters hablan de la nación oprimida que se levantará para devorar a la nación blanca. Alguien me ofrece los focos robados de un Suzuki. Cerca de la catedral, venden imágenes bendecidas de la adolescente que escribe en latín libros que le dicta el Señor. La cacofonía de los taxis y los colectivos.

Aquí, en esta plaza llena de jubilados en sus bancos y palomas en torno a los lustrabotas, hubo un par de muertos en abril. Un capitán del ejército disparó a mansalva hacia un grupo de manifestantes; el capitán no fue pasado ni siquiera a retiro; Robinsón, dicen que le dicen. Hubo diez muertos en Cochabamba, otros tantos en La Paz. De tanto en tanto, despierta el país; de tanto en tanto, un grupo dice basta, no se puede con tanta pobreza, tanta injusticia, tanta corrupción. El gobierno busca, apresurado, las soluciones. Pero los problemas de fondo jamás son resueltos, tan sólo son postergados para una ocasión futura, cuando la paciencia de la gente se agote (se confía en que siempre hay un poco más de paciencia y resignación). Habrá nuevas protestas, nuevas manifestaciones, nuevos muertos; no se detiene, no se puede detener, no se detendrá la vertiginosa y caótica rueda en la que gira el país.

Me acerco a una muchedumbre a las puertas de la agencia central de *El Posmo*. La mayoría tiene en sus manos la hoja del periódico con el Criptograma a medias. Compran y venden información: nombres de torturadores argentinos son intercambiados por los de espías ingleses. Hay un ciego que llena de monedas su sombrero gracias a su prodigioso saber. Las preguntas van, las respuestas vienen. En un gran buzón, a la entrada, se depositan los crucigramas terminados. Habrá un sorteo entre los que tienen la solución correcta. Es una escena familiar —de niño, yo me reunía cerca de la plaza a canjear figuritas de álbumes de futbolistas, de billetes del mundo—, y a la vez una escena rara, muy rara. Me siento orgulloso de mi tío.

Esta ciudad ya no es mía. Soy un extraño, un extranjero en ella. Me ha dejado atrás, incapaz de abarcarla, y va sin mí camino a su futuro de esplendores y desgracias. Nunca clausuré del todo los planes de volver algún día de manera definitiva, pero me las ingenié para buscar excusas que postergaran el regreso. Como un espejismo alejándose continuamente en el horizonte, Río Fugitivo está a mi alcance y siempre retrocede. Yo hago retroceder a la ciudad, temeroso de volver a ella; o acaso la ciudad a la que quiero volver es sólo una y no está más, la dejé el día que partí por vez primera.

Por suerte, todavía puedo escapar a Río Fugitivo cuando agobia el Norte, o, como en este caso, cuando necesito recuperar el aire después de un periodo de extravío. Ya la ciudad no es mía, y con los audífonos de mi Nomad me siento protegido. Aun así, hay un inconfundible olor en las calles —mezcla de comida (pollo al spiedo, sándwiches de chola) y del monóxido de carbono que emiten los viejos colectivos— y un peculiar tono azul en el cielo; en ellos reconozco retazos de lo que fue mío, de lo que, imperfecto y todo, quizás siga siendo mi mejor hogar. Quisiera entregarme a esos retazos, fundirme por completo en ellos. Son sólo instantes. Al rato, emerjo insatisfecho de mi utopía de plenitud.

A seis cuadras de la catedral, en una descuidada plazuela, está la estatua de papá. Aunque no había partido rumbo a esa dirección, mis previsibles pasos me han conducido allí. Camino en torno de ella, espanto a las palomas, apago el Nomad. Papá está parado sobre un pedestal, mira al futuro con rigidez; alguien ha dejado un ramo de rosas a sus pies. Cualquiera lo confundiría con algún patricio fundador de repúblicas. La piedra ya no brilla como hace más de quince años, cuando un bien intencionado presidente la inauguró como homenaje a uno de los héroes más conocidos en la larga lucha por la recuperación de la democracia. Miro a papá y lo vuelvo a mirar; quisiera que la piedra hable, que me diga lo que ansío escuchar.

Silencio. Al rato, las palomas se arman de valor y regresan en procura de su territorio perdido.

Enciendo el Nomad. A Ashley le gustaba hacer el amor con la música de They Might Be Giants a todo volumen en la habitación.

Carolina pasó a buscarme a las diez de la noche. Los pantalones y una chamarra de cuero negro, los pómulos huesudos y el clip sobre la ceja derecha: un aire peligroso que escondía a una mujer vulnerable, absurdamente romántica e ingenua. Sin ser hermosa, era capaz de conmoverme. Iba a decírselo, pero preferí callarme. Pregunté adónde íbamos.

—A dar una vuelta y luego a El Marqués, una discoteca recién inaugurada. Dicen que imita el estilo everything-goes de los antros gay en Miami y San Francisco. Nos veremos allá con Fede y Carlos. Además que hay una sorpresa para ti. ¿Y qué diablos haces con lentes de contacto azules?

—Siempre quise tenerlos —dije, ruborizándome—. Me di cuenta que no lo hacía por el famoso qué dirán. Al diablo, ¿a quién realmente le importa?

—Se nota que ya no vives aquí. Gracias a este clip media ciudad cree que soy droga.

—¿Y no lo eres? —me subí a la moto.

—Chistoso.

—No hay que renunciar a nuestro lado frívolo. No te preocupes, sólo me los pongo de mes en cuando.

—Lentes de contacto azules, perfume para ahogar a cualquiera... Eres más coqueto que todas mis amigas juntas.

—Éste es Envy. Ideal para la noche.

Había ocurrido de la manera silenciosa y solapada de anteriores vacaciones: dos semanas apenas, y Carolina se había inmiscuido en mi vida de una manera que la tornaba imprescindible. Cuando sugerí que quería perder un par de kilos, no sólo me inscribió en un gimnasio sino que se ofreció a ir conmigo (allí descubrí que las apariencias engañaban, que sus muslos habían acumulado grasa). Me invitaba a cenar a su departamento, alquilaba videos para que los viéramos juntos —sabía de mi debilidad de anticuario por las películas en blanco y negro—, me pasaba a buscar apenas le decía que quería ir a la hemeroteca municipal en busca de algún detalle para mi libro. No sabía si su adaptación a mi forma de ser le nacía de manera natural, o si quería complacerme en todo en busca de algún motivo ulterior. A ratos, en los raros momentos en que me venían flashbacks de la despreocupación de mis anteriores vacaciones, y descubría con sorpresa que todavía estaba soltero y sin compromisos, y renegaba de la madurez que me llegaba a pesar de mí mismo, me decía, molesto, cínico, mal acostumbrado, que su indiscriminada presencia ahuyentaría a cualquier mujer advenediza y bien (o mal) dispuesta. Quizás eso era positivo; lo que menos necesitaba era otra complicación sentimental. Creí haber resuelto mis problemas tomando el semestre de licencia que me tocaba para escribir el libro, en el fondo huyendo de Madison, cuando lo único que había hecho, lo descubría lentamente, era traerme los problemas conmigo.

El Marqués era un lugar de un solo ambiente, oscuro, sin mesas y con un pésimo sistema de aire acondicionado. El ruido de la música era atronador. Los mozos y los que preparaban las bebidas eran todos hombres, con poleras de mangas cortadas, gays a la legua. Las paredes estaban forradas con papel periódico, primeras páginas de *El Posmo* y *Veintiuno* llenas de titulares alarmistas, alguno que otro Criptograma (*¿Sobrevoló el Polo Norte en el dirigible «Norge»? ¿Por qué película le dieron el Oscar a Joanne Woodward? ¿Apellido de la guerrillera Tania?*), uno de esos Seres Digitales que algún tiempo atrás habían estado de moda. Al fondo, una tarima para actuaciones. Apenas se podía caminar, y nos costó encontrar a Carlos y a Federico. Era uno de esos clubes a los que la gente, por un curioso efecto de retroalimentación, va no porque le gusta sino porque está de moda. Había ido mucho a esos clubes, en Río Fugitivo y en San Francisco (cuando vivía en Berkeley); en Madison ya no; ahí ya era profesor y debía guardar distancias, evitar encontrarme con mis estudiantes en esos sitios (en cafés sí podía, y en habitaciones de hoteles baratos también). Quizás los clubes nunca habían cambiado, y su música había sido siempre ensordecedora, opresivo el olor a cigarrillo y sudor, e imposible el caminar; quizás sólo yo había cambiado.

—La parejita del momento —dijo Federico con sorna, al encontrarnos. Tomaba un Cuba libre, un Startac al oído. Pedí al mozo un Old Parr y un San Mateo para Carolina.

—Sí, de una vez, che —dijo Carlos, con un Old Parr en la mano—. No pueden ser tan felices, tienen que casarse. Te viniste matadora, Caro. ¿Y ese color de ojos? ¡La puta, boludo!

—¿En qué están *Los Sopranos* por allá? —dijo Federico—. Ah, me olvidaba. Tú eres medio nulo en cuestiones de pop culture. Académico tenías que ser. Seguro que ni siquiera has visto la última de Will Smith.

Federico era uno de los pocos amigos solteros que me quedaban; alto y moreno, trabajaba de asistente de vuelo en el LAB; pese a ello, o quizás por ello, se dedicaba con fruición a las drogas y al trago. Se quejaba de los brasileños que se habían hecho cargo de la aerolínea; decía que eran tacaños con los repuestos, «cualquier rato habrá un accidente, man», y lo irritaba que controlaran su falluca, «antes nos dejaban traer todo, man». Carlos, rubio y bajito, era casado y tenía dos hijos; actuaba como si fuera el hombre más libre de la ciudad, y rara vez salía con su mujer los fines de semana. Tenía un gran talento para contar hazañas mentirosas sobre lo bien que le iba en los negocios, y para lograr que le creyéramos.

—Tengo mi crucigrama en el auto —dijo Federico—. A ver si me ayudas. Dile a tu tío que no joda tanto las pelotas. *¿Filósofa francesa de la escritura femenina?*

—Debe tener en algún baúl su libro de soluciones —dijo Carlos—. Si lo encuentras y lo fotocopias, harías buen billete. Puedes ganarte doscientos dólares a la semana si descifras la clave secreta.

—Nadie los obliga a hacerlos —dije—. Pásense a Laredo si no pueden con mi tío.

—Easy, man. Es joda nomás. Yo me contento con hacer el crucigrama, la clave es otro mambo. Me pones incómodo con tus ojos azules. Vamos al baño, yo te los saco si quieres, de paso tengo algo de coca.

Los miré con extrañeza. Yasemin y Joaquín debían haber estado allí conmigo; ellos eran más afines a mi mundo actual. Me hice el que los escuchaba, la sonrisa estudiada y todo, pero en realidad miraba los cuerpos de dieciocho o diecinueve que me rodeaban, y que caminaban despreocupados en la penumbra, a veces moviéndose al ritmo de la música, enfundados en vestidos ligeros, o con jeans al borde del estallido, y los rostros de líneas todavía no solidificadas, excesivos en maquillaje, el deseo en la mirada. Los cuerpos de dieciocho o diecinueve a los cuales cada vez tenía menos derecho; me iba alejando de ellos aunque lo negara, o tal vez ellos se alejaban de mí; pronto llegaría el día en que buscarlos me estaría legalmente vedado, o sería una de esas aberraciones por las que más de un hombre ha sido condenado sin juicio por sus pares, y que hay que hacer en la oscuridad y en secreto, a espaldas del mundo, como se hace la mayoría de los actos, hay pocos que la gente permite y aplaude.

Carolina tenía una expresión de rabia contenida, quizás se había dado cuenta de mi mirada escudriñadora. La abracé y la llevé a bailar; el discjockey había decidido ser clemente con nosotros y nos concedía un paréntesis de música disco. Las chicas tenían brillos en la cara y los chicos arete y el pelo corto y con rayitos. Recordé al futbolista argentino que había impuesto ese peinado y que alguna vez había fallado tres penales en un partido. De reojo, me miraba en los espejos para ver si podía competir con ellos, con tanta juventud. Sí podía. Sí podía.

—¿Cuál es la sorpresa?

—¿Has oído hablar de Berkeley?

Hablábamos a gritos.

—¿El libro? ¿La ciudad?

—El grupo de rock nacional del momento se llama Berkeley. No te rías. Sabes de política y no sabes lo que cuenta de verdad. Homenaje a tu papá, supongo. Actuarán aquí esta noche.

—No te creo. ¿Y qué tocan? ¿Canciones políticas?

—Para nada. Sus videos son seudopolíticos, no sé si has visto el último. Pero sus canciones son de lo más románticas, como Luis Miguel en ácido. A veces le meten instrumentos nativos a su rock, tipo Octavia.

—No lo he visto.

—Una versión surrealista de lo ocurrido en la calle Unzueta. Con homenaje a Buñuel y todo.

Me quedé intrigado, pensando en la proliferación de ese nombre que significaba tanto para mí. Gracias a papá, había ahora en el noctámbulo barrio de Bohemia un café Berkeley, y por la universidad estatal una librería Berkeley, y un grupo de rock que se llamaba Berkeley. Yo había ido a estudiar allá años atrás, motivado por el deseo de encontrar alguna clave para entender a papá (terminé confundido y entendiéndolo menos que antes, pero al menos me había encontrado a mí mismo, o al menos eso creía, o al menos eso creía que creía); quizás si esta proliferación nominalista hubiera ocurrido antes, no habría tenido la necesidad de ir a Berkeley.

Me vi caminando a través de Sather Gate durante mi primer día de clases, volviendo de Dwinelle y rumbo a Sproul Hall, dos pétreos dragones chinos en los costados de la puerta. En la explanada, un agresivo aroma a marihuana, quince estudiantes en un smoke-in, predicando las virtudes de la yerba a vista y paciencia de tres policías en shorts y bicicletas; un hombre de pelo blanco subido sobre un balde, anunciando con una Biblia en la mano la pronta llegada de Joshua; mesas de grupos de estudiantes chicanos, bisexuales, republicanos, anarquistas, comunistas. Birkenstocks, tie-dyes, desgreñadas mujeres con vellos en las axilas, tatuajes y aros que horadaban ombligos y lenguas. Nunca sería como ellos, pero aplaudía su desgarbada manera de buscar la libertad (de extraviarse al buscarla). Firmé una petición para levantar el embargo a Cuba y me sentí feliz. A lo lejos, desde las gradas que daban a Zellerbach Hall, se podía escuchar el rítmico ruido de unos tambores.

Last train to London, just headin' out,
Last train to London, just leavin' town.
But I really want tonight to last forever
I really wanna be with you.
Let the music play on down the line tonight.

—Me encanta Electric Light —grité. Ashley escuchaba canciones de Discovery todo el tiempo: *Confusion, Don't Bring Me Down, Shine A Little Love...* Ashley escuchaba música todo el tiempo; eso haría, decía, que no me escapara de su recuerdo cuando termináramos, si terminábamos. Iría a un concierto de música clásica y Bach me remitiría a ella; encendería la televisión y cualquier video en MTV vendría acompañado por ella; la música de Claydermann en los ascensores, Shakira en español y en inglés en los centros comerciales... era ridículo, era patético.

—No te escucho.

Acerqué mis labios a su oreja derecha y se lo repetí. Asintió. Imaginé a Ashley con un turbante, como el chico de la tapa de Discovery, mirando un disco de luces de neón amarillas y azules y rojas, en cuyo centro se podía leer, en vez de ELO, AYP.

Terminó la canción y volvimos donde estaban Carlos y Fede. Me molestaron tanto con mis lentes de contacto que decidí sacármelos; fui al baño con Federico, me los saqué y los puse en su cajita mientras él aspiraba cocaína. Luego me puse mis lentes con armazón de metal, y odié el rostro que me devolvió el espejo.

—¿Quieres?

No quería, pero dije que sí. No había que ofender a los amigos.

—Tendrás acción esta noche, ¿no? —dijo—. ¿Quieres llevarte un poco, para hacerla alucinar?

—No creo que pase nada.

—No jodas, si está con una cara que ya no da más.

Le dije que una estudiante me había movido el piso y que no tenía ganas de nadie más. Le conté de Ashley y le pedí que no lo divulgara.

—Qué delicioso, con una estudiante. Fresquita, recién salida del horno, sus calzoncitos todavía oliendo a meo. Pero tirártela a Caro no será lío, supongo.

—No quiero saberlo. Mejor no me complico la vida.

—¿Desde cuándo tú hecho al cartucho? Ver para creer. Parece que los States te están ablandando, man.

Al volver, todavía pensando en las palabras de Fede, le pregunté a Carolina, de manera casual, si me podía llevar a conocer a Jaime Villa. No debía darme espacio para fijarme en sus pantalones de cuero.

—Por supuesto. ¿Cuándo quieres? Hablaré con Ricardo.

—Mientras más pronto, mejor. Quiero hacerle un par de preguntas para mi libro.

«Para mi libro.» Daba para reírse.

—Académico. Quién lo hubiera creído.

—Diseñadora en la red. Quién lo hubiera creído.

—No lo tomes a mal. ¿Otro San Mateo? Sólo que es raro, si te pones a pensar. No tengo amigos profesores.

—Estaba en la sangre. En mis genes. Mi interés por la escritura, quiero decir.

—Entonces mejor escribe una novela. Será más entretenido.

—No me interesa. Para eso... no se necesita estudiar. O quizás sí, pero de manera menos formal. ¿No crees que lo mío tiene mérito?

—No el mismo. Los artistas pueden llegar a más gente. ¿Quién lee a los críticos?

—Lo que hago es también un arte —lo dije con convicción, mientras ella me miraba con aire incrédulo—. Yo también soy un artista.

A partir de ahí mi humor cambió. Y seguí viendo los cuerpos y rostros jóvenes a mi alrededor, esperando que alguien se me acercara y me dijera «tu tiempo no ha pasado», mientras renacía en mí algo de la envidia que alguna vez le tuve a papá, esa envidia que se había transformado en admiración incondicional, porque él había logrado merecidamente un reconocimiento que a mí se me negaba (lo mío duraría poco y contaba sólo para unos cuantos). De los grandes odios pueden nacer grandes amores, pero no hay amor nacido así que termine por enterrar del todo las raíces que le dieron origen. Debía reconocerlo, aceptar que ese día en casa de mi tío, en el container, mientras me hablaba de su proyecto del diccionario y veía las ediciones de *Berkeley*, hubo muchísimo orgullo, y también una envidia lacerante y muy difícil de confesar. Quizás eso se aplicaba también a mi tío, quizás terminaría identificándome con él y entendiéndolo más que a papá.

A las dos de la mañana, el discjockey dejó de tocar y aparecieron los de Berkeley. Eran cuatro, una pinta entre hard rock y grunge que dejaba entrever su conocimiento de la música del Norte y sus ganas de apropiarse de estilos a su antojo, descontextualizando significados. ¿Qué hacían esas melenas a lo Poison con esos jeans rotos a lo Nirvana? Hasta el chullo del guitarrista venía de algún video de Stone Temple Pilots, no de nuestros campesinos. Digno de aplauso y deplorable a la vez.

Las mujeres chillaron y los hombres aplaudieron. El olor a marihuana había tomado el recinto; la gente se apretujaba, se hacía difícil respirar. Ignoré a una chiquilla de senos grandes que me ofreció Ecstasy a veinte dólares la pastilla (la recesión no había llegado a El Marqués). Berkeley comenzó con covers de Marilyn Manson y Third Eye Blind, muy aceptables, aunque la batería sonaba a una glorificada lata Klim. El cantante, de largo pelo negro, tenía gran dominio escénico y las mujeres gritaban su nombre con estridencia. Era lindo de una manera convencional: los labios carnosos y la nariz respingada.

—Los pobres —dijo Carlos, con la típica envidia masculina—. Se creen la muerte y no están ni para Markacollo. ¿Será que piensan que alguien los va a descubrir en este antro?

—A mí me gustan —dijo Caro, contemplando deleitada al cantante—. Tienen ritmo, tienen pinta, ¿qué más quieres?

—Originalidad —dijo Federico, la mandíbula temblorosa, los ojos rojizos.

—Hablas de envidia.

—Claro. Quiero ser rockero. Y que ellos piloteen mi avión.

—Del modo que los del Lloyd no le pelan ninguna turbulencia —dijo Carlos—, no me extrañaría que ya lo estén haciendo.

La originalidad vino después. Cuando comenzaron a tocar sus propias canciones, me sorprendió descubrir que, exceptuándonos, todos en El Marqués sabían de memoria sus letras simplonas y banales. Me sentí lejano, como si una secta en las catacumbas hubiera entrado en sesión, excluyéndome de un zarpazo.

—Ésta es la canción que te digo —dijo Carolina—. *Donde vayas te seguiré.*

La letra no era nada original, un bolero en ritmo de rock. «Donde vayas te seguiré, donde vayas te llevaré, eres mi religión privada, contigo el cielo no lo necesito, no, no, no.» Me decepcionó. No valía la pena intentar siquiera decodificar algún mensaje sobre el atentado de la calle Unzueta. Habría que ver el video.

Me distraje mirando a una rubia de escote vertiginoso que, aprovechando la oscuridad, se dejaba meter mano por un chiquillo moreno de no más de dieciséis. Seguí mirándolos, con ganas de intercambiar lugar con el muchacho.

Me llevé las manos a la cabeza. Sin sutileza alguna, la migraña venía por mí. Un monstruo que reptaba por mi corteza cerebral, presto al caprichoso ataque.

—Parece que no te estás divirtiendo mucho —dijo Carolina, con un ligero tono de sorna.

—Suficiente ruido para una noche —protesté, respirando hondo, dejando que se desvanecieran las ondas expansivas del dolor de cabeza. Pronto vendría una nueva oleada.

—Si quiere irse ella, te puedes quedar con nosotros —dijo Fede—. Te llevamos luego.

—No, está bien. Me llevará Caro.

—¿Qué bicho le ha picado a éste? —preguntó Carlos—. ¿O será que tienes novia gringa y estás hecho al fiel? ¡Qué boludo!

—Pedro ya es todo un gringo —dijo Fede—. ¿No que allá se cierra todo antes de las dos, y hay que irse a casita? ¡Qué país para no saber divertirse!

Sonreí y me despedí. Apenas me di la vuelta, escuché murmurar a Federico: «luego te cuento». Lo miré, pasé disimuladamente mi dedo por el cuello. No había caso, estábamos en frecuencias distintas. No debía llamarlo ni a él ni a Carlos, no debía volver a salir con ellos; ésa era la forma correcta de actuar. Y, sin embargo, tenía que admitir que no los quería perder. O acaso no quería admitir que ya los había perdido, hay parejas que salen juntas por mucho tiempo hasta darse cuenta de pronto que todo había terminado años atrás. Federico y Carlos me dolían en todo el pecho: ellos eran mi adolescencia; no tenerlos era no tener uno de los tenues hilos que me quedaban para asirme a Río Fugitivo.

Volví a enfrentarme a ambos, me les acerqué y les di un abrazo efusivo.

—Lo que nos faltaba —dijo Carlos—. Se nos puso sentimental.

—O le subió —completó Fede—. Todo un pollo. Se nota que allá toman cerveza aguada.

En la Kawasaki de Carolina, aferrado a ella, con un dolor de taladro en mis sienes y la presión en el ojo derecho, me imaginé abrazado a esa novia gringa que no era mi novia. Y me hundí en un pozo de angustia, por tanto deseo que amenazaba aflorar y que había desperdiciado esa noche, por haber dejado que mi vulnerable piel se emocionara ante la contemplación de esos amagos de mujeres mientras existía, a la distancia, en la Madison de cielo opresivo y plomizo, una mujer de verdad. Angustia, porque Ashley yacía desvelada en la cama, al lado de un hombre que le era indiferente, y trataba de decidir si era posible amarme después de mi cobardía, o si era mejor odiarme, u olvidarme de una vez por todas. Angustia, porque tenía miedo a llamarla, y ella no lo había hecho, y no había en ese instante algo que hubiera querido más que llegar a casa y que sonara el teléfono, ese maldito aparato portador de tantas desgracias, y también de maravillas.

—¿Paso mañana, a las ocho para el gimnasio?

—Mañana no. Estoy cansado, quiero dormir hasta tarde.

—Si quieres bajar de peso...

—Que falle un día no es la muerte.

—Así se comienza.

—Te llamo mañana para lo de Villa.

Le di un apurado beso en la mejilla, y entré corriendo a mi cuarto. Tomé un Imitrex y me tiré sobre la cama con las manos en las sienes, hasta que llegó una pausa de la que me aferré con todas mis ganas.

Mi tío no tenía razón. El teléfono podía ayudar a la comunicación, pero la insalvable distancia no era la mejor manera para que se encontraran dos seres.

Mis primeras semanas transcurrieron en medio de una inestabilidad política que ahogaba la respiración del país. Bolivia, up or down? Down. Los síntomas de la recesión se habían agudizado, y subían los precios del pan y la gasolina. Las denuncias de corrupción salpicaban a muchos funcionarios públicos; ante el deplorable estado de las finanzas, los políticos preferían tomar su parte antes de que fuera tarde, y se dedicaban al saqueo. En la televisión, un dirigente campesino de Achacachi y otro de los cocaleros del Chapare, ambos aymaras, llamaban a sus huestes al bloqueo de carreteras y se convertían en líderes del descontento general; el de Achacachi, menos afincado que el otro a una problemática específica, enarbolaba un discurso agresivo que hablaba de las «dos Bolivias» y de la necesidad de que la blanca, la superficial, diera paso a la profunda. Hubo grandes manifestaciones cívicas en Santa Cruz y La Paz, huelgas por doquier, marchas de trabajadores de distintos gremios, muñecos que representaban al Tío Sam quemados (se culpaba a Estados Unidos de injerencia en la política interna), insultos a Chile y Brasil, los vecinos que se habían aprovechado de la fiebre privatizadora del Estado y controlaban ahora las principales empresas estratégicas del país. Hubo muñecos de Montenegro que visitaron la hoguera. El autoritarismo del mandatario, que los primeros años de su gobierno democrático había logrado disfrazarse de paternalismo benévolo, vacilaba entre proseguir con el disfraz o controlar el desorden a través del llamado a las fuerzas policiales y militares (o acaso Montenegro nunca había vacilado, sólo que ahora tenía prolijos asesores de imagen y un eficiente equipo publicitario).

En Río Fugitivo, los maestros y los cocaleros se movilizaron bloqueando avenidas y caminos: una mañana le tocó a nuestro barrio. Vivíamos al norte, cerca del estadio donde los River Boys perdían cada domingo, y a los pies de La Atalaya, esa urbanización de nuevos ricos en las alturas de la ciudad. Hablé con algunos vecinos furiosos, recordando que cuando era niño no había muchas construcciones en la zona, las calles eran de tierra y la casa de tío David, rodeada de sauces llorones y eucaliptos, estaba en los extramuros de Río Fugitivo. La ciudad había avanzado, había llegado a sus puertas a turbar su paz y aislamiento con comercios y movilizaciones laborales.

—Que protesten, pero en otra parte —decía una señora de pelo blanco y rostro arrugado, tratando de mover por su cuenta las piedras que bloqueaban el paso en la cuadra—. Aquí molestan.

—De eso se trata, señora —dije—. ¿Quiere una protesta que no moleste a nadie?

—¿Y usted qué pito toca en este entierro? —reclamó, irritada— ¿Está a favor de estos indios mugrosos?

—No se trata de estar a favor o no. Sólo de ponerse en su lugar. Usted haría lo mismo si fuera uno de ellos.

—No insulte, jovencito. Y es fácil ponerse en su lugar para usted. Tan bien vestido, de lejitos nomás la cosa.

Me callé. No ganaría nada discutiendo con ella.

Un viernes al mediodía, cuando estaba en la hemeroteca municipal leyendo periódicos de los setenta —en realidad, haciendo el Criptograma—, se oyó a lo lejos una explosión. La gente se acercó, curiosa, a las ventanas; algunos salieron corriendo. El alboroto me había encontrado en *Ruso, verdadero inventor de la televisión en 1908*. Tenía la tercera y la cuarta letras: ZI. Me levanté, bajé las escaleras con la hoja del Criptograma bajo el brazo, y salí a la avenida. Un policía desviaba el tráfico. Había una aglomeración a tres cuadras de la hemeroteca, a las puertas de un edificio azul. La curiosidad pudo conmigo y me dirigí hacia allá; me detuve ante un cordón policial, a media cuadra del edificio. Había un jeep rojo destrozado. Llegaron las cámaras de televisión; una periodista morena de blazer negro y corbata comenzó a reportar en vivo, interrogando a transeúntes con voz chillona. Me fui enterando de lo ocurrido: una bomba había explotado en la puerta de un canal de televisión.

—Extraño, muy extraño —dijo la reportera, una sonrisa telegénica que no iba con su tono preocupado—. El canal *Veintiuno* se dedica a videos musicales y noticias del mundo del espectáculo. ¿Qué motivos puede haber para ponerle una bomba? ¿A qué estado de caos social estamos llegando? Por suerte, no tenemos que reportar pérdida de vidas; apenas daños materiales, un jeep y muchos vidrios rotos.

Me alejé del lugar.

Tío David me dijo, después, que estaba seguro que la bomba tenía que ver con Villa. Según él, el catalizador para todas las protestas era la decisión gubernamental de extraditar a Villa. No me convenció. En el caos reinante, muchos grupos se aprovechaban de la situación para poner sus demandas en la mesa de negociaciones. Bajos sueldos que no iban con el alza continua del costo de la vida, despidos masivos de trabajadores, inestabilidad política, pobreza desesperante: había un nuevo milenio, pero los problemas que afrontaba el país eran casi los mismos con que había nacido un par de siglos atrás.

El gobierno ya había aprobado la extradición, pero todavía no se animaba a embarcar a Villa en un avión rumbo a Miami por miedo a un recrudecimiento de las protestas. El narcotraficante languidecía en su mansión en las afueras de la ciudad, bajo arresto domiciliario. Esperaba conocerlo pronto; Carolina me lo había prometido.

El tema fascinaba a mi tío, y había incorporado datos de la legendaria biografía de Villa en sus crucigramas. A veces salíamos a la calle, a caminar por el barrio; allí, con sus cigarros negros olorosos a chocolate y sus manos gesticulantes, no cesaba de repetir su argumento: debíamos ser más nacionalistas, decirles no de vez en cuando a los gringos.

—Ahora quieren que erradiquemos los cocales, y el gobierno lo hace sin protestar, sin argumento de identidad cultural que valga. Algún día nos dirán que le cambiemos el nombre al país, y lo haremos. Lo que pasa es que Montenegro tiene cola de paja. Le preocupa tanto que la posteridad lo recuerde como dictador, que hace las maniobras más increíbles para demostrar que cumple con la justicia. De mucho no le sirve: todos sabemos que es pura fachada, que por abajo...

Tenía la voz pastosa. Había estado tomando desde el desayuno. Me pregunté si el olor a chocolate de los cigarros no serviría para camuflar su aliento a alcohol.

—Hay que ver las cosas caso por caso —me atreví a decir—. Yo siempre recordaré a Montenegro como un dictador, pero me parece bien que se lleven a Villa.

Si se queda, va a terminar manejando sus negocios desde la cárcel, y algunos jueces y policías con los bolsillos llenos. Nuestra justicia es de las más corruptas.

Me miró. Su figura corpulenta y su ojo inamovible intimidaban. Sonrió.

—Así me gusta, que me contradigas. Vi tu nombre en una revista yanqui. «According to Pedro Zabalaga, Assistant Professor of Latin American Politics at the Institute...» Quién lo hubiera creído, Pedrito. Ahora ya no se puede discutir de política contigo.

—Es más fácil de lo que parece, tío.

Al volver a casa, le pregunté quién era el dichoso inventor ruso de la televisión.

—Estás abusando de mi confianza. Boris L'vovitch Ronzig. La Unión Soviética fue famosa por haber creado durante la guerra fría una historia tecnológica en la que casi todos los grandes avances científicos ocurrieron allí antes que en otros países. Eso hace sospechoso a Ronzig. Pero lo suyo es uno de los pocos hechos inapelables, a pesar de que los ingleses digan lo contrario.

Era, a pesar de sí mismo, un tipo con trazas de afabilidad, un oso con una coraza huraña que dejaba entrever una reticente versión de la ternura. Me consultaba si algunas definiciones eran muy fáciles (*Profesión de Stephen Albert. Asesino de Trotsky*), y traía a mi cuarto, emocionado, un nuevo motor que preparaba para su cortadora de pasto y que, por ahora, consumía mucha electricidad porque carecía de resistencias de metal. Decía que me notaba serio, preocupado, y era su forma de iniciar la conversación, de permitirme que me desahogara. Y le decía que sí, en efecto, estaba serio y preocupado; pero era yo el que se cerraba; no hacía mención alguna a mis problemas con Ashley en los turbulentos días previos a mi partida de Madison y señalaba que no estaba muy seguro de cómo encarar el libro sobre papá. Cuando, a las dos semanas, le dije que ya llegaba la hora de marcharme y le mentí que iba a alquilar un departamento por la Avenida de las Acacias, me sugirió que me quedara un mes más; asentí con regocijo (no quería irme, le estaba tomando el gusto a su compañía). Se abría poco a poco; de vez en cuando me contaba anécdotas de papá, del avance del diccionario, y me mostraba el atareado sitio que había comenzado a diseñar con Carolina (ella venía algunas tardes a casa a que él le aprobara algunas ideas, a veces incluso en mi ausencia; la visita de diez minutos se prolongaba, y Carolina se quedaba a trabajar con él un par de horas; se llevaban muy bien).

A veces me hablaba de sus inventos. Un día me tomó por sorpresa y me contó de su extravagante proyecto de inventar una radio que captara las voces de los muertos. Voces que, decía, flotaban en algún lugar del pasado; sólo era cuestión de encontrar la manera de llegar a esas frecuencias.

—Los medios de comunicación no tienen por qué apuntar sólo al presente, eso es limitarse. Hay que pensar en el pasado y en el futuro también, dialogar con ellos.

Se me ocurrió que hablaba de un espiritismo tecnológico; pensé con ironía que el progreso llegaba también a lo sobrenatural. Le pedí que me diera más detalles.

—¿Crees que el pasado desaparece del todo? ¿Que el futuro se forma de la nada apenas se disuelve en el presente? En algún lugar, en diferentes coordenadas, sobrevive, intacto, el pasado, y el futuro espera su momento para entrar a escena.

Lo miré tratando de disimular mi incredulidad. Con razón se llevaba bien con Carolina, tan afecta a la idea de almas deambulando intranquilas en el cosmos. Se me vino a la mente una canción de The Police, *Spirits in the Material World*. Pero mi tío y Caro no estaban solos; quizás era yo el que estaba solo. Estaba, después de todo, en un continente de brujos, callawayas, yatiris, hechiceros, macumberos y gente común que decía tener un diálogo fluido con las ánimas. Y no sólo se trataba del Sur: recordé haber leído un artículo de *People* que decía que setenta millones de norteamericanos creían en la posibilidad de comunicarse con el más allá; recordé la procesión de mediums en los talk shows de Oprah, Montel, Jerry Springer. Susurros que venían del otro lado con agobio o consuelo, voces que se apoderaban de la mente de un latifundista en México o de un adolescente en Kansas, y ordenaban ser fiel a la novia de la juventud o matar a profesores mezquinos y a compañeros burlones.

Me dijo que me mostraría los planos. Fue al container y volvió con un cuaderno de apuntes. Luego se desanimó. Tenía algo de paranoico: se negaba a revelarme más detalles de su proyecto por miedo a que le robara la idea. O quizás pensaba que me burlaría de él. Podía hablarme con confianza del diccionario, pero la radio era secreta. Ah, «inventor conceptual». Tomaba mi sopa y lo miraba entre divertido y serio, divertido porque una radio como la que me describía estaría más a gusto en alguna película de ciencia ficción, serio porque él no solía bromear. Además, siempre había creído que la medida de una persona no la daba necesariamente el éxito, sino la grandeza de sus sueños. Más valía el fracaso tratando de realizar algo de dimensiones abrumadoras que el triunfo haciendo cosas a la mitad de nuestras verdaderas posibilidades. Carlos alguna vez lo había dicho de manera más precisa: «Si quieres ser una mierda, trata de ser una gran mierda».

En todo caso, me dije que aquí el éxito o el fracaso eran secundarios. Lo importante era que más gente de la que uno sospechaba quería creer que la línea divisoria entre la vida y la muerte podía cruzarse con un poco de esfuerzo, y estaba dispuesta a hacer ese esfuerzo. Hubiera querido tener esa fe, no escudarme siempre en el fácil escepticismo, en el irónico estar de vuelta de todo.

4

Como estudiante, Ashley vacilaba entre el entusiasmo y la despreocupación. Desde uno de los costados de la clase, su melena cayéndole en desorden por la cara como si acabara de despertarse, un mechón tapándole un ojo como intencional parodia y homenaje a Veronica Lake; hacía a veces preguntas inquisitivas que me obligaban a utilizar al máximo mi agilidad mental, no tanto para la respuesta precisa como para la salida apurada que postergaba las dudas, al menos hasta la clase siguiente. Otras veces, podía imaginarla contando los minutos para el fin de la clase. Sus trabajos semanales la mostraban como una extraña combinación de mujer sofisticada y a la vez con una innata tendencia a exotizar Latinoamérica, a verla como un deslavado Macondo donde la gente era inocente y debía ser preservada de la corrupta civilización occidental. Me recordaba a varias amigas de mis días en Berkeley: Robin, que quería trabajar en un periódico colombiano simpatizante de las FARC; Kate, que había convertido a los Andes en un fetiche y veía mi nariz, algo grande y aguileña, y mi pecho lampiño como prueba contundente de cierta sangre indígena en mis venas (de la que yo no sabía nada, lo cual, en todo caso, no significa mucho: ya sabemos de las volteretas de nuestros ancestros por blanquear su pasado); Denise, que había ido a Nicaragua con las brigadas internacionalistas, a cosechar café. Algunos académicos actuaban de manera similar: Chandra Wickley, mi directora de tesis en Berkeley, que diseñaba teorías para explicar la importancia fundamental del campesinado en las revoluciones latinoamericanas; mi colega Helen, muy comprometida en los esfuerzos por cerrar la Escuela de las Américas —viajaría hacia fines del semestre a una multitudinaria protesta en Fort Benning— y defensora intransigente del subcomandante Marcos. Acaso al estudiar el continente, al comprometerse con él e idealizarlo, ellas redimían en algo la indiferencia de sus conciudadanos. Acaso al desear a ese continente tan distinto a su país, lograban trascender en algo el instinto natural del individuo por rechazar lo otro, aquello que no es como lo nuestro, aquellos que no son como nosotros. Había algo a la vez admirable y patético en su voluntarioso esfuerzo por ayudarnos.

Existía un grado de reserva en el interés de Ashley, como si su tiempo mejor lo dedicara a búsquedas más fascinantes que las de mi clase, o como si yo no terminara de convencerla del todo sobre el valor de mi trabajo. A ella la obsesionaba el discurso utópico de la izquierda del periodo —más específicamente, de los sandinistas—, y lo estudiaba en un contexto de larga duración, relacionado con las propuestas mesiánicas de cambio y revolución social que habían existido desde la Colonia; lo mío era más pragmático y materialista: estudiar los errores de la izquierda en una situación volátil, enfatizar los pasos en falso, las ilusorias propuestas programáticas que la habían debilitado aún más en una situación difícil en extremo. Acaso mi visión desencantada tenía que ver con la forma en que me había educado mamá; como si papá encarnara los errores de la Izquierda —Una izquierda que siempre fue Muchas—, y al verbalizar la crítica me distanciara públicamente de él. Eso me protegía y me permitía admirarlo en secreto.

Era, después de todo, muy difícil ser guía de gente talentosa de la que apenas algunos años me separaban, y con la que acaso me unía, sobre todo, la perplejidad ante el mundo. ¿Cómo culpar a Ashley de su falta de convencimiento ante mi trabajo, si ni siquiera yo estaba convencido? Ésos eran los días en que había reconocido estar en un pozo de desinterés con respecto al mundo universitario. El descontento se había arrastrado solapadamente a lo largo del último año, mientras me dedicaba sobre todo a los artículos periodísticos. Ahora, había regresado de las vacaciones en Río Fugitivo —tres meses de olvido de mis responsabilidades académicas— sin la mínima gana de continuar mis investigaciones (incluso sin ideas para artículos). Enseñaba de memoria, sin mucha convicción.

Pero los otros estudiantes no se resistían tanto como Ashley a lo que yo hacía. Ésa fue, quizás, la razón principal por la que inicialmente me acerqué a ella. Mi inseguridad siempre me llevó a ser amigo de todos y buscar su aprobación; en el colegio saltaba de grupo en grupo, y si bien era capaz de vincularme con todos por igual, algunos menospreciaban mi falta de compromiso con la bandera de un grupo específico. Me costaba entender que no tenía que caerle bien a todos para ser respetado, ni tampoco que el agrado o desagrado que nos procura una persona es algo caprichoso, incapaz de ser explicado sólo por la razón. Por eso me dolía el comportamiento indiferente o negativo de colegas mayores como Clavijero o Sha(do)w (aunque ellos tenían razones contundentes para rechazarme, yo les reclamaba mayor generosidad: los tiempos cambiaban y no todo era mi culpa); por eso la entrega a medias de Ashley me debilitaba como si se tratara de un furibundo rechazo. Debía seducirla intelectualmente, hacerle ver que, pese a mi inexperiencia y desinterés, sabía más de lo que ella creía que yo podía saber.

Ella se acercaba en clases y luego mantenía la distancia. Nunca aparecía en mis horas de oficina —desde la cual tenía una magnífica vista del campus y del bucólico pueblo a sus pies— y tampoco venía con nosotros al acostumbrado café, quizás porque le aburrían las discusiones teóricas de Joaquín y Yasemin. Los emails me dieron la excusa adecuada. Una noche, después de clase, Ashley me envió uno que decía: «me gustó mucho su clase de hoy. borges se merece todo un seminario». ¿Era una broma? Yo había mencionado a Borges al pasar, lo había puesto de ejemplo de cómo la política se entromete con el arte, cómo el aceptar en 1976 la condecoración de Pinochet lo había privado del Nobel. Además, dadas las inclinaciones de Ashley, Borges debía ser uno de sus antimodelos.

No debía perder la oportunidad. Le contesté un email largo y formal, en el que le decía que casualmente estaba preparando un trabajo sobre Borges y la política, y que me gustaría saber qué opinaba al respecto. Estaría al día siguiente, toda la tarde, en Madison CyberEspresso, a cuatro cuadras de mi casa, y, si se animaba... Me contestó haciéndose la burla de mi email, diciéndome que lo había escrito de manera anticuada, que el email no era un sustituto de la carta sino otra forma de comunicación en la que, por ejemplo, no iban las mayúsculas ni los puntos apartes, algo que yo, más que nadie, debía saber. Terminó inquiriendo cuál era el título de mi trabajo. «Borges y la imaginación anarcoconservadora», inventé, preguntándome si la vería al día siguiente.

Apareció con una ligera chamarra amarilla. La cabellera recogida en un moño la hacía más seria. Tenía un walkman en la cintura. El cibercafé estaba lleno de estudiantes de colegio enviando emails o navegando en la red; abundaban las caras pálidas, los ojos rojos, los dedos de las manos frotándose constantemente, las excesivas horas frente a la pantalla. Una pareja se besaba en el sofá al lado de un muchacho de parka negra que jugaba ajedrez en su laptop. Era fines de septiembre, el cielo tenía un color gris claro, con manchas plomizas como costras de una enfermedad cutánea. El sol se había escondido; lo volveríamos a ver a regañadientes, hasta algún efusivo y sorprendente día de abril. Hacía viento, las hojas de los árboles eran arrastradas por la calle; el otoño se había apoderado del pueblo sin darnos mucho tiempo para acomodarnos al cambio de mando.

Se sentó a mi mesa junto a la ventana. Me sonrió, mostrándome los incongruentes fierros en sus dientes. ¿Por qué a su edad? ¿Era más joven de lo que yo suponía? ¿La había asaltado tarde la necesidad estética de darle más simetría a su sonrisa? Me gustaba pensar que era mucho más joven, no tanto porque me interesaban las quinceañeras, sino por puro fetichismo literario: *Lolita* era uno de mis libros favoritos. Pero esa novela ya había sido escrita, era imposible superarla y era mejor buscar otro tema.

—Perdone la tardanza —dijo, sacándose el walkman y dejándolo en la mesa—. Es que Patrick sospechaba algo, y me ha puesto mil excusas para no dejarme salir. Si tiene un defecto, es que es tan, tan celoso que se vuelve insoportable a veces.

—Debiste haberle dicho la verdad.

—¿Que mi profesor me ha invitado a tomar un café? No way.

—No recuerdo lo del café. Fue una invitación estrictamente académica.

—Y Keanu Reeves es un buen actor. Este lugar no es muy para profesores.

—Apenas salgo del campus, me saco el disfraz.

¿Invitar a una estudiante de primer año a discutir sobre Borges? Hasta un niño podía haber visto lo absurdo de mi excusa. Miré hacia la ventana: un auto policía pasó detrás de alguien que en vez de manejar a treinta y cinco millas por hora debía estar manejando a cuarenta y dos. Tan emocionante, Madison.

Me levanté y me acerqué al mostrador. Pedí un latte para ella y un capuchino y un croissant de chocolate para mí.

—Raro que tu novio sea celoso —dije—. ¿No se casan en menos de tres meses?

—No dormirá tranquilo hasta que nos casemos. No, miento. Después será peor: estará siempre mosqueado y en cada hombre que se me acerque verá un posible rival.

—Algo habrás hecho para tenerlo tan inseguro.

—Nada, eso es lo peor. Dice que sabe muy bien cómo piensan los hombres, y que ellos sólo tienen una cosa en la mente. Is it true?

—Eso te debería preguntar yo a ti. ¿Es cierto?

—Parece que sí.

—Entonces no es un paranoico, sino alguien que está muy enamorado y tiene miedo a perderte.

—Gracias por el diagnóstico. ¿Y por qué, estando yo igual que él, no tengo ese miedo?

—Quizás él te haya dado una seguridad que tú no le has dado.

—Quizás —dijo con un tono tan susurrante como el resto de nuestra conversación, llena de guiños y complicidades, como si hubiéramos encontrado, sin quererlo, un espacio natural de comunicación, en el que lo que se decía era apenas la juguetona superficie de un ardiente encuentro furtivo y subterráneo.

Me contó que Patrick hacía su pos-doctorado en el departamento de antropología, enseñaba un curso básico y trataba de convertir en libro su tesis sobre el fenómeno de la transculturación en Chiapas.

—Yo también tengo que convertir mi tesis en libro —dije—. I should talk to Patrick.

Se habían conocido en una fiesta en San Cristóbal. Ella trabajaba de asistente de uno de sus ex profesores, y vivía en la misma casa que él alquilaba; el profesor organizó una fiesta para algunos colegas y para sus estudiantes en trabajo de campo. Patrick llegó a la fiesta, se conocieron perdidos en mezcal. A los pocos días, vivían juntos. Era un gran saxofonista.

—Le interesa Latinoamérica, es un buen músico, ¿qué más se puede pedir?

—Sabe cocinar y además dar masajes.

—Then, he is perfect.

—You have a funny accent. Como si hubiera llegado hace muy poco a este país.

—I know. Pero hay quienes lo encuentran sexy.

Ésa fue una de las pocas veces que hablamos de Patrick. Después intentamos comportarnos como si no existiera, o mejor, como si existiera en un universo paralelo. Como si no quisiéramos que ambos mundos se tocaran, acaso para mantener la pureza de uno y la corrupción de otro (¿cuál de ambos era el puro, cuál el corrupto?).

Pero Patrick existía, y ambos mundos se hallaban inextricablemente ligados entre sí. No quisimos darnos cuenta de eso. Nosotros, esa tarde, habíamos comenzado a imaginar algo con tanta fuerza, que sabíamos que irrumpiría pronto en la realidad para alterarla de una vez por todas y para siempre.

Toqué el walkman. Era una cajita rectangular de metal plomizo y brillante.

—Ahora son tan chiquitos y tan elegantes —dije—. Recuerdo cuando aparecieron.

—No es un walkman —replicó—. Es un MP3 player. Nomad.

—Ah —dije, aparentando saber del tema—. Algo leí al pasar.

—64 RAMs, incluso puedo grabar. Además it does not skip como los walkmans cuando estás en el gym.

—Tienes cosas que sorprenden. Como que una no va con otra.

—Tengo el fetichismo de la tecnología. Hago internet trading escuchando música en mi Nomad y con un póster de Marcos a mis espaldas. The only thing I know is: acepta tus contradicciones. Tengo muchas, y hace rato que he dejado de intentar ser coherente. Eso vendrá con el tiempo, I guess. Y si no, tough luck.

Escuché partes de una canción de David Bowie con el Nomad. Había algo sublime en ese continuo y vano intento de alcanzar mayor nitidez en el sonido y en la imagen: la perfección retrocedía a medida que uno se acercaba a ella, haciendo la labor infinita o absurda.

—¿Internet trading?

—Una abuela le dejó un dinero a Patrick. Invertí parte en tech stocks. Lo hago desde mi casa, un par de horas al día. Really easy. Es que me mira como si fuera de Marte. Está muy atrasado —el tono irónico—, tiene que modernizarse.

Era cierto. Vivía en un país en donde casi la mitad de sus habitantes poseía acciones en la Bolsa. Un país que había hecho millonarios a muchos jóvenes en el par de años que había durado la fiebre especulativa de las acciones de las compañías de internet. En realidad, vivía en un país al que le había llegado a tener algo de cariño, pero en el que ocurrían muchas cosas que no me importaban: alzas y bajas en la Bolsa, reality shows en la televisión, elecciones presidenciales.

—¿Y de dónde sacas tiempo para estudiar?

—No sé. Tengo cuatro clases y mucho para leer. Cuestión de saber organizarse.

Algo en Ashley no me convencía. Pese a su aparente interés en el doctorado, no tenía la convicción de una verdadera estudiante. O acaso todo había cambiado en muy poco tiempo, y los nuevos estudiantes eran más versátiles que los de antes, menos dados a encerrarse todo el tiempo en archivos y librerías. Las generaciones se sucedían ahora con inusitada rapidez.

—Así que Berkeley —dijo ella, notando mi polera gris con el logo de la universidad—. ¿Qué tal la vida de estudiante?

—Casi diría que los mejores años de mi vida. No tanto por el programa, si bien tuve la suerte de tener un par de profesores brillantes, y una directora de tesis que sabía todo sobre Latinoamérica, todo y más.

—Chandra Wickley.

—Ajá. Ya lo sabías.

—Leí su nombre varias veces en trabajos suyos. No fue difícil averiguar.

—Tienes que leerla, a veces exagera un poco el argumento pero es first-rate.

El departamento de ciencias políticas en Berkeley, situado en el segundo piso de Barrows Hall, era inmenso: había alrededor de cuarenta profesores, especialistas, entre otras cosas, en relaciones internacionales, sicología política, control armamentista, seguridad nacional, política y medios de masa, Reagan, César Chávez. Desde el principio me atrajo la personalidad de Chandra Wickley, una de los tres especialistas en América Latina. Hablaba español con un acento anglosajón muy pronunciado, pero al menos hacía el esfuerzo. Era rubia, ojerosa, ansiosa; tenía una innata timidez que la vencía en clases, y la hacía hablar mientras se tapaba la cara con las manos o se agarraba de los pelos y miraba al techo; era una académica feliz en los archivos e incómoda cuando debía enfrentar a un público. Había sido designada mi asesora, y en nuestra primera reunión en su oficina atiborrada de libros y manuscritos, plantas y una pecera, me dijo que le había gustado el ensayo con el que había acompañado mi solicitud de admisión. Me comentó, sin saber cuán cercana a la verdad estaba, que mis opiniones sobre Pedro Reissig tenían la fuerza de una convicción personal.

—Ahora —enfatizó—, hay que transformar esas opiniones en leyes, en algo que pueda ser usado para entender otros casos similares. Para eso está aquí. Para darle una visión científica a esas opiniones. Tome en serio la palabra «Ciencias» antes de «Políticas».

—Tiene un libro muy influyente sobre el «nuevo autoritarismo» en América Latina —dijo Ashley—, sobre el influjo del ejército en la política y la sociedad. ¿Debería leerlo?

—Me gusta más su trabajo reciente. Lo tiene en papers por aquí y por allá. Es un proyecto sobre las revoluciones, en el que aplica a la región los métodos de Theda Skocpol. ¿Qué distingue a las pocas exitosas de las fallidas? Para ello, hace un análisis macro-causal, y distingue las condiciones favorables de las desfavorables en cada situación, luego sistematiza los resultados utilizando el álgebra de Boole, que ella cree más adecuado que el análisis estadístico. Por ese procedimiento, intenta determinar las condiciones «necesarias y suficientes» para producir el éxito o el fracaso revolucionario.

—Demasiados números. No creo que sus colegas la respeten mucho.

—Sí lo hacen, pero miran en menos sus intentos de introducir el álgebra en el análisis político.

—You don't?

—Pese a mi escepticismo cuantitativo, lo cierto es que ella me dio al fin una forma concreta de entender qué había ocurrido con Bolivia en los años setenta.

Le ofrecí mi croissant, lo rechazó. Hubo una pausa. Continué:

—Pero volvamos a Berkeley. Lo importante es el mismo hecho de vivir allá, de estar en un ambiente que impulsa a la creatividad. Caminar por Telegraph a cualquier hora del día, ir a una fiesta llena de estudiantes con los ojos desorbitados de tanto pot, mirar la bahía desde tu cuarto en la International House... El hecho de estar viviendo en un lugar con tanta leyenda ayuda. Cuando dices que estudias en Berkeley, la gente te mira diferente.

Recordé una clase en la que la puerta se abrió violentamente y entró un mendigo con una barba larga y se puso a orinar junto al pizarrón. Luego se fue. La profesora, una neurótica argentina que se las daba de italiana —descripción muy abarcadora, ya lo sé—, apenas esbozó una sonrisa incómoda. Nosotros nos miramos con la arrogancia y la indiferencia de los que saben que ciertas cosas sólo pasan en su ciudad. «Berkeley is unique.» ¿Cuántas veces había escuchado esa frase? Lo cierto es que lo era.

—Dijo casi.

—Mi adolescencia en Río Fugitivo tampoco la olvido. A su modo, es comparable con Berkeley.

—Qué suerte la suya, tantos momentos fantásticos para escoger.

—No todos lo fueron. Pero lo son en el recuerdo. Y eso es lo que importa.

Olvidándome que me gustaba más escuchar que hablar de mí, le conté que mamá había tratado de darme una adolescencia normal, pese a la ausencia de papá. En cierto modo, lo logró. A medida que fueron pasando los años, sin embargo, había aparecido en mí, con fuerza, el deseo de conocer a esa persona de la que se hablaba en términos tan reverenciales (mamá no lo mencionaba ni por equivocación, pero la gente se me acercaba y me preguntaba por él). Descubrí *Berkeley* mi último año de colegio, y la leí, exaltado, una mañana de sábado, sin salir de la cama. Ahí se me ocurrió que quizás la respuesta al enigma que era papá estaba en Berkeley, la universidad en la que había estudiado y el símbolo central de su novela. Debía ir allá, a manera de peregrinaje en busca de mis raíces. Cuando terminaba la licenciatura en derecho en la universidad estatal, un amigo me dijo que los programas de doctorado en Estados Unidos ofrecían becas completas a sus estudiantes. Postulé a Berkeley. Así, terminé estudiando una carrera que, en ese entonces, no me interesaba mucho.

—Y haciendo una tesis sobre su papá.

—Más o menos. Cuando me tocó trabajar en la tesis, escogí de manera predecible los setenta en Bolivia y en el Cono Sur, más específicamente la forma en que la izquierda se había enfrentado al terrorismo de Estado durante aquellos años dictatoriales. El periodo me fascinaba: quería darle un contexto a papá para así entenderlo más, o al menos visualizar su imagen con mayor claridad.

—Y apareció Chandra Wickley...

—Ajá. Guiado por ella, me metí de lleno en el horror de la violencia política que había diezmado a toda una generación. Una generación más inconforme y menos cínica que la nuestra, más idealista, pero, recién lo descubría, nada ideal: tan o más llena de errores que la nuestra. Por supuesto, no hay nada de orgullo en decir que nosotros nos equivocamos menos, puesto que nos conformamos con el estado de cosas que nos ha tocado en suerte, hemos dejado las utopías de lado y no arriesgamos.

Era un espectáculo mórbido: fuerzas de seguridad, militares, paramilitares, guerrilleros, terroristas, políticos de oposición, estudiantes, obreros y civiles se habían enfrentado en una guerra sin cuartel, en la que nadie cedía nada y las muertes eran respondidas con más muertes. En ese panorama de confusión, no me extrañó aprender que papá había cometido muchos errores como líder del MAS: por ejemplo, su tozudez para mantener la independencia y no formar un frente común con otros partidos de izquierda y con los sindicatos; su desesperada forma de responder a la violencia con más violencia. ¿Eran errores? En ese momento, ¿lo eran? Una vez más, fui crítico con la izquierda en general, pero, en cierta forma, excusé a papá.

[Para los capítulos sobre Bolivia, los métodos de Wickley me permitieron armar una tesis que parafraseaba sus ideas sobre la revolución: la guerrilla urbana estaba destinada al fracaso porque, entre otras cosas, no contaba con el apoyo del campesinado, elemento indispensable para el triunfo. También hice un minucioso análisis de discurso, en el que deconstruí la retórica radical, intransigente, dogmática y sectaria de la izquierda, que no iba con lo que el pueblo no radicalizado estaba dispuesto a escuchar o asimilar. A medida que avanzaba en la tesis e ingresaba en el Cono Sur, sin embargo, el álgebra de Boole comenzó a arrojar resultados que no condecían con la tesis: demasiadas excepciones a la regla. En países como Uruguay, Chile o Argentina, el campesinado no era un factor a ser tomado en cuenta (aunque, exagerando el argumento, se podía decir que, *precisamente*, la falta de una población campesina en esos países impedía de entrada pensar en un posible triunfo de la guerrilla urbana). Una clase con un profesor francés visitante, especializado en la guerrilla salvadoreña, me llenó de más dudas: este profesor decía, a contrapelo de Wickley y del paradigma dominante de análisis, que, en el caso de El Salvador, la movilización había surgido a partir de los sectores privilegiados de la sociedad, que el campo no había sido escenario del surgimiento de la insurgencia sino de su expansión y que la movilización popular había sido menos causa que consecuencia del traslado de la guerra al campo. La conclusión que saqué de la clase era que los modelos de análisis no servían de mucho, que cada caso era siempre una historia atada a distintas contingencias particulares. Había más de veinte países en esa entidad conocida como América Latina, y muchas similitudes entre ellos, de las que intelectuales, académicos y políticos se aprovechaban para armar grandilocuentes teorías abarcadoras; a la vez, eso no debía hacernos olvidar sus diferencias, sus históricas peculiaridades. Preocupado por terminar, convertí la tesis en un proyecto administrativo: escondí resultados que no iban con mi argumento, eliminé datos que no reforzaban mi análisis. La tesis, al final, era una sofisticada parodia de Wickley (ése es, quizás, otro de los posibles orígenes de mi fracaso como académico: viví de prestado mis primeros años como profesor, gracias a dos capítulos publicados en revistas prestigiosas; después, me quedé sin argumentos, sin nada que mostrar). Ella me la aprobó pese a que no le había gustado la segunda mitad; la parte inicial, sin embargo, hizo que me recomendara con entusiasmo, y la convenció de mi brillante futuro académico.]

—Pero ahora le interesan las ciencias políticas.

—Es ideal para mí. Vivo lejos de mi país, pero estoy más en contacto con él y el continente de lo que estaría si viviera allá. Tengo tiempo para dedicarme a lo que me gusta. Allá no podría, tendría que tener seis profesiones para sobrevivir, enseñar cuarenta horas-aula, escribir artículos para la página editorial, etcétera. Terminaría abriendo una tienda de importación de computadoras.

—Very convenient, ser latinoamericano de lejos.

—Vivir allá es un cotidiano acto de fe. Algún día volveré. No me imagino envejeciendo aquí. Éste es un país para los jóvenes.

—Not always —dijo ella, la mirada desafiante y coqueta, la disimulada tensión que habíamos logrado crear emergiendo con fuerza a la superficie.

—Tienes razón. Vine por un par de años y ya son diez que estoy aquí. Soy el menos indicado para hablar.

—Quizás en el fondo ya decidió que jamás volverá, y se está engañando a sí mismo.

—Maybe. Y no tienes que tratarme de usted.

No me gustaba el cariz que tomaba la conversación. Cambié de tema. Le pregunté si le gustaba hacer crucigramas.

—A veces. Cuando viajo en bus a Boston, a ver a mis papás. En un aeropuerto. Los del *New York Times.*

—¿Acrósticos, anagramas?

—No, nada. ¿Por qué me pregunta? Vaya cambio de tema.

—Simple curiosidad. Son juegos que me encantan.

—I'm good for Scrabble.

—A ver si lo jugamos. No creo que me ganes.

—La búsqueda del tesoro. Parece un juego de niños.

—It is. Es mi forma de mantenerme en contacto con esos rompecabezas que me gustaba armar de chico. Esos juegos de estrategia que inventaba. Esos lenguajes secretos que creaba para comunicarme con mis amigos. Esos crucigramas que sigo resolviendo.

—Pasó de creador a descifrador.

—No tiene nada de malo reconocer que uno es mejor para descifrar lenguajes secretos que para inventarlos. Lo uno no es menos digno y necesario que lo otro.

—A mí me encantan los mensajes secretos. Leer entre líneas es mi deporte favorito y la universidad es lo ideal para eso.

—Sí. El otro día pasé por una clase y vi a quince estudiantes concentrados sobre sus libros, mientras el profesor los miraba con los brazos cruzados. Parecían miembros de un culto leyendo el libro sagrado en busca de sus claves. Creo que era *Moby Dick*.

Mencioné al fin a Borges. Me confesó, con rubor en las mejillas, que me había mentido: Borges no le entusiasmaba en lo más mínimo. Me dijo, entre risas maliciosas, apartando una y otra vez de sus ojos unos mechones escurridizos, inclinando su cuerpo hacia la mesa y dejándome adivinar la inquieta carne que su delgada camisa de lino azul escondía, que mejor me mantuviera en el terreno de lo fantástico y que hablara de Borges y el amor, Borges y las mujeres, Borges y el sexo. Ashley podía ser cruel cuando quería.

Después ese café se convirtió en nuestro café, y nos apropiamos de esa mesa junto a la ventana. Era arriesgado; debíamos haber buscado un lugar más reservado, no exponernos tanto a ser descubiertos. Pero no podíamos apartarnos de esa mesa talismánica. Además, la universidad se hallaba en el otro extremo del pueblo, subiendo una colina al encuentro de vientos cada vez más feroces, y nos sentíamos lo suficientemente lejos de ella como para continuar viéndonos en ese café. Más aún, ¿acaso estábamos haciendo algo malo?

Una tarde, la acompañaba a tomar el bus cuando se me ocurrió invitarla a mi piso. Lo dije sin pensarlo mucho, o quizás lo había estado pensando todo el tiempo sin darme cuenta. Se tocó la nariz con el índice derecho —gesto que luego aprendería a descifrar— y aceptó mi invitación, también sin pensarlo mucho, o al menos eso parecía. Hacia allí nos dirigimos con miradas ansiosas y pasos intranquilos, cuerpos que reman en la corriente del tiempo, incesantemente arrastrados por el deseo.

5

El invierno llegaba. A la madrugada, debía sacar una frazada extra del ropero. Temprano en la mañana y al atardecer, la temperatura caía en esa zona ambigua en que no hacía el frío suficiente para ponerse una chompa, ni el calor idóneo para andar en mangas de camisa. Y cuando caminaba por la calle, existía una gran diferencia entre las zonas iluminadas por el sol y aquellas en las que los edificios proyectaban sus sombras.

Había noches en que me quedaba en casa y acompañaba a mi tío en la sala. Él miraba la televisión, yo me conectaba al internet y aprovechaba para contestar mi abrumadora lista de emails, aquella red de amigos/corresponsales que había construido a través del continente y que me permitía mantenerme al tanto: Rafa, el mexicano que trabajaba en el Banco Central de su país; Úrsula, la subdirectora del principal diario de Colombia; Francisco, el peruano a cargo de un gran proyecto asistencialista para los niños de la calle en Lima; Guille, el argentino derrochador que trabajaba en el BID en Washington, en la sección Desigualdad y Pobreza. Ellos eran algunas de las piezas clave para la escritura de mis artículos. Cuando, hacía más de un año, conocí a Silvana, la guatemalteca encargada de la sección latinoamericana en *NewTimes*, y me pidió aquel artículo general sobre la región, al estilo de los de Jorge Castañeda para *Newsweek*, se me había ocurrido, a contrapelo de mi práctica académica, escribirlo sin revisar un solo libro, de los míos o de la biblioteca. Lo escribí reciclando una idea vieja pero certera, acerca de que las actuales sociedades democráticas latinoamericanas se construían sobre la base de inveterados muros coloniales de corte autoritario; añadí a ello mi sentido común, mi intuición, mi inventiva, que me decían que los proyectos modernizadores en el continente pasaban por la obsesión teleológica del progreso económico, industrial y tecnológico, y que la inestabilidad regional se debía a la falta de modernización de los prejuicios sociales y raciales. A ese cóctel añadí la información de números y percepciones proporcionada por la red y los emails de amigos. El éxito del artículo me impulsó a seguir de esa forma, algo preocupado porque en el mundo académico norteamericano ese trabajo no era muy valorado, especialmente cuando se trataba de un profesor joven, cuyo tiempo libre debía dedicarse a la investigación. Fascinado por ese tipo de escritura inmediata, no tardé en despreocuparme (ahora sabía que el azar me había ayudado mucho, que no era fácil escribir artículos originales sin una previa investigación; pronto, no sólo mis colegas, sino aquellos que confiaban en mí en periódicos y revistas, descubrirían la total desnudez del emperador, de la que ya empezaban a sospechar).

También entraba a quote.yahoo.com para ver cómo le iba a las acciones tecnológicas de Ashley. Ella me había enseñado cómo hacer e-trading; con los cien mil dólares de la herencia de la abuela, Patrick le había dado acceso a la cuenta para que «jugara» en la Bolsa; ahora sólo quedaban setenta mil (no quería decir que había perdido dinero, sino que las acciones habían bajado). Yo no le había prestado mucha atención a esos gráficos e índices que la exaltaban hasta el punto de hacerle perder la concentración; eso sí, me había memorizado su contraseña, y de vez en cuando ingresaba a su cuenta y revisaba su portafolio—AOL, YHOO, CMGI, AMZN, EBAY—para alegrarme o compadecerme de ella. Las acciones tecnológicas seguían bajando (eran las únicas en las que ella invertía; se negaba a diversificar).

Mi tío me había dado un archivador con los crucigramas publicados los últimos seis meses, y un cuaderno con material inédito. *¿Política revolucionaria boliviana? ¿Autora* de Las furias*? ¿Atleta etíope? ¿Almirante japonés? ¿Diseñó el walkman? ¿Teórico de la cibernética? ¿Escritor inglés practicante del espiritismo? ¿Pueblo en el que nació Jaime Villa?* Trataba de terminarlos rápidamente, para luego dedicarme a lo que más me interesaba: encontrar las tres claves ocultas que le daban su unidad. Las palabras en la superficie protegían al mensaje escrito en tinta invisible; eran un terco caparazón que debía abrirse con fintas de terciopelo. Si encontraba el secreto, me llenaba de un gozo infantil, como cuando creaba en el colegio códigos alfabéticos que me parecían indescifrables (aunque siempre había alguien que me demostraba lo contrario).

Uno de los grandes temas de tío David era la historia de los medios de comunicación. Datos sobre *Berkeley* y *Vértigo* se entrecruzaban con preguntas sobre la invención del sistema postal o la computadora. *¿Quién dijo que «información no debe ser confundida con sentido»? ¿Creadores de la UNIVAC?* No terminaba de entender su obsesión por los medios. No era sólo la cuestión tecnológica, no. Y tampoco aceptaba del todo su respuesta: porque con ellos se podía evitar la comunicación personal, cara a cara, con ese ruido de gestos que dotaba de ambigüedad a los mensajes, y uno podía, gracias a la distancia, concentrarse sólo en los mensajes, en la información. Había más que eso, mucho más, estaba seguro.

En la televisión de pantalla gigante mi tío veía las noticias, y era un fanático de los partidos de fútbol, sobre todo los de las ligas europeas: era hincha de la Juve y del Real Madrid (ahora las ligas europeas habían entrado en receso, y se dedicaba a los amistosos de las selecciones). También, cosa curiosa, le encantaban MTV y los programas de videos musicales en otros canales. ¿Qué buscaba en esa avalancha de imágenes, de fast-cutting y furiosos montajes que le ofrecía cada video de tres minutos? Descubrí que había grabado el video de un grupo de rock local, y lo miraba y lo volvía a mirar, y detenía la imagen y tomaba notas. La canción me sonaba familiar. Cuando leí, al final del video, el nombre del grupo, Berkeley, me dije que no debía sorprenderme. Y, sin embargo, me sorprendí.

Una tarde, mientras él trabajaba en el container, me puse a mirar un programa de videos con la videocasetera preparada. El de Berkeley fue el último del programa; estaba filmado en blanco y negro y tenía la calidad granulada y llena de saltos de una home movie, un intento elegante de esconder su bajo presupuesto. No pude seguir la historia, y no sabía si había una; eran demasiadas imágenes inconexas. De vez en cuando se enfocaba a la banda, esos cuatro chicos melenudos con una desangelada batería, sin la fuerza necesaria para sostener el ritmo trepidante del bajo y la guitarra. El cantante estaba demasiado consciente de que una cámara seguía todos sus movimientos.

La cuarta vez que lo vi todo comenzó a adquirir un sentido, o quizás yo, por necesidad, empecé a imponerle uno a esa secuencia disparatada. La letra se acurrucaba con violencia en el kitsch más eufórico de la canción romántica. Las imágenes contaban otra historia, no precisamente de amor. Era una alegoría del atentado de la calle Unzueta. Seis muertos, representados en escenas de seis gansos volando, seis árboles en un parque, seis niños en una sala de juegos en un kínder. Un grupo reunido en una cena, una imagen robada de *El discreto encanto de la burguesía* y, de pronto, un vidrio que se rompe, y la aparición de unas fotos de la Primera Guerra Mundial, con siete soldados saltando de sus trincheras con las bayonetas caladas de sus fusiles (¿un perverso guiño al Kubrick de *Senderos de gloria*?). Los invitados a la fiesta esperan, inmóviles, las bayonetas; sólo uno se tira bajo la mesa y logra escapar arrastrándose por el piso; en una escena confusa, un soldado que lo ve se hace el desentendido. Todo eso dura veinte segundos; el resto del video son símbolos extraídos de la novela de papá, cables de alumbrado eléctrico, helicópteros sobrevolando las ciudades, puentes, puentes de toda forma y tamaño, por todas partes puentes.

Entendí por qué el video obsesionaba a tío David. Veinte años ya, y esa tarde fatídica se convertía en el eje en torno al cual giraba la mitificación de papá. En ese atentado habían muerto otras cinco personas, reducidas ahora a notas al pie de página; trivia quizás, digna de figurar en uno de sus crucigramas. Él se había salvado de la muerte por milímetros, y había perdido a la mujer con la que compartió diez años de su vida. Aunque aparentara calma y no lo visitaran pesadillas, algún trauma debía de quedar, latente o acaso no tanto. Y podía respetar mucho a papá, y también admirarlo, pero seguro tenía miedo a ser reducido también a trivia: el que a hierro mata a hierro muere; una vida que cuenta mientras las otras se pierden en la marejada de la historia y es como si no hubieran existido, cuerpos y almas sin consecuencia, seres más inmateriales que los fantasmas.

Entonces reparé que por ningún lado en toda la casa había fotos de tía Elsa. Una forma, acaso, de domesticar el sufrimiento, de mantenerlo a distancia, de evitar que lo asaltara desde portarretratos y fotos en las paredes, en la sala con vestido de novia, en el velador con su pinta de mochilera en aquel viaje a Macchu-Picchu. Se decía que eran la pareja más dispareja que se podía encontrar: ella muy vivaz y él muy serio, ella queriendo cambiar el mundo con su idealismo onda flower power y él abstraído armando y desarmando artefactos. A mediados de los setenta, mi papá la había interesado en política: era necesario combatir la dictadura de Montenegro. Ella se entusiasmó y terminó convenciendo a mi tío de entrar al pequeño movimiento de papá, el MAS (Movimiento al Socialismo), un grupo armado de izquierda en la clandestinidad. Ya se sabía en qué había terminado ese entusiasmo.

Al día siguiente, después del almuerzo, le pedí que me contara de mi tía.

—No hay mucho que contar —dijo, levantando los platos—. O más bien, hay tanto que no sabría por dónde comenzar.

—Me llamó la atención no ver fotos de ella.

—Ah, las fotos. Ahora necesitamos de ellas para comprobar que ciertas cosas ocurrieron. Ahora es sospechoso no tener en la billetera la foto de la esposa. ¿Quieres café? Yo sólo cumplo un pedido de ella. Si muero antes que tú, me dijo, recuérdame en tu cuerpo. Recuerda mi voz, mi imagen, sin fotos, sin cartas, sin nada por el estilo. Y yo, obediente como soy, cumplo.

Fue a la cocina a preparar el café. Volvió al rato.

—La conocí en una fiesta de carnaval. El destino, porque yo no era de los que iba a fiestas de carnaval. Tu tía sí. Pero esa vez fui. Ella era una mascarita y me sacó a bailar. Tenía las piernas más largas que te puedas imaginar. Pedro quería sacarle la máscara y ella se negaba. Reía y reía. Tenía una risa algo antipática, estruendosa. Pero algo me quedó de esa mujer. Antes de irse me dejó anotado un teléfono. La llamé un par de semanas después. Estaba en la universidad, estudiaba sociología. Yo era tímido y no me animaba a avanzar en la charla; al final, terminó invitándome al cine. Comenzamos a salir y descubrí, o más bien confirmé, que tenía pajaritos en la cabeza. Hablaba de los Beatles y los Rolling Stones, de Cream y Hendrix, pero también de Los Jairas y Gladys Moreno, de Piero y Leonardo Favio. Ni qué decir de la Revolución cubana, de Castro, del Che, ese discursillo de la izquierda. Imaginé que era una chica bien con complejo de culpa por tener tantas comodidades en un país tan pobre. Como tu papá. Como tantos de mi generación, esos días.

El café estaba caliente. Dejé que se enfriara. Mi tío había entrado a un monólogo y parecía haberse olvidado de mí.

—Si vamos a ser sinceros, ella siempre marcó el paso en nuestra relación. Yo simplemente la seguí. Pese a nuestras diferencias ideológicas, o mejor dicho a mi falta de ideología, porque no me interesaba la izquierda pero tampoco era de derecha, simplemente no me interesaba la política, pese a eso, ella me atraía. Y mucho. Un carácter fuerte. Y quise conocerla más. Y así me enamoré. Y pasaron los años y creo que nunca llegué a conocerla del todo. Hasta hoy.

—¿Sigues buscando?

—A veces.

Frunció el ceño, esquivó mi mirada.

—Ella era una mujer feliz. Lo que la cambió, lo que la fue radicalizando, fue la guerrilla de Teoponte. Tú sabes que perdió un hermano allí. Agustín.

1970, Teoponte: esa trágica guerrilla en la que 63 de los 75 guerrilleros, la mayoría jóvenes idealistas de la clase media —Néstor Paz Zamora, el cantante

Benjo Cruz—, perdieron la vida (de hambre, acorralados por el ejército). Un intento del ELN, dirigido por el Chato Peredo, de retomar la causa del Che: él había perdido dos hermanos en la guerrilla de Ñancahuazú.

—No lo sabía.

—Agustín fue ejecutado en el lugar por los militares. Uno de los pocos que no desertó ni murió de agotamiento.

—Eran chicos de la ciudad. Su constitución física no daba para resistir. Una aventura tonta, muy mal planeada. Peredo no aprendió la lección de la derrota del Che, y quiso continuar con su idea de iniciar la campaña en el campo, organizar un ejército con elementos campesinos que fuera capaz de derrotar al «otro ejército, defensor del sistema».

—Mal planeada, sí, pero nada tonta. A mí se me ocurre que fue intencionalmente mal planeada. Esos chicos eran idealistas de verdad, muy dispuestos a morir por sus ideas. Algo que, a treinta años de distancia, desde tu perspectiva generacional, debe resultar difícil de entender.

Quise responder algo, pero me quedé callado. Encendió un cigarrillo, giró la espalda. Parecía que delante de él se materializaban ciertas imágenes. Dio unos pasos vacilantes, como cercándolas para verlas mejor, quizás tocarlas. Me conmovieron las pantuflas con manchas de café, el pantalón arrugado, la camisa raída.

—Yo creo —continuó— que estos chicos, que tenían al Che como su gran héroe, se sentían culpables por su muerte en Bolivia. Pienso que, de manera consciente o inconscientemente, ellos decidieron inmolarse para redimir en algo la muerte del Che. Querían seguir su ejemplo hasta el final, no se les ocurrió mejor manera que ofrendando su vida, como el Che lo había hecho. En cierta forma, era una generación que vivía para la muerte, que encontraba su realización en la muerte. El punto más alto de su vida era su trascendencia en la muerte. De eso hablaba siempre Benjo Cruz.

No me terminaba de convencer, pero sonaba original: jamás se me hubiera ocurrido pensarlo de esa manera. En mi mundo, todos, de una forma u otra, actuaban de manera racional. Me costaba entender que a veces lo insensato podía tener más sentido que lo sensato.

—Elsa tenía un carácter tan fuerte —persiguió—, que terminó haciéndome hacer muchas cosas que no iban conmigo. O que yo creía que no iban conmigo. Como ir a escuchar a ese predicador que estaba de moda esos días, Ruibal. Como luchar contra la dictadura de Montenegro. Cuando volvió Pedro de Berkeley, dispuesto a seguir al ELN, pero enfocándose en las ciudades, las ideas de Elsa encontraron un cauce concreto. Y me arrastraron a mí. Claro que no fue inmediato. Elsa iba primero a las reuniones del MAS por su cuenta, a escuchar, a curiosear. Tuvieron que pasar tres, cuatro años de dictadura para que ingresáramos a la lucha. Después de que Montenegro se sacara la careta y le declarara la guerra sin cuartel a la oposición.

Me miró, cerró los ojos.

—Aprender a agarrar un revólver —dijo—, aunque me temblara la mano e hiciera todo por no usarlo. Comandos en la madrugada para volar torres de alta tensión. Secuestros a industriales amigos de nuestros papás, para recaudar fondos. Suena todo tan extraño ahora, y era tan normal entonces. Pero cosas que hice no sólo por ella, sino porque veía que ella estaba en lo correcto, había que hacerlas. Existían sueños y esperanzas, pero el principal sentimiento que nos dominaba era el miedo: a los militares, a los paramilitares, a la tortura, a la muerte. Estábamos a la defensiva, éramos muy poca cosa para el gobierno. Y todo el tiempo sabíamos de amigos o conocidos muertos, detenidos, torturados, asilados, exilados, desaparecidos.

Sonó el teléfono y dudé si contestarlo. Pero luego se me ocurrió que podía ser Ashley. Me levanté de un salto. Quise que fuera Ashley, rogué que fuera Ashley.

—¿Qué te pasa? Suenas agitado.

Era Carolina.

—Estaba al otro lado de la casa cuando sonó el teléfono. Tuve que correr.

—¿Esperabas alguna llamada? Anyway, ¿estás listo? Pasamos a buscarte en media hora. Vamos a visitar a Villa. ¿No querías eso? Conseguí autorización. Recuerda, cuando pregunten los guardias en la puerta, soy su sobrina y tú mi primo. A ver si así funciona. Dicen que entre primitos, los primeritos.

Colgó. Volví donde mi tío. Pero él había salido al patio y miraba ensimismado al limonero. La llamada había roto el encanto.

La casona de Jaime Villa se encontraba en La Atalaya, al lado de las de políticos que llegaron al gobierno y tuvieron el tiempo necesario para llenar sus arcas personales, y cerca de un cielo de nubes lánguidas a punto de desplomarse sobre la ciudad. Para llegar había que atravesar una barrera fuertemente custodiada, en la que unos soldados eran blanco del insulto de universitarios con pancartas. Nos dejaron pasar después de la revisión de nuestros nombres en una lista de visitantes autorizados. Desde La Atalaya se veía toda la ciudad, empeñada en modernizarse a través de edificios sin gracia (a la vez, la construcción detenida en muchos de ellos, como si la recesión hubiera cubierto el escenario con un manto encantado que lo congelaba). Vivir en la cima de la colina debía dar una sensación de poder, y también de asco, al ver que no eran muchos los caminos legales para ascender, y sí los ilegales, y uno debía tener de vecinos a individuos de toda calaña. Era una forma de castigo, por tanta obscena acumulación.

Carolina había llegado con Ricardo, el editor de *Digitar* del que alguna vez me habló. Era robusto, de manos temblorosas y un furioso acné que no condecía con su edad. Fumaba cigarrillo tras cigarrillo, y miraba a Carolina como esperando que ella lo tomara al fin en cuenta. No tardé en descubrir la dinámica de su relación: él quería algo más que amistad, y ella no. No era extraño, las chances de que ello ocurriera eran más altas que las de que hubiera un mutuo interés; el mundo estaba poblado de seres con amores desencontrados, corazones que latían para la indiferencia, vidas dedicadas en vano a otras vidas, o quizás no en vano, tal vez ser fiel a los propios sentimientos era una forma exaltada de redención, y se hallaba en un plano más elevado que la narcisista y banal búsqueda de correspondencia.

—Así que periodista virtual.

—No sólo eso —dijo Carolina, orgullosa—. Ricardo trabaja en canal *Veintiuno*. Es un hombre múltiple.

—¿El de la bomba? ¿Y se puede saber qué hace ahí?

—La bomba destrozó el jeep parqueado al lado de su auto —dijo Caro—. A la hora en que se iba de la oficina. Lo agarró en el pasillo. Tuvo suerte, se salvó por un pelo.

Lo miró como si fuera suficiente estar a metros de una explosión para recubrirse de un aura heroica. Yo lo miré como si eso no fuera suficiente.

—Soy jefe de producción —dijo, rehuyendo mi mirada—. Es más un trabajo de oficina que otra cosa. No es mucho lo que producimos, uno que otro video musical, cortometrajes. Pero ya me cansé, y pronto lo dejaré. Una vez que *Digitar* marche, tendré que dedicarme a tiempo completo.

¿Marcharía? La mayoría de las revistas en línea en Estados Unidos tenía muchos lectores, pero no generaba ingresos. Nadie quería pagar por leer revistas en frente de una pantalla.

—Cuénteme algo de la bomba.

—No hay mucho que agregar a lo que dijo Caro. Tuve mucha suerte, y punto.

—No me imagino qué tiene que ver una protesta contra el gobierno con un canal privado. Podían haber puesto la bomba en otra parte.

—Da para pensar, ¿no?

Manejó un rato en silencio.

—Así que hijo del Gran Líder y sobrino del Crucigramista —dijo—. Menuda familia que le tocó.

Creí detectar un tono de sorna en su voz.

—Uno no escoge a los parientes —respondí.

—Uno no los escoge al principio —replicó—. Pero, una vez que sabe quiénes son, puede hacer algo por evitarlos.

—¿Alguien en mente?

—Al menos se cambió el apellido. Al menos no es Reissig.

—Mi mamá me lo cambió. Me puso el suyo. Pero no veo qué...

—No le hagas caso —intervino Carolina—. Ricardo le tiene fobia a los crucigramas de tu tío. Dice que es un juego que parece para inteligentes y en realidad es para idiotas. Están de moda, todo el mundo los hace en todas partes, hasta la secretaria más tonta se cree la muerte cuando resuelve uno.

Su explicación no me había terminado de convencer, pero la dejé pasar. Ricardo se quedó callado. ¿Estaría celoso?

La casona se hallaba en una esquina, protegida por altos muros de piedra. Ricardo estacionó su Honda detrás de un jeep militar y terminó de contarme de su revista digital. Se aceptaban colaboraciones, pero todavía no pagaban bien.

—Caro me ha hablado mucho de ti —dijo, y yo creí notar un tono hostil, o acaso exageraba—. Dice que escribes. Trabajos académicos, más bien.

—También hago análisis para revistas de circulación general. Yanquis, sobre todo.

—*NewTimes, Latin American Affairs* —completó Carolina, como si esos nombres tuvieran algún peso en Río Fugitivo.

—No las conozco.

—No circulan mucho por aquí. *NewTimes* está queriendo, pero llega irregularmente. Planean una edición en español, dicen que saldrá pronto. Escribí algunos artículos al comienzo. Incluso uno en *Salon*.

—Eso es importante.

—Pero nada últimamente, me llegó la sequía. Opiniones, más bien, de esas que ayudan a reforzar el argumento del artículo. Como dice el profesor tal por cual, de la universidad bla bla bla... No es mucho, pero es difícil llegar. La cosa es entrar al Rolodex.

Luego uno podía quedarse allí mucho tiempo, y vivir de prestado, de efímeras glorias pasadas, hasta que alguien descubriera el engaño y sacara el nombre del Rolodex para reemplazarlo por otro, o lo mantuviera, pero sin volver a utilizarlo.

—Podrías... tener una columna en la revista —dijo Ricardo como si le costara, más presionado por la situación que por ganas de tenerme de colaborador—. Aquí está el futuro. Pronto no habrá revistas o periódicos que valgan si no están en la red.

—No soy tan optimista —comenté—. Lo primero que hace uno con esas revistas es imprimir los artículos que le interesan. Imposible abandonar la materialidad del texto.

—Imposible para ti, quizás —afirmó Carolina—. Cada vez menos imposible para la mayoría. Yo hace rato que no compro el periódico.

—En Estados Unidos —dije—, algunas revistas online han llegado incluso a comenzar a ofrecer una edición tradicional impresa, como forma de lograr cierto financiamiento. La susodicha revolución jamás se produjo.

Nos acercamos a la puerta. Había soldados por todas partes, algunos con fusiles y otros con walkie-talkies, y un helicóptero sobrevolaba La Atalaya. Un militar de tez curtida y bigotes nos preguntó los nombres y nos pidió carnets de identidad.

—Ricardo Mérida, periodista —la voz ahogada, apenas perceptible—. Lo entrevisté el otro día y venía a que me revisara el texto. Ellos son parientes.

Me sentí incómodo, no me gustaba fingir parentesco con Villa. El militar anotó nuestros nombres en un cuaderno, y habló por walkie-talkie con alguien en el interior de la casa, que autorizó nuestro ingreso. Agitó mi carnet, acaso buscando leer lo que decía el holograma con el sello del estado de Nueva York, y me preguntó si no tenía uno nacional.

—Hace diez años que vivo afuera —dije—. El nacional se me venció.

—¿Y cómo hace para sus trámites?

—Pasaporte. O este carnet.

Me miró, como esperando algo. Yo no entendía lo que pasaba; Ricardo sacó un par de billetes y los puso sobre el cuaderno. El militar se los metió en el bolsillo y me entregó el carnet.

Atravesamos un amplio jardín por un camino de losas, y nos topamos con una piscina en la que se asoleaban dos adolescentes y un mastín negro. Era una casa de paredes blancas y ventanales con barrocos rebordes de madera; su arquitectura era confusa, tenía tres o cuatro niveles, y la terraza en el segundo piso estaba en el mismo nivel del garaje, instalado sobre un montículo al que se ascendía por una cuesta bordeada por hortensias. Una casa excesiva, opulenta, de esas que suele habitar sólo la servidumbre, porque los dueños tienen tanto dinero que generalmente están en alguna de sus otras cuatro o cinco casas.

Llegamos a una puerta entreabierta. Fuimos a dar a una sala que sólo podía haber elaborado otro exceso, el del mal gusto: sillas Luis XVI en la interpretación de algún carpintero local, alfombras persas diseñadas por alguien que no sabía nada de la cultura persa, bustos de mármol de emperadores romanos, y en una pared una foto inmensa de la tercera esposa de Villa, una tarijeña de mejillas chupadas y nariz operada, veinte años menor que él. Estuve a punto de persignarme, de elevar una oración por el alma del culpable de esa promiscuidad de adefesios.

Una sirvienta nos condujo al estudio de Villa, en el que montaban guardia dos soldados. El hombre se encontraba ahí, junto a un calvo de bigotes que, luego me enteré, era su secretario (alguien que había tomado parte en la venta del diario del Che a Cuba). La luz del día entraba a raudales por los amplios ventanales con las cortinas descorridas. Las paredes estaban atiborradas de placas de diferentes asociaciones, alcaldías y fraternidades testimoniando su agradecimiento a Villa (un popular club de fútbol de Santa Cruz, el comité cívico del Beni, la asociación de amigos de Cochabamba). Villa era bajito y tenía el pelo blanco; costaba creer que hubiera puesto en jaque durante tantos años al gobierno y a la DEA. Tenía puesta una guayabera garciamarquina, en las manos un rosario. La mesa estaba llena de Biblias y folletos de todo tipo de culto religioso. Villa no escatimaba rezos en su intento por evitar las cárceles yanquis.

Nos dimos la mano. Me preguntó quién era con su voz seca.

—Pedro Zabalaga —dije, de pronto intimidado.

—Hijo de Pedro Reissig —añadió Carolina.

Se levantó, mirándome incrédulo, y me abrazó, no sabía si con rabia o afecto.

—¡El hijo de puta! —dijo—. ¡El hijo de puta! Si lo vuelvo a ver le pego un tiro. Claro que no va a poder ser, porque ya está muerto. Tenía muchos enemigos, comprensible.

Carolina estaba en lo cierto: pese a su falta de atractivo físico, tenía un carisma peligroso. Uno no podía dejar de escucharlo ni de mirarlo, y sentía que no hablaba en metáforas ni hipérboles, que todas sus palabras debían entenderse tal cual eran pronunciadas. Ése era el Villa de la leyenda, el que regalaba dinero en los barrios pobres, se hacía traer putas de Amsterdam, compraba ministros con lo que le sobraba de sus visitas a Medellín, hacía descuartizar a sus enemigos. Él era, también, el primo hermano del ministro del Interior que había ordenado la muerte de papá, durante aquella infame dictadura que necesitó menos de un año para que Montenegro y los otros —abundantes— dictadores que nos tocaron en suerte parecieran de modales refinados. Pero, en ese caso, Villa no era culpable del parentesco. ¿O sí?

—No se agite, don Jaime —dijo el secretario. Apareció la esposa de Villa con un ceñido vestido rojo y maquillaje como una máscara para algún museo de cera. ¿Qué hacía vestida así a esa hora, a qué fiesta iba?

Era linda en persona, la sonrisa fácil y la mirada dulce; nos saludó con un balbuceo, nos ofreció agua y jugo de naranja; luego desapareció.

—Don Jaime —dijo Ricardo—. Pedro quería hacerle algunas preguntas.

—Primero yo las haré; luego que me las haga él. No leí la dichosa novela. Al menos no entera. Pero alguien me comentó que en una de las páginas había un tal Villada, «Rey de la Benzedrina y Drogas Anexas». En la página setenta y siete. Leí esa página. Le diré que no fue un retrato halagador. No, jovencito, mucha burla. Y nadie se burla de mí así nomás.

—No puede ser —dije, vacilando—. Cuando la novela apareció, nadie había oído hablar de usted... Usted se hizo famoso recién a mediados de los ochenta. Ha debido ser una de esas extrañas coincidencias. Además, es una novela, no un libro de historia, ni una autobiografía.

—Ya sé. Pero me conocía desde el colegio. Éramos de la misma cuerda, oiga. Nos fuimos separando porque se creía más inteligente de lo que era. Capaz de burlarse de todos, y que de paso le aplaudiéramos. Irónico a más no poder. Muy cerebral, todo tenía que pensarlo. Y le digo, jovencito, que la inteligencia no es suficiente. Pero, ¿qué carajos querés saber exactamente? Con el perdón de la dama aquí presente, y con el perdón de Ricardo.

Encendió un cigarrillo y se tranquilizó. Le vi hacer algo extraño: amontonó la ceniza, y se la comió.

—La ceniza tiene potasio —explicó el secretario atusándose el bigote—. Y el potasio es muy bueno para los problemas del corazón. Don Jaime no está bien de salud últimamente.

—Los hijos de puta del gobierno —dijo—. Ellos son los culpables. El dictadorcito quiere ganar puntos. Vendepatria, lameculos de los gringos.

Carolina miró al suelo, Ricardo sonrió, yo estornudé. Villa me preguntó a qué se debía mi visita. Le dije que estaba escribiendo un libro sobre mi padre, y que necesitaba testimonios de la gente que lo había conocido.

—¿Así que escritor?—dijo, interesado.

—No exactamente.

Ése era uno de mis destinos más deplorables. Por mi profesión, y por ser el hijo de quien era, la gente me confundía con un escritor, y se acercaba a contarme su vida para que la escribiera. Como si todas las vidas fueran dignas de ser escritas, como si a mí me interesara escribirlas.

—De tal palo tal astilla. Te puedo tutear, ¿no? Sí, quizás vos seás la persona ideal. Te puedo contar muchas cosas. A cambio, quizás podás hacer algo por mí.

Hubo una pausa. Villa parecía dispuesto a confesar un gran secreto. Pidió hablar a solas conmigo. Ricardo encendió un cigarrillo y salió disgustado del estudio; Carolina, con un rostro de curiosidad.

—Hace tiempo una editorial gringa me ofreció muchos dólares por mis memorias. En ese entonces no me interesó. Pero en los últimos años he estado escribiéndolas. Creo que mi vida merece conocerse más. Circulan muchas mentiras sobre mí. Y hay gente que me quiere y me ha insistido: «no te quedés callado». Porque yo he hecho mucho por este país. Mucho. Yo soy un patriota como los hay pocos. No tengo un peso en el bolsillo porque todo lo hice pensando en este país y en su gente pobre. Dicen que el cariño de la gente es impagable, y eso yo lo tengo. No por nada hay plazuelas y calles con mi nombre en el Beni, equipos de fútbol en pueblitos olvidados. Porque a esos pueblos el gobierno jamás llegó, pero yo sí. Nadie se acuerda de los presidentes, pero en mi tumba siempre habrá flores. ¿Será por algo, no?

—Supongo que sí —dije, algo intimidado. Su voz había ido subiendo de tono.

—No supongás nada. Simplemente me tenés que creer. Si me creés, todo será más fácil. Y me tenés que creer, porque lo que digo digo, caiga quien caiga. Tengo casi como quinientas páginas.

¿Quinientas páginas? ¿Así que cualquiera podía escribir quinientas páginas? Y, por lo visto, los gringos podían ser unos hijos de puta, pero no las editoriales gringas.

—No entiendo qué es lo que me pide.

—Me podés tutear. Que leás las memorias, y me digás cómo se las puede mejorar.

—Usted no me conoce —me costaba tutearlo—. ¿Quién le garantiza que haré un buen trabajo?

—Nadie. Pero así son las cosas conmigo. No es tan difícil medir a las personas. Al pan, pan, y al vino, vino. ¿O querés que dé vueltas como perro en celo?

Terminé aceptando la oferta: me atraía leer antes que nadie las memorias del hombre considerado el Rey de la Coca. Tampoco tenía mucho que hacer esos días.

Antes de irme, le pedí el manuscrito. Ahí me enteré que Villa era otro paranoico: el manuscrito no podía salir de la casa, tampoco podía ser fotocopiado. Sólo podía leerlo en el estudio. Eso significaba que debía venir a visitarlo varias tardes. Dije que sí; no me quedaba otra.

En el trayecto de regreso a casa, escuché en la radio una canción de Paula Cole y pensé en Ashley. *Where have all the cowboys gone?* Carolina hablaba y Ricardo la escuchaba en silencio, mirándola e ignorando mi presencia.

Parecía no haberle gustado nada que yo hubiera sido el beneficiario de la magnanimidad de Villa; algo lógico; después de todo: era periodista. Ninguno de los dos me preguntó de qué había hablado con Villa. Quizás esperaban que les contara todo por mi cuenta. No lo hice.

Esa noche, por teléfono, después de resumirle a Carolina mi charla con Villa, le pregunté si era mi impresión, o no le había caído bien a Ricardo.

—Estaba incómodo —dijo—. Debí haber comenzado por ahí, pero no sabía si te molestaría. Preferí no decirte nada. Alguna gente lo juzga mal de entrada, y no es su culpa.

—¿Debiste haber comenzado por dónde?

Silencio.

—Ricardo es hijo de René Mérida. El apellido, ¿no te diste cuenta lo nervioso que estaba cuando lo pronunció a la entrada? Y su físico: sacale el acné, ponle barba y es igualito.

Nada hay más ingrato para alguien que se precia de descifrar enigmas que toparse con su propia carta robada. El apellido, por supuesto, y el físico. Todo estaba tan a simple vista que fue difícil no verlo. René Mérida, el único de la cúpula del grupo de papá que había faltado a la reunión de la calle Unzueta, y que por ello se había salvado. Desde entonces se consideró que él había sido el traidor del grupo, el hombre que vendió a sus camaradas para salvar su propio pellejo. No le sirvió de mucho: había aparecido muerto un par de días después, en medio de un pútrido basural a las orillas del Choqueyapu.

—Ajá —dije—. Debiste haber comenzado por ahí. ¿Y su comentario acerca de evitar a los parientes? ¿Tiene algo contra papá o mi tío?

—Es algo muy extraño. Algún día te lo contaré. No ahora. No vale la pena.

A veces, agarro mi cuaderno de notas, cuadriculo una hoja y me pongo a armar crucigramas. Lo hacía para el periódico de mi curso en el colegio. No tengo la variedad de mi tío, tampoco su capacidad para el dato arcano o ambiguo. Recuerdo mis clases, no mis artículos, y comienzo a cruzar palabras: *guerrilla uruguaya. Famoso centro de tortura de la dictadura de Videla. Asesino de Letelier. Nombre del Inti Peredo. Nombre del Coco Peredo. Apodo de Roque Dalton. Asesor español de Allende. A cargo de la toma del Palacio de la Moneda. Apodo de Manuel Marulanda. A cargo de la Caravana de la Muerte. Ministro del Interior boliviano, asesinado por sus propios oficiales en mayo de 1973. Masacre de 1974 en Bolivia. Partido de Nora Astorga y Leticia Herrera. Nombre de Ástiz. ¿A qué país perteneció el* DOP*? ¿Quién ordenó matar a Torres? ¿Quién a Zenteno Anaya? ¿En cuántos países hubo un* ELN*? ¿En cuántos un* MIR*? ¿A qué dictadura ayudó Klaus Barbie? ¿A qué país perteneció el Proceso?*

Me gustaría mostrárselo a mi tío, pero le parecerá un trabajo de principiantes. Carolina dirá que tengo una mente morbosa. Sin terminarlo, lo arrojo al basurero.

Poco a poco, fui adquiriendo el ritmo acompasado de los que viven de forma permanente en un lugar, no carente de sobresaltos pero incapaz de olvidar del todo, aun en las sorpresas, lo rutinario. Extrañaba ciertas cosas de mi vida en Madison, el protector anonimato que hacía que nadie me mirara en la calle como reconociéndome de algún lado, el tiempo para desarrollar proyectos de largo aliento (tiempo que después era desperdiciado en mil trivialidades que terminaban por ahogar lo trascendente), el *New York Times* y el café y el cine y las revistas y la calefacción en las casas y la presión de la ducha y la sensación, las más de las veces engañosa, de estar cerca de donde ocurrían cosas que ocurrirían en el mundo días o meses o años después.

A la vez, creía que podía vivir y ser feliz en Río Fugitivo. Me había acostumbrado a la inestabilidad política y a los problemas económicos como si jamás me hubiera ido del país. No me molestaban los bloqueos ni las huelgas constantes y, si bien me sentía aludido cuando el líder indígena de Achacachi decía que la culpa del atraso nacional la teníamos los «blanquitos», lo ignoraba cuando decía que no éramos «verdaderos bolivianos». Mi forma de vida trashumante en la última década, mi continuo ir y venir entre dos polos, me permitía la elasticidad de sentirme cómodo en ambos lugares. Había, sin embargo, una suerte de molestia subterránea, la sospecha de que esa elasticidad podía también significar no sentirme cómodo del todo en ningún lugar. No podía vivir en el Norte sin la posibilidad del escape a Río Fugitivo; pronto descubriría si podría vivir en Río Fugitivo sin la posibilidad del escape al Norte. Quizás había ya vivido mucho tiempo en otros ámbitos, y me era imposible volver a casa sin deseo alguno de estar en otra parte. Quizás abrazar el vaivén tenía un precio exorbitante que todavía no había comenzado a pagar.

El invierno llegó y fue crudo, especialmente en las noches y temprano en la mañana; aun así, no se comparaba ni de manera remota con el de Madison, de nieve hasta las rodillas, escarcha en las ventanas, asfixiante cielo plomizo y viento que cortaba la cara y entumecía las orejas. Pasé San Juan con Carolina y me mandé una soberbia borrachera con sangría; me puse a recitar definiciones de los Criptogramas, a repetir la frase inicial y la final de *Berkeley*, ceniza unida con ceniza; en la madrugada, me encontré llorando en la puerta de la casa de mi tío, mientras Carolina, paciente, comprensiva, ingenua, intentaba en vano calmarme; cuando me preguntó por qué lloraba, le dije que extrañaba muchas cosas, aunque no le dije qué (Ashley y mis papás y los sanjuanes de mi adolescencia).

Sufrí dos ataques de migraña que me hicieron cerrar puertas y ventanas y esconderme bajo una manta en mi cuarto, mordiendo los labios y rogando que todo terminara pronto. Escuché en la radio a un coronel retirado declarando que el cadáver de Quiroga Santa Cruz se hallaba enterrado en el patio del Colegio Militar en La Paz, y me pregunté dónde estaba el de papá, y tuve visiones recurrentes de su velorio y del de tía Elsa en casa de tío David.

Vi a Montenegro en la televisión, y me di cuenta que ya no lo odiaba. ¿Ese mequetrefe era el hombre contra el que papá había luchado? Acaso por eso Montenegro había logrado mantenerse varios años en el poder, y luego había logrado retornar como demócrata: porque la gente lo tenía a menos, porque nadie podía creer que lo siniestro tuviera una encarnación tan banal. No debía descuidarme como los demás, me decía, y, sin embargo, era difícil no hacerlo. Ésa era una de las principales diferencias entre la gran mayoría y gente como Villa o Montenegro: nosotros, tarde o temprano, bajábamos la guardia y nos dejábamos seducir por su exterior humano; nos cansábamos de verlos como lobos y éramos capaces de piedad, de compasión. Éramos estúpidamente predecibles en nuestra mal entendida generosidad.

Revisé varias veces el video de Berkeley, tratando de atrapar ese bosque de símbolos que complicaba lo real. Vi *El discreto encanto de la burguesía* y *Senderos de gloria* para que me dieran algunas claves sobre el video. Releí los párrafos de la novela de papá en la que mencionaba bayonetas y puentes y torres de alta tensión. Perseguí la etimología de la palabra «ganso» en un par de enciclopedias. Al final, sabía mucho sobre cada imagen del video, pero no podía conminar a un sentido coherente todo lo que sabía. Mi destino, esos días, parecía ser el de perderme en los laberintos de mis propias fantasías hermenéuticas. La culpa, acaso, no era de los textos sino de lo que yo les exigía a ellos, mi afán sobreinterpretador, mi capacidad para bifurcarme en mil minucias que atentaban contra la posibilidad de una lectura matriz. Quizás a veces un puente sólo significaba un puente. Quizás. Me era imposible aceptarlo así; iba contra mi naturaleza, que veía en torno a él una conjura de códigos que necesitaban ser descifrados para aprehender el universo.

Hablé con amigos de papá como si estuviera realmente interesado en escribir el dichoso libro; especulé con *Berkeley* (las salamandras no me habían conducido a nada); leí y trabajé en el manuscrito de Villa; *Latin American Affairs* me enloqueció con la crisis peruana y con la paraguaya, país del que menos sabía y del que más improvisaba, sobre todo cosas positivas debido al recuerdo de una paraguaya que conocí fugazmente y con la cual había tenido por un par de meses una intensa relación vía email, de esas que incluyen fantasías de látigos y pañuelos; y acompañé a mi tío y disfruté de los crucigramas y del avance del diccionario, ya instalado en la red gracias a Caro.

—En la primera página —decía mi tío mirando a la pantalla de la computadora, Carolina a su lado—, la clásica y cortazariana foto de Pedro con el cigarrillo en la boca, como si lo estuviera mordiendo. Luego, todo el texto, y cada página con múltiples links.

Hizo un clic en el mouse, luego otro, y otro. Cada palabra del diccionario con sus varias reverberaciones.

Jardines de jardines de proliferantes senderos, inagotables formas de agotar la vida de un hombre, la vida de un texto.

—Pero no has visto todo —dijo Carolina.

—Una gran sorpresa —completó mi tío, emocionado—. Ella es una maga, te digo. Le pregunté si podía hacerse, y lo hizo.

Eran unos links a textos de autores célebres ambientados en Berkeley. Estaban Jack London («He caught a Telegraph Avenue car that was going to Berkeley. It was crowded with youth and young men who were singing songs and ever and again barking out college yells»), Simone de Beauvoir («I looked at the athletic-looking young people, the smiling young girls in my audience, and I thought that certainly... there were no more than one or two concerned with the news of the day»), Kerouac («In Berkeley I was living with Alvah Goldbook in his little rose-covered cottage in the backyard of a bigger house on Milvia Street. The old rotten porch slanted forward to the ground, among vines, with a nice old rocking chair that I sat in every morning to read my Diamon Sutra»), Pynchon («...and this Berkeley was like no somnolent Siwash out of her own past at all, but more akin to those Far Eastern or Latin American universities you read about, those autonomous culture media where the most beloved of folklores may be brought into doubt, cataclysmic of dissents voiced, suicidal of commitments chosen—the sort that brings governments down»), Philip Dick («I wondered, then, what the hell I cared about Arabic mysticism, about the Sufis and all that other stuff that Edgar Barefoot talked about on his weekly radio program on KPFA in Berkeley... I still work at the Musik Shop on Telegraph Avenue in Berkeley and I'm trying to make the payments on the house that Jeff and I bought when we were married»). Estaban Lodge, Milosz, Hass, Norris: la lista era interminable.

—¿Qué opinas? —decía mi tío, abrazado a Carolina—. ¿Qué opinas? Te sorprendimos, ¿no? Dime que te sorprendimos. De un golpe, Pedro relacionado con todos esos grandes.

Y a mí me hizo más feliz la emoción de mi tío que el encuentro de mi papá con toda esa mitología berkeleyana. Pocas veces lo había visto tan radiante, tan capaz del gozo.

Trataba de escribir una columna semanal para *Digitar*, pero hasta eso me costaba: me había vuelto el rey de las frases para el bronce, y ya no podía pensar en párrafos. Tenía la esperanza, sin embargo, de que con esa columna volvería a adquirir confianza, y luego volvería a escribir artículos que Silvana pudiera aceptar para *NewTimes*. Me decía que no era tan difícil, ya lo había hecho alguna vez; o acaso era cierto que la ignorancia era atrevida, y ahora que sabía más de aquello en que me había metido —opinar sobre un continente convulso, teorizar desde una cómoda poltrona mientras países enteros se agitaban al borde del colapso—, me asustaba la responsabilidad producida por mi irresponsabilidad.

Me había dicho que no publicaría en *Digitar* porque el padre de Ricardo era el gran responsable de la muerte de papá. Sin embargo, con la ayuda de Carolina, traté de ser ecuánime y no culpar a Ricardo por el acto deleznable de alguien que no era él. Los hijos recibíamos la carga innecesaria e injusta de los triunfos y los fracasos de los padres; ya era difícil cargar con la vida propia como para cargar también con las ajenas, por más que éstas fueran cercanas y entrañables. De alguna forma torcida, me identificaba con Ricardo: la sombra gigante de papá me había asfixiado más de una vez. Los extremos se tocaban.

A la vez, no era cuestión de exagerar: le había pedido a Carolina que cuando saliera con él, no me llamara. No quería estar cerca de él, volverme su amigo, pese a que seguro hubiéramos encontrado muchos temas comunes de qué hablar. Incluso recurrí a los attachments para enviarle mis artículos. Tampoco quería entrar en una melodramática relación triangular, en una competencia por los favores de Carolina. Él parecía tener un verdadero interés en ella, y no me hubiera molestado si ella le daba la venia; yo quería mantenerme al margen.

Mi columna semanal se llamaba «Vivir en el Sur»: «las cosas extrañas de vivir en el Sur después de tantos años en el Norte» (las precarias bibliotecas, las huelgas, tener acceso a canales de otros países, la ropa impregnada de olor a nicotina después de una noche en bares y discotecas, el hecho de que yo fumara o fuera impuntual aquí, mientras allá era todo lo contrario). Quería ser inteligente, pero me costaba escapar de la frivolidad. Era notorio que andaba sin rumbo, distraído. A veces pensaba que desde mi encuentro con Ashley todo lo demás había perdido su sentido, y que, por tanto, ella era la culpable. Luego recordaba que cuando la conocí ya muchas cosas habían dejado de interesarme, y había abrazado la intrascendencia como forma de escape ante la imposibilidad de encontrar algo que le diera sentido a mi vida. Quizás me había entregado a Ashley de manera furiosa porque había visto en ella la posibilidad de darle cierto norte a mi pasmado deambular. No contaba con que mi carácter volvería a fallarme.

Curiosamente, lo más extraño de mi columna no eran las diferencias culturales, sino el no poder ver mis artículos en una revista impresa: debía encender una computadora para leer el producto final. Y eso no era extrañeza geográfica; igual me hubiera ocurrido aquí o allá; eso se debía a vivir en los balbuceos de una nueva era histórica: otra capa que se acumulaba a las anteriores ya sedimentadas y a veces resquebrajadas, pero nunca del todo muertas; un palimpsesto que no cesaba de escribirse, superponiendo extrañas caligrafías sobre otras no menos extrañas, pero ya domesticadas por la costumbre o la pereza mental (esa pereza que nos impide maravillarnos ante el funcionamiento de los teléfonos, o ante el fervoroso surcar de los aviones en el cielo).

Los fines de semana iba a El Marqués con Carolina, Carlos y otros amigos; nos emborrachábamos sin discreción, y yo cedía a unos besos con Caro, pero hacía unos pases de verónica para evitar el sexo, o, de manera más precisa, la culpa que me atacaría después del sexo (las ganas no me faltaban, pero me decía que debía ser fuerte, pese a que la fortaleza ante el deseo nunca había sido una de mis virtudes). Al salir, Carlos me decía que dejara a Caro y me fuera con ellos a un prostíbulo; yo rehuía la invitación, pensando que esos días habían quedado lejos, aunque me dolía cada negativa mía a acompañarlos, porque sentía que me alejaba más de mis amigos. Los domingos al mediodía me reunía con ellos en un restaurante chuquisaqueño en Bohemia. Comíamos menudo para curar el ch'aqui y, entre chismes y carcajadas, procurábamos resolver los crucigramas de mi tío. *Inventor del kinetoscopio. Autor del cuento «El puritano». Universidad sobre el Támesis. Novelista español que apoyó a Franco. Actriz favorita de Hitchcock. Arquero de la selección del 63. Nombre de uno de los puentes en* Berkeley. Carlos se divertía mucho, y nadie mencionaba los mandamientos de apremio contra él que habían aparecido en el periódico (no nos hubiera extrañado que uno de nuestros encuentros fuera interrumpido por un par de policías viniendo en su busca). Federico era el más obsesivo al respecto; llegaba con varios diccionarios y, antes que rendirse, estaba dispuesto a llamar a un hermano que vivía en Santa Cruz y poseía una vasta cultura. Yo participaba con fervor, feliz de encontrar un territorio en el que coincidiéramos. Pero al rato una palabra o un gesto me hacían extrañar a Yasemin y a Joaquín, y decirme que por más que hiciera todo por acercarme a Carlos y Fede, por ser como ellos, ya el tenue lazo que nos unía en realidad se había roto hace mucho. Y hacía una sonrisa falsa y evitaba la mirada de ellos y me costaba aceptarlo. Me costaba aceptarlo.

A veces tenía ganas de llamar a Ashley, o escribirle un email, hacerle saber que no me había olvidado de ella. La llamé un par de veces, y colgué antes de oír su voz, o la de Patrick. También llegué a escribir emails de tonos que oscilaban entre la dulzura y la sequedad, pero no los envié. Escribí dos con uno de nuestros códigos secretos, el mensaje que se debía leer al revés y la simple sustitución alfabética, pero lo encontré tonto, infantil (*xbmel* equivalía a te amo). Y me frustré esperando alguna señal suya. Imaginé que había decidido no perdonarme mi escape. No la culpaba. Ah, si ella hubiera podido saber cómo la amaba cada vez más, con ese capricho de los corazones salvajes que sólo saben entregarse a lo inalcanzable. Acaso me había ido de Madison para poder seguirla amando.

Pasaban los días y no había escrito una sola línea de mi proyectado libro. Eso sí, había tomado muchas notas en un cuaderno negro que me regaló Helen Banks a mi llegada a Madison. En las notas, compañeros de curso, amigos y camaradas políticos de papá iban revelando fragmentos de su complejo y contradictorio entramado de ansiedades y esperanzas. Todo el mundo tenía una opinión o imagen o anécdota de él, y venía a dármela sin que yo la pidiera. Al principio, sospeché que ésa era una de las razones por las que me había quedado en Estados Unidos: allí podía vivir sin la presencia de papá en la textura de mis días. Poco a poco, volvió a despertar en mí la curiosidad por saber más de él, esa curiosidad aletargada pero nunca del todo dormida. La había tenido muy despierta hasta Berkeley. Luego, había preferido preservarlo en un recuerdo idealizado, no seguir removiendo escombros que podrían herirme. Era curioso cómo ocurría todo: mis días de crisis con Ashley me habían llevado a buscar consuelo en *Berkeley,* como si buscara allí consejos de papá para resolver mis problemas. Por irme de Madison un tiempo, hasta que se calmaran las cosas, había conseguido permiso de un semestre para venir a Río Fugitivo a escribir el largamente prometido libro. Y aunque se trataba de una excusa y jamás había pensado escribirlo ni investigar de verdad, ahora me encontraba en Río Fugitivo con muchas ganas de aprender más de papá. Debía agradecérselo a Ashley.

Como con cualquier texto, debía hacer un trabajo de hermenéutica y darle un sentido a las notas que tomaba. La imagen de papá giraba en torno a los superlativos, a la hipérbole; la mayoría de las opiniones era favorable; unas cuantas se atrevían a ser negativas, como si el tiempo permitiera al fin resquebrajar la superficie bruñida del héroe, animarse a vocear aquello que circulaba a través de rumores originalmente poco confiables. Esas opiniones me devolvían a los días en Berkeley, cuando aprendí una versión de papá que había procurado olvidar en vano.

Tenía la voz ronca, firme, pausada. Una voz que daba órdenes sin ordenar. Te escuchaba y estaba de tu lado. Te dabas la vuelta y hacía lo que quería. Nadie se enojaba. A veces, lo había visto ejercitar discursos frente a un espejo. Se dejaba sacar fotografías, siempre y cuando fuera de perfil y del lado derecho (su mejor ángulo). Cojeaba algo al caminar, pero cuando había gente cerca de él a la que no le tenía confianza, disimulaba. Podía pasarse una semana sin ducharse, pero se recubría el cuerpo con perfume. Podía permanecer horas mirando una pared; decía que era su forma, aprendida en Berkeley, de alcanzar la paz interior en medio de tanta turbulencia. Le gustaba mencionar su paso por Berkeley cada vez que podía; decía haber adquirido allí una gran experiencia revolucionaria: su grupo había asesinado con una bomba al vicerrector, ese gran símbolo del establishment. Siempre leía unas páginas del libro que tuviera a mano antes de dormir. Lo hacía poco, tenía el sueño muy ligero, cualquier cosa lo despertaba y luego le costaba volver a recobrarlo. Era mujeriego, había arriesgado la vida un par de veces por acostarse con estudiantes que lo idolatraban. A sus camaradas más cercanos les decía que lo más importante era «trascender, entrar a la historia». Cuando formó el MAS, su idea era convertirse en el eje de la resistencia a Montenegro. El grupo era muy pequeño, pero no quiso pactar con nadie, ni con el MIR, «niñitos bien de la burguesía», ni con los mineros y obreros, «poco radicales», ni con los campesinos, «que dejaron solo al Che». Así, llevó al partido a la irrelevancia, de la que sólo salió gracias a la caída de Montenegro. Tenía la voz ronca, firme, pausada. Le pedía al hombre más de lo que el hombre puede dar, quería que en un momento límite hubiera seres humanos capaces de ir más allá de ellos mismos, de ser intransigentes en la defensa de sus ideales, incapaces de acomodarse a la situación. En el fondo, su verdadero objetivo no era el triunfo, ni la revolución, sino mantener la lucha viva. Tomaba cada muerte de un compañero como algo personal, y se ocupaba de buscar a la familia para ofrecer sus condolencias. Tenía un ángel en la cabeza. Cuando el partido sufrió emboscadas y varios reveses, concluyó que Montenegro sabía tan bien los movimientos del grupo que era obvio que había infiltrados. Descubrió a los traidores y los hizo fusilar pese a la oposición de su hermano. «Tiempos extremos requieren medidas extremas», solía decir. Si algo salía mal, fruncía el ceño y podía agarrar a golpes a cualquier subordinado que se le cruzara en el camino. Tenía el demonio en la cabeza. Nadie se animaba a enfrentársele, excepto su hermano. No servía de mucho, era ignorado. Era rara la relación entre ambos. Le gustaba la música de Bob Dylan. Acostumbraba encerrarse solo en una habitación, en la casa en que se encontraran, y, taciturno, miraba la cubierta de un libro por horas, o se amarraba y desamarraba los zapatos, o encendía cigarrillos y al rato los tiraba al suelo, como si todo el peso del mundo cayera sobre él. Tenía la derrota en la cabeza. Ronca, firme, pausada. Trascender, entrar en la historia. Tiempos extremos, medidas extremas. Ángel, demonio, derrota, muerte, desaparición.

Escuché esos días muchas historias de papá, algunas nuevas, otras repetidas: la vez que se salvó de una patrulla militar al esconderse en un confesionario (confirmado); cuando se escapó de una cárcel disfrazado de guardia (dudoso), o se tiró a un río para salvar a un desconocido que se ahogaba (quizás); la vez que un balazo fue a dar a la medalla de la Virgen María que llevaba en el pecho (imposible)... Los relatos proliferaban, y era fácil dudar de la veracidad de algunos. Para haber vivido tan poco, papá había tenido una vida cinematográfica. Así se creaban los mitos populares: cuando la gente creía haber estado en contacto con alguien especial, extraía parte del sentido de sus vidas en torno de ese contacto, y lo entramaba en la materia misma de sus días, agrandándolo para así agrandarse por reflejo. Debía escucharlos y tomar nota y luego descifrar qué había de cierto entre tanta fabricación irreal, tanta literatura.

Mamá parecía ser una de las pocas personas que había logrado escapar de la órbita de papá, al menos la mamá que yo conocía. Eran novios de la adolescencia, y cuando él regresó de Berkeley, a principios de los setenta, volvieron a salir como pareja; ella quedó embarazada, y se casaron dos meses antes de mi nacimiento. En mi versión, no había habido amor en ninguno de los dos. Estuvieron juntos muy pocas veces, porque él estaba en la clandestinidad durante la dictadura de Montenegro. Pasábamos mucho tiempo en casa de los tíos David y Elsa. Después de la muerte de papá, ella hizo todo lo posible por ofrecerme una vida en la que él no fuera una presencia agobiadora; mientras el país construía el mito, me cambió el apellido y me hizo utilizar el suyo, prohibió mencionar a papá en casa, e hizo desfilar por su cama a sus amantes, sin el más mínimo respeto a su condición de viuda del héroe.

Me llamaba la atención que casi nadie me hablara del lado literario de papá. Y eso era lo que a mí me importaba en verdad, pues, más allá de las opiniones y las anécdotas, la verdad profunda de papá, su sueño dirigido, su conglomerado de obsesiones y pesadillas, se encontraba en su escritura. Parecía haber escrito *Berkeley* en secreto, en la penumbra de su habitación en la clandestinidad, de espaldas a su vida política. Como haciendo lo posible por evitar que ambos mundos se tocaran o entremezclaran. Como intentando ir a contracorriente de la tradición latinoamericana de fundir literatura y política, o de escoger la literatura y renunciar a la política; había escogido a ambas, y decidido que la mejor manera de que sobrevivieran en él era manteniéndolas en compartimentos estancos. Un proyecto tan notable como utópico. No por nada el libro había tenido que publicarse en una edición póstuma.

—*Berkeley* puede leerse como una crítica política de los medios de comunicación —me dijo mi tío una lluviosa mañana en la sala, en bata y ya con un Chivas en la mano, los hielos tintineando al chocar contra el cristal del vaso—. Y una historia también, desde el telégrafo, e incluso, en el capítulo final, profetizando la llegada del internet... «el tiempo del espacio sin profundidad». La novela recorre el uso político de estos medios, su manipulación por parte del gobierno. Si te fijas, hay un capítulo dedicado a la radio, otro a los periódicos, otro al cine. La cosa es, por supuesto, más ambigua, porque, si bien los miembros del Cuervo Anacoreta son una y otra vez manipulados por el gobierno, y su fin llega gracias a eso, también se podría decir que en cierto modo cada uno de ellos encuentra su pequeña redención gracias a los medios, que los comunican con diversas formas del más allá. Geográfico y emocional, en el caso de Bernard; metafísico, en el de Montiel.

Ésa era una lectura. Había otra (había muchas más). La saga fantástica de la cofradía del Cuervo Anacoreta, a través de diversos espacios y abarcando ciento cincuenta años, era para mí un gran texto experimental, lleno de pirotecnias lingüísticas y audacias formales, que se atrevía a proponer una vez más algo que participaba de lo tierno y lo cruel: todos teníamos nuestros paraísos perdidos y no había forma de recuperarlos. Berkeley, más que un espacio geográfico determinado, alcanzaba en la novela la calidad de símbolo de ese paraíso perdido, alguna vez entrevisto por Bernard y luego nunca más encontrado. Me había identificado con la búsqueda de Bernard, y hecho suya su nostalgia. Tanto, que había seguido sus pasos, y los de papá, hasta irme a estudiar a Berkeley.

—¿Y cómo fue que entraste a la política? —aproveché para preguntar, después de un largo silencio—. Sí, ya sé, fue tía Elsa. Pero cómo, exactamente.

Mi tío carraspeó. Bajó el volumen del televisor, que transmitía un partido amistoso entre Holanda y Argentina. Afuera, el viento arremetía con fuerza contra las paredes. Encendí un cigarrillo.

—Tienes que haber vivido los setenta para entender —continuó—. Hubo mucha gente feliz con Montenegro, y yo quizás fui uno de ellos, lo reconozco. Al menos los primeros años. Veníamos de tiempos de izquierdización del país, de inestabilidad continua y polarizaciones peligrosas. De pronto aparecía alguien enarbolando un discurso de orden. Y la economía estaba bien. Pero Pedro, Elsa y sus amigos no me dejaron en paz. Pedro fue el primero, él realmente lo sentía, incluso se volvió de Berkeley con esta idea de «liderar la revolución». Nada lo detuvo, ni siquiera el hecho de que llegó y a los meses ya estaba casado con una novia de la adolescencia. Tu mamá.

Hizo una pausa. Tomó el whisky, se atragantó. Con largas ojeras y sin afeitarse, con su mirada sin coordinación, tenía un aspecto gastado, de enfermo terminal. Por la noche, lo había escuchado deambular por el patio; parecía no haber dormido nada. El humo de mi Marlboro ascendía lentamente hacia el techo, iniciaba su destino de enrarecer ambientes. Me saqué los lentes y limpié con una manga de mi chompa sus sucios cristales.

—La pobre. Estaba sola la mayor parte del tiempo, nunca llegó a vivir con él como una pareja normal. Pedro se la pasaba en la clandestinidad, tanto que cuando apareció embarazada bromeábamos que él tenía una puntería envidiable: se acostaban una vez al año y ya estaba. Por eso no la culpo de que se fuera por su lado cuando naciste. Estaba muy enamorada y sufrió mucho, pero quería darte una vida normal, sin sobresaltos. Y lo hizo. Por eso no la culpo de nada. Algún momento le tocaba divertirse.

Se refería al hecho de que, para escapar de la pobreza, mamá terminó convirtiéndose en amante de políticos. Durante mi adolescencia, me cansé de escucharla llegar a casa en la madrugada, tropezar al subir las escaleras, dormir la mona en algún sofá o en la alfombra. Luego se dedicó a industriales extranjeros. Papá había logrado que muchos se encontraran a sí mismos, pero mamá se había perdido por culpa suya.

—Tenías que haber conocido a tu papá. Te hablaba con tanta pasión que te arrinconaba, no podías decirle no a nada. Su sonrisa, la forma en que gesticulaba, sus ideas, era un paquete completo. Crecí con él y desarrollé anticuerpos. Elsa no, y cayó fácilmente en su campo de acción. Bueno, estaba predispuesta a ello, por lo ocurrido con su hermano en la guerrilla de Teoponte.

—¿No estaba ya en la clandestinidad?

—De vez en cuando, a la medianoche, o a la madrugada, aparecía por casa, disfrazado de lo que sea. Todavía no era un líder importante, el gobierno no nos vigilaba. Después, las cosas se complicaron. Ya te dije, yo hubiera querido seguir con lo mío, la política en realidad no me interesaba. Elsa me hablaba del tema desde el desayuno hasta la noche: que la dictadura era un atropello a nuestros derechos, y eso que vivíamos bien, teníamos trabajo, había estabilidad.

—Orden, paz y trabajo.

—Cambiaba de trabajo a cada rato, pero de que había, había. Me fui sintiendo culpable. Un día Elsa me dijo que quería unirse en serio al MAS; había crecido la resistencia. Me puso contra la pared. Me lo pidió por su hermano. Habló de nuestros futuros hijos, quería que crecieran en libertad. Decidí hacer lo que ella me pedía. No tanto porque tuviera fe en la «insurrección popular», sino porque no quería perderla a ella.

Estaba serio, la mirada fija en la pantalla. Holanda acababa de marcar un gol. Se escuchaba el caer de la lluvia en el patio, sobre el container, como el golpeteo continuo de unos clavos contra la calamina.

—Miento —continuó—. No quería perderla, pero también debía reconocer que tenía sentido lo que ella decía. Y lo que Pedro decía. Y uno se enteraba de amigos exilados, de otros confinados, de algunos torturados. Montenegro fue pequeño, nunca llegó a las alturas siniestras de un Pinochet o un Videla, pero tampoco se trata de que haya un ranking de dictadores, ¿no? Suficiente un abuso, suficiente un muerto, para que todo un gobierno se manche las manos y merezca caer.

—Quizás lo tuyo tenga más mérito —dije—. Porque, si bien muchos de tu generación nacieron convencidos de que el camino revolucionario era el correcto, que valía la pena arriesgar la vida para enfrentarse a una dictadura, tú fuiste convencido de ello poco a poco. Tardaste, pero cuando viste que ése era el camino correcto, no dudaste en seguirlo.

—Oh, sí, dudé, y mucho —suspiró—. Pero al final lo hice. Y ya ves en qué acabó todo.

Ambos miramos el partido por un rato. Volví a la carga:

—¿Qué rato escribía papá?

—Todo el tiempo. La vida en la clandestinidad no es tan romántica como uno quisiera creer. Había semanas enteras de inmovilidad total, de angustia esperando algo que uno no sabía muy bien qué era, interrumpidas por algunos días de actividad frenética. ¿No viste cuántos guerrilleros escribieron diarios? Además que lo importante era dejar testimonio. Otra forma de trascender.

—¿Tú no?

—Cartas. Muchas cartas.

Me hubiera gustado insistir en ese punto, pero él continuó:

—Pedro a veces escribía a mano. Lo encontrabas concentrado en un rincón, absorto, nada que ver con el hiperactivo Pedro de las órdenes y contraórdenes cuando se ponía en marcha algún plan, cuando salíamos a las tres de la mañana, la hora preferida para dinamitar torres de alta tensión, cosa que, entre paréntesis, llegó a gustarme. La destrucción como forma de creación. Los secuestros, no tanto. Industriales inocentes, haciéndose pis en los pantalones, sirviéndonos de carnada para recaudar fondos. Otras veces, se escuchaba en los cuartos su tecleo rítmico en la máquina de escribir. Era muy misterioso con su manuscrito. Yo pensaba que era su diario, era lo más obvio después de todo, y sólo después de su muerte me enteré que era una novela. Ni lo sospechaba. Él leía mucho, pero más Regis Debray y esas cosas. Le gustaba *Rayuela*, eso sí.

¿Encontraría a la Maga? Había leído dos veces esa novela, sin descubrir del todo por qué se le tenía tanta reverencia. Supuse que se trataba de una diferencia generacional más.

—Cuando Montenegro dejó el poder, Pedro se convirtió en uno de los líderes de la izquierda. Un líder menor, pero líder al fin. Aunque creo que nunca dejó de extrañar los años de la lucha armada, en la que siempre llevamos las de perder. Sus planes utópicos fueron contrapesados por una fuerte ambición de llegar al poder. No quiso pactar con Quiroga Santa Cruz, que era el indicado para unificar a la izquierda. Y estaban los líderes históricos, como Siles Suazo, y los de la nueva generación, como Paz Zamora. Yo creo que esa ambición siempre estuvo ahí; ambas cosas no eran incompatibles en él: quería llegar al poder para llevar a cabo su programa reformador. Otra gente le tuvo celos, y comenzaron a salir a la superficie algunos rumores turbios. Por ejemplo, que era un mujeriego de marca mayor. Lo cual era cierto. Aquí, para un político, está bien visto ser mujeriego. Pero hay ciertos límites, ¿no? Y se lo pintó como alguien que no tenía límites. Que, por ejemplo, era amante de mi esposa. Lo cual no era cierto, pero, ¿te imaginas? ¡Se mete con la esposa de su hermano!

—La gente es capaz de decir cualquier cosa —lo dije automáticamente, moviendo la cabeza, mientras me preguntaba qué de cierto había en ese rumor.

—Volvimos a la clandestinidad dos años después, con el golpe de García Meza. Nuestro movimiento había perdido aún más fuerza, por la incapacidad de Pedro para pactar con otros grupos. Nos fuimos diluyendo en la intrascendencia. A ratos, pensaba que Pedro no podía ser tan testarudo, que quizás había algo calculado en esto, que buscaba en el fondo la intrascendencia... Cuando ocurrió lo de la calle Unzueta, estaba intentando en vano reorganizar su poder. En el fondo, y perdona que te lo diga, él fue el único que salió ganando esa vez. Viste como se lo mitificó tan rápido.

—Lo cual no significa que no se lo merecía.

—No. Pero se trata de humanizar a tu papá, mostrar una imagen más compleja de él. Ésa es tu labor, ¿no?

Tenía una expresión desolada. Me miraba como si no me hubiera dicho lo más importante, como si no pudiera decírmelo. Decidí no continuar con mis preguntas. A medida que sabía más de papá, lo iba conociendo menos.

Mi tío dio dos pasos y, de pronto, se desplomó con fuerza. Trató, en vano, de amortiguar el impacto con sus brazos. El golpe, seco, duro, me asustó; de un salto, estaba a su lado. Estuvo un rato de cara al suelo, farfulló un par de malas palabras. Al rato, se puso de rodillas e intentó incorporarse por su cuenta; no pudo, y permitió que lo ayudara.

—¿Estás bien?

—Me duele todo —dijo, resoplando con furia—. No es nada, no te preocupes. Perdí el equilibrio, a veces me ocurre. Ciertos movimientos bruscos.

Sentí una vaharada a alcohol en mi cara, y no hice más preguntas.

Tenía también otra lectura de *Berkeley*, más complicada y todavía sin probar. La novela estaba plagada de mensajes secretos, de criptogramas que los personajes hacían circular constantemente. La preocupación de *Berkeley* por la telegrafía o la computadora se debía a que eran medios ideales para transmitir mensajes cifrados, para convertir al mundo en un código secreto. Mi idea era que esos mensajes dispersos, muchos de los cuales había logrado descifrar, remitían a un solo código, el centro que unía el laberinto textual. Como si la escritura secreta detrás de la trama fuera capaz de ocultar una escritura aún más secreta.

Le contaba de estas cosas a Carolina. Caminábamos por el patio de La Salle, por los pasillos donde alguna vez papá debió jugar con Villa, en busca de una ilusoria composición de lugar (ese escenario ya no era el mismo de la infancia de papá). Me escuchaba y pedía que no teorizara tanto, que pusiera en orden mis ideas y me sentara a escribir. Sus tacos resonaban en las paredes blancas del colegio.

—¿Crees poder contactarme con los de Berkeley? —le pregunté de pronto.

—Fácil. ¿Hay algo...?

—No sé. Viste su video, medio en clave se animan a reconstruir lo de la calle Unzueta. Quizás pueda escribir un capítulo al final, sobre el legado de papá a las nuevas generaciones. O un artículo.

Mentía. Me interesaba indagar por qué esa interpretación podía haber perturbado tanto a mi tío. Sabía que debía hablar primero con él, preguntarle qué había ocurrido exactamente aquel día, cómo habían muerto papá y su esposa. Lo sabía a grandes rasgos, necesitaba ahora los detalles, las minucias que hacían a aquel atentado diferente de los demás. Debía buscar el momento adecuado, agarrarlo con la guardia baja.

Volvíamos a casa en la moto de Carolina. Era el atardecer, y algo ocurrió. Fue su cuerpo contra el mío, o su perfume, o la forma en que su pelo me golpeaba el rostro; el hecho es que la aprisioné en un abrazo, y ella entendió que le quería sugerir algo. Nos dirigimos a su departamento, yo no muy seguro de mi sugerencia, pero tampoco dispuesto a decirle que cambiara el rumbo. No lo había planeado, ni siquiera se me había ocurrido nada al respecto segundos antes de haberme estrechado contra ella; pero, una vez en su cama, desnudos y atravesados por la última luz del día entrando por las persianas, todo me pareció muy natural y me pregunté por qué diablos había tardado tanto para volver a visitar su cuerpo, por qué me había rendido tan tontamente a los escrúpulos.

Cuando me iba a casa caminando (no había querido que Carolina me llevara), supe por qué. Me supe una bazofia incapaz de estar a la altura de Ashley, en el nivel del amor que habíamos creado entre los dos. Yo no sólo me había escapado físicamente; ahora pretendía hacerlo mental y emocionalmente.

Pero eso era apenas una ilusión: yo no escapaba de nada, y en el fondo corría de frente rumbo al torbellino que había desbaratado mi vida.

6

La primera vez que Ashley estuvo en mi piso en la calle Mayfair, frente a un parque con árboles de ramas alzadas hacia el cielo, ausente de niños y perros y ruido, me dijo que mi alfombra necesitaba una limpieza, y que las reproducciones de Magritte en las paredes, compradas en el Museo de Arte Moderno de Nueva York (un regalo de Jean), eran magníficas, sobre todo *L'empire des lumieres*, con esa yuxtaposición tan natural de la noche y el día en un marco de un metro por ochenta centímetros.

—Qué grande en comparación con el mío —dijo—. Se nota que los profesores ganan bastante bien.

—Ni tanto. Aunque, para lo que trabajamos, quizás sí.

—Le faltan plantas, no sé. Un toque femenino.

—No sé cuidar plantas, siempre se me mueren. Seguro te decepcioné, esperabas un póster del Che en una de las paredes. O la foto de la Menchú recibiendo el Nobel.

—Basta escuchar una de tus clases para saber que no eres el tipo.

—Enseño el libro de la Chungara —sonreí—. ¿No es suficiente?

—No hay Bolivia en las paredes —dijo.

Le mostré, cerca del refrigerador, tres cuadros pequeños de sonrientes mujeres indígenas.

—Una estampilla es del mismo tamaño.

—Las paredes están hechas para poner los cuadros que te gustan, no para profesar tu nacionalidad.

—Apuesto a que no tienes ni música de tu país.

—La tengo. Savia Andina, Kjarkas, Pacha. A montones. Jamás la escucho. ¿Para qué ponerme más melancólico de lo que ya suelo estar por el solo hecho de no vivir allá?

—Melancólico. Cualquiera que te escuche te creería.

Se detuvo en mis estantes de libros, mientras yo abría el refrigerador y servía dos vasos de jugo de manzana. Abundaban los libros de historia, en orden alfabético de autores, y escaseaba la teoría política.

—Pareces más un historiador que un politólogo.

—Quizás me equivoqué de carrera. Me cuesta teorizar. Envidio a los historiadores. The facts, the facts, the facts. Siempre tienen de donde agarrarse.

—¿Y no crees que ellos también tienen que teorizar? ¿Jugar con hipótesis?

—Sure. Pero me parecen más concretos que nosotros.

Sacó del estante un libro de Castañeda sobre la izquierda latinoamericana, y las memorias de Sergio Ramírez sobre la revolución sandinista, y me los pidió prestados. Se sentó en el sofá; el tajo a un costado de su falda azul mostró su belicoso muslo derecho. Hojeó distraída mi colección de videos.

—Deberías cambiarte al DVD —dijo—. Much, much better. Estás muy atrasado.

—Recuerda que soy un profesor. Nos gusta ser anacrónicos.

Puse los vasos en el suelo, encendí la televisión, la dejé en el Cartoon Network —Tweety decía: «I tawt I taw a puddy-cat!»; Sylvester lo esperaba detrás de una puerta— y me senté a su lado.

—You like cartoons?

—Cualquier canal me sirve de background noise. No puedo estar sin la tele prendida.

—Cuidado porque es por ahí por donde aparecen los fantasmas en la noche y te roban el alma.

La miré sin saber cómo continuar la charla, con miedo a dar el siguiente paso. Se había sacado la chamarra, sus pezones se marcaban en la camisa blanca. La casa tembló ante el paso de un camión. Sentí que me ardían las mejillas. Me puse a mirar el dorado anillo de compromiso de Ashley, como hipnotizado por éste, paralizado por un momento el deseo, invisible el cuerpo que lo sustentaba. Un grave anillo que pendía sobre mi cabeza, una mujer que no me pertenecía... Había llevado el juego muy lejos, era mejor parar.

—I should go —dijo ella.

—Sí. Se hace tarde.

—Espero haberte ayudado a planear tu trabajo. La influencia de Borges en Hollywood. Comenzamos leyendo «El Sur» y viendo *Jacob's Ladder*.

—Ahora lo tengo todo claro.

Sus frenillos hicieron que se me ocurriera una frase de conquistador desubicado: «Me pregunto si al tocarlos me electrocutaría». No la pronuncié, pero fue como si lo hubiera hecho: acercó su rostro al mío y me besó con ternura, sus ojos verdes muy abiertos. Eso fue suficiente para que echara por la borda mis últimos escrúpulos —mi amago de escrúpulos— y retomara el camino. El siguiente beso mordió mis labios, y su lengua se fue abriendo camino entre mi boca.

—Me pasaste la corriente.

—Really?

Desabotoné la camisa blanca, de hombre —¿de Patrick?—, y mi temblorosa mano derecha recorrió sus senos, primero con suavidad y luego con urgencia. A lo lejos, muy lejos, se escuchaba la chillona voz de Tweety.

Poco rato después, estaba recostada en el sofá, y yo hundía mi rostro entre sus piernas. No la dejé hasta sentir los primeros temblores remeciendo su cuerpo. Me detuve, me desnudé y la busqué como tenía ganas de hacerlo desde el instante en que le había sugerido que viniera a mi piso. No tardamos en perdernos.

—You think I'm going to Hell? —dijo Ashley al despertar. Se había dormido en el sofá, yo recostado junto a ella, los ojos cerrados pero despierto.

—I don't think so. ¿Me lo preguntas en serio?

—Of course not —rió—. No soy muy religiosa que digamos. Algo espiritual sí, pero religiosa no. ¿Te seguiré llamando profesor?

—Ahora más que nunca.

—Pero qué orejas más chicas tienes —dijo, acariciándolas—. Te llamaré Little Ear.

—Te queda bien el pelo suelto —respondí, jugando con uno de sus largos mechones—. Con un moño te ves muy formal.

—A veces me cansa y me dan ganas de cortármelo. El moño is a compromise. Aunque sé que me hace la cara muy redonda. ¿Abrirás la boca y se lo contarás a todos?

—Soy yo el que más tiene que perder. No tengo a quién contarle nada.

—No lo creas —su acento español me conmovía—. ¿Prometes borrar mis emails?

—Como si no existieras.

—Esto no ha ocurrido, ¿vale? No aquí. Pertenece a otro mundo. Uno en el que sólo vivimos tú y yo.

Se arrepentía un poco de lo ocurrido, y no quería nada más entre los dos. Guardaría la memoria de esa tarde como algo especial, y volvería a la rutina de los días, a esa vida de clases y novio y boda que la esperaba agazapada en un cercano rincón del tiempo.

Me equivocaba. Quería continuar con nuestra relación como lo había sugerido, como si lo nuestro perteneciera a una realidad muy diferente a la que agobia a los demás mortales. No abriríamos la boca, borraríamos todos los emails que nos enviábamos, en clases nos comportaríamos con distancia. Recién comenzaba a conocer a Ashley, recién iba descubriendo que en materia de falta de escrúpulos no me iba a la zaga.

La idea me asustaba, y también me seducía. Me convocan los encuentros furtivos, el desgaste de la pasión en busca de una sola noche de plenitud. Las relaciones que busco son las que tienen la certidumbre de un fin inevitable, por culpa de otra persona o por la geografía. Reconozco haber perdido grandes amores —no tan grandes, al fin y al cabo—por un súbito aburrimiento después de algunos meses apasionados; acepto estar más preparado para la fulgurante caza de altanería que para el opaco pero más duradero brillo de la cotidianidad.

Así me embarqué en la relación con Ashley, confiado en que los escarceos no pasarían de octubre, creyendo que acaso le hacía un favor: era su manera de despedirse de su vida de soltera. En el campus, parecía como si no existiéramos el uno para el otro, y nuestros emails eran breves, de una o dos líneas; pero al menos dos veces por semana, por las tardes, me visitaba con la excusa de que iba al gimnasio. Aparecía con un buzo negro Adidas, una bolsa de M&Ms, Pringles y chocolates Hershey, y el Nomad en el que escuchaba a Shakira, Café Tacuba, los infaltables Rodríguez y Milanés, Los Secretos, Sabina, Paula Cole, They Might Be Giants, mucha música de los setenta, especialmente ELO, y las descargas de la semana. La Chica Adidas, la llamaba yo, y ella comenzaba con una larga lista de apodos: Professor Little Ear era su favorito.

Eran horas intensas, que nos dejaban extenuados en lo físico y lo emocional, y que terminaron convirtiéndose en el objetivo central de la semana: apenas nos separábamos, comenzábamos a hacer planes para el reencuentro. Una tarde, me citó en un hotel barato de la Ruta 15; allí, en la habitación 132, me regaló un delirante striptease al compás de una canción de Madonna —ropa interior de transparente seda negra— e hicimos el amor y nos duchamos con el ruido de fondo de MTV (recuerdo a Garbage; Shirley Manson, la cantante del grupo, le fascinaba por su voz y por pelirroja). Otro atardecer, me citó en el Holiday Inn, donde me esperaba con un largo foulard crema para atar mis manos, para cerrar mis ojos. Los hoteles eran necesarios, decía, para evitar que mis vecinos sospecharan.

—Nos meteríamos en un gran lío, Little Ear —sonreía.

—¿Quién nos puede ver? ¿El jubilado que se la pasa en su porche, en la esquina? Es sordomudo, creo. Y si te ve, ¿qué? ¿Cómo sabría quién eres? ¿A quién podría ir a contarle?

—Igual. ¿Te imaginas si Patrick se entera? He wouldn't kill us, but it would destroy him. Well, maybe he would kill us.

—¿A qué te refieres?

—No te asustes. Ni siquiera me levanta la voz. Pero la gente enamorada hace locuras, ¿no?

A veces, la realidad se entrometía en nuestras vidas. Un día, el profesor Clavijero, con su crónico tono venenoso, me dijo, al salir de una reunión, que me notaba desconcentrado. Nos encontrábamos a la salida del Instituto, un cartel anunciaba una manifestación en contra de los ejercicios militares en Vieques; otro, el viaje que organizaba Helen a Fort Benning.

—Un muchacho de una de sus clases me dijo lo mismo —dijo—. Vino a quejarse.

—Eso está muy mal. La próxima vez, pídale que me lo diga a mí directamente.

Pobre tipo, me dije: un transterrado, pero no por voluntad propia. Alguien que acaso soñaba con una Habana que ya no existía más, y a la que quizás era mejor no volver. ¿Vendría de ahí la mala manera con que se enfrentaba al mundo, su capacidad para disgustarse de todo y todos, su talento para la inquina?

—Soy su asesor —dijo—. A mí me puede decir lo que quiera.

Se alejó refunfuñando. Pronto vendría mi primera evaluación, seguro lo pagaría. No debía importarme y, sin embargo, me importaba.

Otro día, Yasemin me dijo que estaba distante y que andaba muy serio en las clases. Caminábamos por el Arts Quad. Dos hombres pintaban de verde metálico la estatua de Randolph Jones, le sacaban lustre a sus años. Tenía los ojos tristes. Los mensajes a su prima hermana, ¿habrían llegado? Decían que había muerto de un ataque cardiaco, en una sesión espiritista en la que, a través de un médium, escuchó al fin la voz infantil de su amada. Acaso había intentado comunicarse con ella, desesperado, pero en el fondo creyendo que no llegaría a hacerlo; cuando escuchó su voz —lo que creyó que era su voz—, fue demasiado para él.

—Es la mitad del semestre —dije—, estoy con trabajo hasta aquí.

—Quizás estés con otra cosa hasta aquí —comentó, con una mirada que no supe interpretar, quizás de celos o de complicidad.

Fui a la oficina de Helen, la mesa llena de manuscritos y pilas de papers por corregir, la computadora encendida y los emails llegando sin cesar. ¿Cómo iban los preparativos para Fort Benning?

—Muy bien, ¿no te animas a venir? —dijo, dejando en la mesa llena de papeles una carpeta verde que revisaba cuando entré. Se me ocurrió que ésa era mi carpeta. Toda mi historia en el Instituto estaba ahí, los aplausos y las quejas, las evaluaciones y los trabajos publicados. Quise abalanzarme sobre ella, abrirla y revisarla.

—Estoy con mucho trabajo este semestre. Pero espero que filmes todo. Será fantástico para mis estudiantes. Y vendrás a mi clase a hablar, ¿no? Ya hice referencia al tema, increíble, muy pocos sabían de su rol en nuestra historia contemporánea.

La verdad, por más que deplorara la existencia de ese campo de entrenamiento para la represión militar en el continente, no me veía con una pancarta frente a sus muros.

—Joaquín y un par de estudiantes más vienen conmigo —me sorprendió escuchar el nombre de Joaquín—. Va a ser la protesta más grande de los últimos años. Viene Martin Sheen. No es que me importe mucho, pero es la única manera de salir en los noticieros. I love him in *The West Wing*. Prueba de que para ser presidente, tienes que ser buen actor…

Admiré su entusiasmo. Dirigía más de diez tesis, estaba en innumerables comités, debía lidiar con tres hijas adolescentes y aún tenía tiempo para organizar manifestaciones. A su lado, me sentía un inútil que despilfarraba minutos a cada paso.

—Se acerca mi evaluación —dije—. Estoy un poco nervioso.

—Es leve, no te preocupes —su tono maternal me tranquilizó—. Aunque no hubieras publicado nada estos años, y hubiera mil quejas, no te despediríamos. Es sólo para ver tu progreso, para que cuando venga la evaluación de verdad no te sorprendas.

Emitió una aguda carcajada. Su oficina era fría, tenía las paredes desnudas y había pocos libros en los estantes; recordé la oficina de Wickley, atiborrada de afiches y plantas.

—A veces pienso que no debería escribir para revistas. De por ahí me quita puntos.

—Castañeda escribe para *Newsweek* y nadie dice nada.

—Castañeda es Castañeda. Yo no tengo tenure.

Le pregunté qué opinaba de Clavijero.

—¿Por qué? —adoptó un tono conspiratorio—. ¿Te ha dicho algo?

—A ratos lo noto agresivo conmigo. Como que no le convence mi presencia.

—Es un gran colega, pero puede ser antipático si algo o alguien se le mete en la cabeza —dijo—. Este Instituto no sería nada si no hubiera sido por él. Fue su primer profesor permanente. Él me contrató hace diez años. En ese entonces, yo trabajaba temas como el impacto de la política exterior norteamericana en el continente, y él estaba muy contento conmigo. Un día me aburrí de Kissinger y compañía, descubrí otro tema que me atraía mucho más y él nunca lo aprobó. A partir de ahí nos fuimos separando.

Se levantó. Parecía dar la charla por concluida.

—No le des mucha importancia —agregó—. Está pasando un mal momento. El dean le ha sugerido su jubilación, y le está costando asimilarlo. You didn't hear this.

Me pidió que la mantuviera al tanto si ocurría algún incidente. Camino a casa, todavía pensaba en la carpeta verde.

De vez en cuando, Ashley me comentaba de los frenéticos planes para la boda.

—Mamá no me nota tan entusiasmada como antes —me dijo en un jacuzzi, su cuerpo desnudo apoyado en el mío—. If she only knew. Patrick siente que algo raro pasa conmigo, pero evidentemente no sabe lo que es. Dice que estoy yendo mucho al gimnasio, le digo que es para aliviar la tensión, una no se casa todos los días, además, el que se va a beneficiar es él.

—Estás sacando músculos —intenté bromear, pero había notado su tono de preocupación—. Tanto ejercicio.

No se rió. Continué:

—¿Y no estás tensa?

—No sé que hacer. ¿Qué hago?

—Quizás sea mejor...

Hubo una pausa. Le acaricié la espalda desbordante de lunares, la llené de mordiscos. No hubo respuesta. El agua caliente nos había relajado más de la cuenta.

—Quizás qué.

—Nada, nada.

—¿Te ves como académico toda tu vida?

—Ni loco. Es una profesión castrante. Quisiera... hacer algo que fuera más relevante para la gente.

—What you do *is* relevant.

—Sólo para unos cuantos.

—«La gente» es una gran abstracción. A ti lo que te gustaría es ser populista.

—Me hubiera gustado tener el carácter de papá. Digo, para entrar a la política. Una vida dedicada al servicio público. Hacer algo para cambiar las cosas.

—Like what?

—No sé. Pero algo. Somos muy conformistas.

—Yo a ti te veo inconforme todo el tiempo. Mucha gente te envidia, y tú te quejas. Quizás así estás más tranquilo con tu conciencia. Como para que no todo te sea so easy.

—Quizás. Tampoco sé que haría yo con mi vida sin esto.

—Maybe. De por ahí eres estéril. Y lo castrante no te afecta.

—Un match perfecto.

—¿Te gustaría volver algún día a Bolivia?

—Siempre regreso.

—A vivir, digo.

—No me hagas preguntas difíciles. Sí. No. Maybe. I don't know. No vine para quedarme, pero me fui quedando. Quisiera volver, pero cada vez es más difícil. En el fondo, creo que me acostumbré a extrañar, a vivir lejos. No puedo vivir sin la posibilidad del regreso. Al mismo tiempo, me asusta la idea de regresar.

—You can't go home again.

—You can go home again, but you don't know if you should.

—Podrías convertirte en un American citizen y participar de la política aquí.

—Eso jamás. Le debo mucho a este país, me ha dado la oportunidad de trabajar en lo que me gusta, pero no lo siento mío.

—Debe ser raro vivir en un país como si no vivieras en él.

—As a matter of fact, I like it that way.

—I want more —susurraba ella, el rostro todavía hundido en la almohada, yo intentando contener mi acezante respiración.

—Mi papá lo único que piensa es en sus stocks —estábamos tirados en la alfombra de mi piso, mirando al techo con las manos entrelazadas, Sabina en el estéreo—. Es tan ambicioso, en el sentido material del término. Jamás respetará lo que estudio. Quería que fuese abogada, o una de esas profesiones «more useful for society». Mi mamá igual. Ojalá nunca los conozcas. Son *tan* middle class.

—¿Y ésta es tu forma de rebelión? ¿Meterte con tu profesor?

—One of many.

—Nada más middle class que estudiar un posgrado.

—Sí. Mejor me callo —se tocó la nariz con el índice derecho—. La gran viajera, y nada hay más sedentario que un Ph.D.

—También tienes stock.

—Pero lo mío es como jugar con billetes de Monopolio —suspiró—. A veces extraño los días en que no sabía qué hacer con mi vida, y viajaba en busca de experiencias.

—Estoy seguro que pronto volverás a partir. Me encanta cuando te tocas la nariz. Cada vez que estás nerviosa, ansiosa, ahí va tu mano como reloj. Ese gesto es mi favorito.

Me pidió que le mostrara fotos de papá. Fotos en blanco y negro sacadas en Berkeley, encontradas años atrás en un álbum de mi tío. Un sit-in en People's Park, una acalorada discusión con la policía, el edificio de la International House al fondo. El pelo largo, bigotes y patillas, la mano derecha extendida haciendo el signo de la paz. Una estereotípica figura de la era a la que mi generación le tenía nostalgia sin haberla vivido, como viéndose en un espejo inalcanzable.

—Nada parecido a ti, al menos físicamente.

Una suerte de edición mejorada de su hermano, de buena estatura sin ser muy alto, de buen físico sin ser tan robusto, las líneas de su rostro delicadas sin dejar de ser masculinas. A pesar de la melena y las largas patillas, mirarlo convocaba a pensar en la armonía, en el orden. Ése era el principio del fin: era fácil imaginarlo mesurado y racional, un ser de pasiones guiadas por la lucidez, no por el exceso.

—Good looking. So we'll read his novel. Tell me more about him. Fill in the blanks.

—Te puedo contar de él en Berkeley. O mejor, de él y de mi paso por Berkeley.

La versión oficial decía que papá había radicalizado su vocación política en Berkeley. Era cierto, a condición de que no se simplificara una vida. Papá había encontrado muchas cosas en Berkeley. Como yo.

Pedí vivir en la International House porque allí había vivido papá algunos años, mientras estudiaba el doctorado en ciencias políticas. Llegaría a él, y con él, a Bernard, y con ambos a Berkeley. Caminaría por los pasillos por donde había caminado, almorzaría en el comedor donde había almorzado. Por supuesto, no lo dije en el formulario oficial de solicitud: usaba el apellido de mamá; acaso creerían que me estaba inventando un parentesco para lograr uno de los codiciados lugares de la I-House. Era una residencia estudiantil con arquitectura de inspiración Southwest, el patio interior y una cúpula como un minarete, situada al lado del estadio de fútbol americano; la mitad de sus residentes eran extranjeros y la otra, norteamericanos. Me asignaron una habitación en el cuarto piso, más bien pequeña, pero con la ventaja que desde mi ventana tenía una vista deslumbrante del Bay Area: la ciudad de Berkeley con el campus a mi derecha, luego las aguas de la bahía y el puente sobre los que a veces descansaba una bruma pesada y al fondo, recortada como el punto mágico al final del arco iris, San Francisco. Un derroche de luz golpeaba mis ojos. El aire era transparente, sin la opacidad del de Río Fugitivo.

Mi primer grupo de amigos en Berkeley fueron los cuatro compañeros de estudio que comenzaron el doctorado conmigo: Elka, Carmen, Linda, Tsiu. Tomábamos un curso juntos, de metodología de la enseñanza; nos preparaba para nuestras clases de ayudantía como parte de la beca-trabajo. En las tardes, nos reuníamos en C'est café, en la esquina de Bancroft y Telegraph —el ángulo perfecto para que Ansel Adams lograra la foto de la portada de *Berkeley*—, y mirábamos un despilfarro de caras y fachas extravagantes, de tatuajes y nose piercings y Birkenstocks y patchouli, mientras comentábamos acerca de la esforzada pervivencia de cierta cultura hippie en medio de una juventud grunge.

—Aunque prevalece algo del espíritu de los sesenta —les decía—, queda más de la atmósfera, y no hay mejor forma de comprobarlo que leyendo *Berkeley*.

Me preguntaban a qué me refería, y yo les hablaba, con voz enfebrecida, de la novela. Hice que la leyeran, y les conté, pidiéndoles que no revelaran el secreto, que el autor era mi padre. Ninguno de ellos la entendió ni quedó impresionado por ella.

—Probablemente se trata de una broma —dijo Tsiu—. Tu apellido es distinto al de Reissig y no tienes nada que ver con él.

No me molesté en discutirle. El destino de papá parecía ser el de un escritor de culto.

Los viernes íbamos a Larry Blake's a tomar cerveza. Allí le di los primeros besos a Elka, mi compañera alemana, de pelo tan rubio que a ratos se diluía en blanco.

—Spare me the details —dijo Ashley.

Elka, de galopante tic en los ojos, estaba deprimida porque su lectura, en la primera semana de clases, de un ensayo de Weber, «El político y el científico», le había hecho darse cuenta de su ingenuidad al entender la política como el desinteresado servicio a la comunidad.

—Si la política es tan amoral y tan pragmática como dice Weber, ¿vale la pena que la estudie?

Elka y yo no éramos compatibles: sólo nos unían las quejas contra un par de profesores, y el asombro de caminar por Telegraph en medio de gente que leía el tarot en las esquinas, cincuentones que promovían campañas para legalizar la marihuana y un hombre con una serpiente enroscada al cuello y en las manos un estéreo con Nirvana a todo volumen.

Nos unía también la necesidad. Yo había estado cinco años con Mariana, la chica que había dejado en Río Fugitivo, de la cual estaba o creía estar enamorado, y a quien escribía sin descanso cartas largas, melodramáticas, intensas, y muy de vez en cuando llamaba por teléfono, en esos días pre-email.

—No me puedo imaginar esa época —dijo Ashley.

Mariana, de grandes ojos cafés y pelo negro y ternura intolerable y cómico caminar de pato. El cuerpo de muchacho. Nunca había tenido una relación a la distancia, y descubría, con angustia y también con placer, que la carne era débil, que mi carne era débil. Elka también extrañaba a su novio, un tal Peter, que se dedicaba al análisis de sistemas. Ambos, hasta ese entonces, habíamos sido escandalosamente fieles. Ahí terminó un ciclo para los dos, y, al menos para mí, comenzó otro. Descubrí que era más fácil dejarme llevar por las tentaciones que luchar contra ellas. Era más fácil decir sí que no. Entré a un mundo que todavía soy incapaz de abandonar. Mis esfuerzos por hacerlo han sido tibios, entrecortados.

—Ya lo sé —Ashley sonrió, la mano derecha acariciándome el pecho.

En la I-House había muchos latinoamericanos. La mayoría estudiaba economía o ingeniería: Esteban, el argentino que leía novelas de Stephen King en una noche; Rafa, el mexicano que gustaba de Metallica; Piero, el peruano que iba al gimnasio sin descanso; Marilia, la brasilera que me acompañaba a ver películas en blanco y negro al PFA; María, la uruguaya obsesionada por el fútbol; Jorge, el chileno que idolatraba tanto a Pinochet que lo llamaba Bolívar II. Comíamos juntos, a veces íbamos al cine, y los domingos por la tarde algunos íbamos al estadio a jugar fútbol con los europeos. Entre nosotros podíamos contar en confianza las bromas gruesas que lo políticamente correcto, esos días en su apogeo, nos impedía pronunciar.

El primer Halloween, fuimos a la fiesta de los gays en San Francisco, en el Castro district.

—San Francisco está tan cambiada ahora —dijo Ashley—. Llena de dot-com people. Y todo carísimo. Era una ciudad tan linda. It still is, pero ya no es lo mismo.

Después de ver los diversos grupos de gays y lesbianas desfilando en atuendos coloridos, todavía impresionados por una asociación de camioneros bisexuales y otra de sadomasoquistas —las mujeres con látigos, los hombres con las espaldas llenas de hematomas—, fuimos a una discoteca en la que había dos baños, uno para hombres y otro para hombres. Allí, azuzado por el alcohol, le hice una aventurada propuesta a Tania...

—No me interesa. ¿No me ibas a contar de tu papá?

—Ah, sí. Perdón. Es que, de pronto, se me vino toda esa época encima. Pensar que todos fuimos a

Zellerbach cuando Fujimori visitó la universidad y recibió una condecoración.

—Fujimori en Berkeley. Eso sí suena increíble.

—Para que veas. Los estudiantes podrán ser liberales, pero la administración es en todas partes la administración. Y en Berkeley eran particularmente conservadores. Fujimori era un héroe en esos días, alguien del pueblo, que había logrado derrotar a Sendero Luminoso y a la inflación. Estábamos sentados escuchando su discurso cuando en un balcón a nuestra izquierda se pararon dos mujeres y un hombre con una bandera del Perú y comenzaron a gritar vivas a Sendero Luminoso y a la revolución. La policía los sacó inmediatamente.

—That sounds more like Berkeley to me.

—Una de las filiales de Sendero Luminoso en el mundo se hallaba en Berkeley. The People's Republic of Berkeley. Pero me vuelvo a alejar del tema. O en el fondo, no tanto. En la I-House me enteré, a través de una secretaria puertorriqueña sobreviviente de esa época, que papá había ganado un concurso de cuento. Le había dicho que estaba escribiendo un reportaje sobre los bolivianos que habían vivido en la I-House, y apareció con unos nombres. Tejada, Petrovic, Reissig...

«El crimen necesario». Ése fue, supongo, su inicio en la literatura. Lo guardaban en un archivador, la tinta de la máquina en que había sido escrito difuminándose en sus hojas amarillentas. Un mediocre cuento policial, una sátira poco sutil, muy en deuda con su tiempo: a través del asesinato del director de la I-House, intentaba comentar sobre la fuerza contestataria de los estudiantes. Sentí que era verdad eso de que el genio es el largo aprendizaje de un talento.

La secretaria, gorda y olorosa a nicotina, arrugada como una bolsa aplastada, me contó que Reissig era un antisocial en la I-House. Creía que los que vivían allí eran unos burguesitos que jamás se atreverían a formar parte de una revolución; odiaba sobre todo a los estudiantes latinoamericanos, que, según él, volverían a sus países sin haber aprendido nada de Berkeley, a formar parte del statu quo.

—Estuvo un año aquí y luego se fue a una co-op a dos cuadras de acá. Una co-op famosa por sus food orgies y porque varios de los que vivían allí fueron expulsados de la universidad. Protestaban contra la guerra de Vietnam, y no vieron mejor manera de mostrar su pacifismo que matar al vicerrector con una bomba. Pero no sólo murió él, sino también su esposa, sus hijas mellizas y una empleada inocente.

Ésa era la historia que papá contaba de su paso por Berkeley, aquella con la que se había iniciado su leyenda. Eso sí, había obviado contar de las muertes inocentes.

—No te preocupes, que creo que eso ocurrió un año antes de que llegara tu papá a la co-op, si la memoria no me falla. Un acto cobarde. Al menos se hubieran asegurado de matar a la persona correcta.

Me mostró la única foto que había de él, en el libro de los residentes de ese año. El pelo largo, la barba desprolija y las patillas, la mirada firme y una sonrisa pícara: la del hombre que se sabe superior a los demás, pensé. Y que disfruta aparentando inocencia.

—Oye, ¿y por qué te interesa tanto él?

Después de pedirle que por favor guardara el secreto, se lo dije. Su sorpresa pareció sincera: creí que me creía.

Luego me enteraría, gracias a los registros de la universidad, que la puertorriqueña estaba mezclando tiempos. La mujer que me atendió en Sproul Hall, una coreana-americana con un pañuelo de seda amarilla atado al cuello, me contó, luego de revisar unos archivos, que la co-op había sido clausurada cuando papá vivía allí, en 1971.

—Algunos de sus residentes fueron arrestados y acusados de conspiración y asesinato en primer grado, y debieron pasar entre seis meses y cinco años en la cárcel. Otros desaparecieron, se perdieron en las montañas o se fueron al Canadá. Radicales relacionados con The Black Panthers y con un offshoot del Weather Underground llamado May 19 en honor al cumpleaños de Malcolm X y Ho Chi Minh.

Papá jamás sacó el doctorado en ciencias políticas, como alegaba. Y tampoco volvió a Bolivia para combatir al régimen de Montenegro, como señalaba heroicamente una y otra vez. Había vuelto a Bolivia porque escapaba a una orden de arresto del gobierno federal.

Sentada tras su escritorio, la mujer se sacó los zapatos y siguió revisando archivos.

—Aquí hay algo interesante —dijo—. Una investigación reveló que no todos los de la co-op sabían del atentado. Había un grupo metido en actividades subversivas, pero la mayoría eran más bien de los que protestaban de forma pacífica, sit-ins, etcétera y ni siquiera sabían de las actividades subversivas de los otros. Esa mayoría fue absuelta de toda culpa. Entre ellos Pedro Reissig.

—Really? —dije, sorprendido y algo decepcionado. La leyenda del activismo político que papá había construido para sí se desmoronaba.

—Really. Reissig pudo haber continuado sus estudios sin problemas. Pero los abandonó ese mismo semestre. No se explican las razones; sin embargo, por sus notas parece que no le estaba yendo muy bien.

Me preguntó a qué se debía mi interés. Me hubiera gustado contarle la verdad. No lo hice.

Mi búsqueda acabó ahí, o al menos eso pensé en ese entonces. ¿Y si había más mentiras? Fui un cobarde, o simplemente inmaduro, y tuve miedo a descubrir a mi verdadero padre. Preferí ser como los demás, mantenerlo en la protectora idealización. Me quedé con el líder, el mártir, el estratega. Sin su imagen fuerte para guiarme, ¿qué sería de mí? Darle la razón a mamá, que había hecho todo por eliminarlo de mi vida.

Poco a poco, llegué a pensar que lo de papá entraba en la categoría de las mentiras piadosas. En un momento de lucha por el alma del país, su participación en la muerte del vicerrector en Berkeley le había servido para legitimarse como un valiente, un verdadero revolucionario. Y el título de doctor le había servido para legitimarse como un intelectual. Él sabía de la importancia histórica de los intelectuales en el continente, de su rol simbólico de configuradores de proyectos nacionales, mediadores de las distintas facciones en pugna, conciencias morales de sus sociedades. Un rol que trascendía el limitado alcance de sus palabras; no era necesario leerlos para confiar en su integridad ética.

—Poeta y matemático a la vez —dijo Ashley.

—Eso es todo.

—Nunca me hablas de tu mamá.

—Una mujer rara —puse el video de *The Trouble with Harry*. A Ashley no le molestaba mi interés por los clásicos, aunque le parecía cómico ver sólo películas en blanco y negro todo el tiempo.

—¿Por qué rara? Descríbela.

—Los ojos cafés pequeños. La boca un poco grande. Cejas gruesas.

—Como tú.

—Dicen. Una mujer a destiempo. Fue criada para ser ama de casa, tener un hogar estable y varios hijos, y se enamoró de un hombre que le ofrecía todo menos la estabilidad. Quería ser como otras mujeres esos días, como mi tía Elsa, por ejemplo, pero no tenía el carácter ni el interés para meterse en política a acompañar a papá. Creo que nunca le perdonó eso. Después, quiso recuperar el tiempo perdido, la liberación femenina y esas cosas, pero nadie la entendió y se hizo de mala fama. Una vez le llamé la atención y me mandó al diablo. Nos fuimos separando.

—¿Por tu culpa?

—Quizás. Por un tiempo pensé que por ella. Ahora no estoy seguro. Es cierto que me dio todo, que fue una buena madre. Es cierto que fui egoísta y no la entendí cuando hacía cosas que puedes entender en otras mujeres, no en tu mamá. A veces la extraño mucho. Es obsesiva en cuestiones de limpieza. Se lava las manos no sé cuántas veces al día. Vive con su cepillo de dientes a cuestas.

—Te la pasas buscando a tu papá. Quizás deberías buscarla a ella. Cuidado que esperes hasta que sea muy tarde.

—Así somos, ¿no?

—Anoche leí *Berkeley* de una sentada —dijo ella, recostada contra el sofá—. Está llena de salamandras. Tendré que leerla de nuevo para entenderla. Tiene lindos momentos, me conmovió Bernard, y Xavier es fantástico. Very romantic, con toda esta idea del lost paradise. Pero es complicada, creo que innecesariamente. ¿Para qué esos saltos cronológicos? Esa historia podría pasar en dos meses y ganaría mucha fuerza. ¿Por qué en ciento cincuenta años? ¿Personajes que se reencarnan en otros hombres y mantienen sus nombres y su apariencia?

—Eso era lo que se estilaba esos días. A la pregunta de por qué, te digo, why not?

—Ya te resentiste. Es una gran novela, muy ambiciosa, pero... y tanta tecnología, ¿cuál era su obsesión? Y la cuestión política no está clara. ¿Era realmente de izquierda?

—Ser de izquierda no significa escribir una novela de izquierda.

—I don't know. Parece una versión casi definitiva, no la definitiva. ¿Me entiendes?

—Fue publicada póstumamente. Si hubiera podido, quizás habría habido un par de versiones más. Pero eso debería ser secundario, ¿no? No te preocupes. Estoy acostumbrado. Nadie reaccionará como yo, y punto.

—That's not bad, is it?

—No sé.

—¿Alguna vez estuviste enamorado? —preguntó Ashley, Charlie Parker en la estación de radio, una canción en la que había dolor, melancolía, humo de cigarrillos, medianoche.

—Muchas veces. ¿Y tú?

—En serio, dime la verdad. ¿Has estado o no?

—No me dejaste que te contara de mis romances en Berkeley.

—Eran intrascendentes. Answer me.

—Muchas veces.

—Lo cual significa nunca.

—¿Y tú?

—Una sola vez.

—¿Cuándo?

—Se dice el pecado, no el pecador.

—Anoche le conté todo lo que hacemos a Patrick —dijo Ashley. En la pantalla del televisor, *A Touch of Evil*, una de las películas que no me cansaba de ver.

—¡Estás loca!

—No te asustes. Se lo he contado como si fuera una fantasía mía. Ir a un hotel de la Ruta 15 con él y otro hombre desconocido. Make love con ese otro hombre mientras Patrick me mira. Se ha excitado, le ha encantado. Siempre ha tenido algo de voyeur; pensó que todo eso lo decía para darle placer, como gesto de amor. Si supiera.

—No lo vuelvas a hacer. No sólo es cruel, es peligroso.

—Ahora resulta que tú me vas a decir lo que es cruel.

—Hasta para hacer las peores cosas hay que hacerlas con estilo.

—Ladrón de guante blanco. Con estilo o no, nadie te gana a cínico.

—Por eso te gusto.

—One of the reasons.

—Dime una cosa, pero sé sincero —dijo ella, seria, un atardecer de luz penumbrosa. Jugábamos scrabble desnudos sobre mi cama—. ¿Tú crees que soy capaz de enamorarme de alguien?

—¿Tú crees que me matará Patrick?

—Come on.

—Yo creo que ya lo estás.

—¿De quién?

—¿Necesario decirlo? —armé una palabra larga, granted.

—¿Sin promesas, sin condiciones?

—Si encuentras el hombre adecuado, sí. Serías capaz de dejar todo.

—¿Y no crees que ya lo encontré?

—¿Sin promesas, sin condiciones?

Me quedé mirando su anillo dorado (no se lo sacaba en ningún momento, tenía miedo a olvidárselo). Algún rato se terminaría todo y, dadas las circunstancias, era mejor que fuera más temprano que tarde. Pero no podía cortar, y creo que ella tampoco. Habíamos querido disfrazar lo nuestro de una simple aventura, pero en el fondo sabíamos que nos engañábamos, que desde aquella tarde en Madison CyberEspresso —¿o había sido esa primera mañana en Common Ground?— estábamos irremediablemente enamorados, viviendo en la apelmazada tramoya de los amores furtivos. El principio del fin, lo sabíamos, sería cuando alguno de los dos comenzara a inquirir acerca de los sentimientos del otro, despertara de la nebulosa que nos impedía el razonamiento e intentara intervenir en los hechos, ya sea para un mayor o menor compromiso. Todo podía continuar mientras ninguno intentara dirigir lo que nos ocurría. ¿Sería suficiente el amor para dejar todo atrás? ¿O es que, una vez que ella había hablado, ambos sabíamos que no lo sería?

Cuando nos vestíamos, le dije que parecía modelo exclusiva de Victoria's Secret: toda su ropa interior era de esa marca. Hizo una mueca que no pudo convertirse en sonrisa.

Fue Ashley quien, a fines de octubre, llegó a la conclusión lógica: no amaba a Patrick y debía romper el compromiso. Me lo decía con rodeos e insinuaciones, esperando que la apoyara para tomar esa decisión.

Me asusté. ¿Y el escándalo en la universidad? ¿Y no nos estábamos apresurando mucho? Las razones, las malditas razones acudían a mi auxilio. A Ashley le debía doler que no fuera capaz de seguirla en su «sin promesas, sin condiciones», que no estuviera a la altura de lo que esperaba de mí: su amor era muy superior al mío, ni siquiera había punto de comparación. No decía nada y continuaba conmigo. Ninguno se atrevía a tomar ningún tipo de decisión. Así pasaban los días.

Le enseñé un lenguaje secreto para los dos, con el que nos divertimos enviándonos emails. Me enseñó cómo se hacía internet trading. Me tentó a invertir quinientos dólares; lo hice, y los perdí en dos días. Nunca más volví a jugar (el dinero era real, pero, frente a la pantalla llena de gráficos, parecía un juego). Ashley se sintió culpable y quiso devolverme el dinero. Agradecí la intención y rechacé la oferta. No era dinero suyo.

La noche de Halloween me encontré con Ashley y Patrick en una fiesta de los estudiantes de posgrado. Yo estaba con Yasemin y Joaquín; no había querido ir, pero Yasemin insistió hasta convencerme (se encontraría con Morgana, una mujer con la que se acostaba en esos días).

—No te conozco ese olor —dijo Yasemin.

—Boss. Relativamente nuevo. Lo compré por el internet. You like it?

—Too sweet. Te pones perfume todos los días, ¿no? Con razón siempre hueles tan bien. Y ya descubrí tu secreto. Te pones lentes de contacto para las fiestas. Y para algunas clases y reuniones. You're so vain it's not even funny.

Joaquín nos contó de su proyectado viaje a Fort Benning. Era por razones antropológicas, curiosidad, y para «explorar formas de alianza transcontinentales entre el Norte y el Sur».

—La última razón es la verdadera —dijo Yasemin—. Aquí tenemos al gran reformador de la profesión. Con Joaquín, entramos al pos-latinoamericanismo y a pos-area studies. Mark my words: en menos de lo que pensamos, este muchacho estará trabajando en Duke y tendrá poder para enterrarnos.

—No soy tan ingenuo —dijo Joaquín—. Con la protesta no lograremos que se cierre nada. Y si se cierra aquí, otra se abrirá en otro lugar. Pero creo que ésta es una buena causa.

Estaba de acuerdo con Joaquín: Fort Benning era un emblemático recordatorio de los abusos militares en el continente. Era una excelente causa. Me dije que yo, más que nadie, debía estar allí en primera fila. Pero no debía mentirme: eso no era para mí. ¿Qué haría en el tumulto, junto a tantos gringos y latinos bien intencionados cargando ataúdes y llevando velas en las manos? Podía aplaudir su actitud, podía condenar a la Escuela de las Américas, pero de lejos. Acaso en un artículo en *Salon*. Así quizás sería más efectivo.

En la oscuridad de la sala llena de gente con disfraces de momias y vampiros, con el ruido atronador de Limp Bizkit, saludé fríamente a Ashley, disfrazada de bruja con una falda negra muy corta, y a Patrick, que se había dejado crecer la barba y había pintado una polera negra con anaranjado y amarillo fosforescente (la pintura había manchado sus manos). Su afabilidad me sorprendió y me hizo sentir mal. «Jamás hagas lo que jamás quieres que te hagan», me dije, la filosofía en el tocador que repetía como máxima de vida y que cumplía mientras mis deseos no me dictaran lo contrario.

Patrick, una Corona en la mano, me dijo que no le diera tanta tarea a Ashley, se la pasaba leyendo para mi clase. Me volvió a sorprender su español perfecto y neutro, sin acento y sin modismos y sin mezcla con el inglés, como si lo hubiera aprendido en un genérico país hispano. Lo felicité por su pronto matrimonio, y quise alejarme, pero no me dejó. Me puso una mano fosforescente en el hombro derecho y me preguntó si me gustaba el jazz; le dije que no, pero que toleraba el saxofón, lo cual era cierto. Se acarició la barba y me dijo que la próxima semana tocaría el saxo en Lewinsky's, un bar cerca del campus. Me invitaba a ir, Yasemin y Joaquín irían.

Le dije que haría todo lo posible, pero no me comprometía. Se puso a hablarme de Chiapas. Extrañaba sus días de trabajo de campo allá. Los indígenas eran generosos con los extranjeros. Era admirable cómo se enfrentaban a la vida en medio de tanta pobreza. Me preguntó si en Bolivia era igual.

—Tengo entendido que sí —respondí de mala gana—. Nunca viví en el campo.

—Debe haber indígenas en la ciudad.

—Muchísimos. Pero no es lo mismo.

Me dijo que, exceptuando una que otra ciudad, en Latinoamérica era suficiente manejar veinte minutos para estar en el mundo rural.

—No me lo tienes que decir —le respondí—. Claro que lo sé. Pero una cosa es ir de paso por allá, una tarde de fin de semana, y otra vivir en el campo.

Me dijo, sin tono de agresividad alguna en la voz, que le sorprendía que yo me dedicara a opinar del continente sin conocerlo de veras. Me recomendó ir alguna vez a vivir por un año a alguna aldea campesina. Sólo así sabría lo que era Latinoamérica.

—Nunca me llamó la atención —dije—. Soy muy urbano, pero no creo que eso me descalifique. Tampoco sé bailar salsa. Y jamás he visitado las minas.

Me alejé con la excusa de que quería una copa de vino. Me pregunté si Ashley le había dicho algo. Si le había pedido que no fuera tan celoso e hiciera algún gesto de acercamiento. Pero el gesto inicial terminó vencido por su intuición, que le pedía desconfiar de todos los hombres que se acercaban a Ashley.

—¿Estás molesto con Ashley? —dijo Yasemin, intuyendo algo.

—Para nada.

—No te quita los ojos de encima.

Me pasé la noche dándole la espalda a Ashley, y a la vez sin poder dejar de verla, su cabellera pelirroja cayendo sobre sus ojos verdes, sobre su espalda arqueada en el instante del placer, susurrando I want more. Recordé noches como ésta en Río Fugitivo y en Berkeley, cuando la pasión me espoleaba y amenazaba con desbordar el relativo orden de mis días. Era cada vez más difícil ser irresponsable; las consecuencias causaban heridas devastadoras en los protagonistas del drama de turno y alrededor de ellos. Para colmo, alguien había puesto un compact de Garbage, y la voz nada melancólica de Shirley Manson me llenaba de despiadada melancolía.

Era muy tarde cuando fui al baño del segundo piso. En el pasillo, me encontré con Joaquín besándose con un español. Los miré sin mirarlos, no se percataron de mi existencia. En el baño, frente al espejo, pensé en las palabras de Patrick, sintiendo que mi versión de América Latina acaso no era menos incorrecta que la suya. Me había equivocado tanto al creer alguna vez que seis años de estudio en una universidad californiana eran suficientes para convertirme en un experto latinoamericanista. Pero, ¿es que alguna vez lo creí de veras?

Me bajaba la bragueta cuando sentí unos leves golpes en la puerta. «Ocupado», dije, y los golpes se repitieron. «Please», un murmullo apenas audible. Abrí la puerta: era Ashley. Estaba borracha. Me tapó la boca y susurró que no había mucho tiempo. Me besó mientras su mano derecha me terminó de bajar la bragueta y se puso a jugar con mi miembro. Quise que se hincara y se lo metiera a la boca. No lo hizo. Jugó y jugó con él, mientras me pedía que le dijera al oído cuánto la amaba; yo le decía que mucho, mucho, mucho, y cuando estaba por venirme, se detuvo, sonriente.

—¿Cuánto?

—Muchísimo.

—¿Cómo a nadie en tu vida?

—Como a nadie.

—I wanted to hear that. But I wanna hear more. Si me lo pides, I'm yours forever.

Vacilé. Mi silencio se lo dijo todo. Me dio un beso y se marchó, dejándome a medias. Imaginé al fosforescente Patrick recibiéndola abajo con un beso.

Ella esperaba una sola palabra mía para dejar a Patrick. De regreso a casa esa noche, sacudido por la angustia y, al fin, por algo de culpa, decidí que era hora de cortar con Ashley.

7

Me tomó una semana leer el manuscrito de Villa. Lo hice en su estudio, tarde tras tarde, mientras su secretario me escudriñaba, los soldados entraban y salían y la esposa deambulaba por la casona escuchando boleros que Luis Miguel había vuelto a poner en circulación y que retumbaban desde un estéreo en el living. «Te vas porque yo quiero que te vayas.» Las hijas parecían haber acampado al lado de la piscina, bajo un palomar; sus pieles bronceadas delataban la violencia del sol entre el mediodía y las tres, en cualquier estación en Río Fugitivo. Una vez, cuando iba al baño, la menor de ellas, de pelo teñido y busto plano, se me acercó y me preguntó si sabía chistes de narcos. Le dije que no.

—¿Quieres que te cuente? —me respondió, una risa histérica. La aparición de la madrastra la inhibió, y se fue corriendo al lado de su hermana.

—Disculpe. Una forma tonta de aliviar la tensión.

—Es una niña, hay que entenderla.

—No siempre —dijo, y me dio la espalda.

Mientras leía, en una sala amplia e iluminada, con estantes abarrotados de videos (la mayoría eran películas de acción, tenía debilidad por las de McQueen y Schwarzenegger), iba tomando apuntes. Las memorias estaban escritas en un correcto español, y tenían el tono seco de un informe jurídico. Villa contaba su vida desde su infancia, y le dedicaba a su relación con el narcotráfico apenas un capítulo, casi la misma cantidad de páginas que a su adolescencia en La Salle o a sus negocios de ganadero en el Beni. Entendía la estrategia: mostrar que la droga era una parte más de la vida de Villa, no la única. Sin embargo, si alguien iba a leer el libro, sería por su fama como rey del narcotráfico, no como buen padre de familia o amante notable. Eso le dije cuando terminé de leer, temiendo su reacción. Como solía hacerlo, él fumaba y acumulaba ceniza en la palma de su mano y luego se la comía.

—¿Qué me querés decir, jovencito? ¿Qué no te gustó mi libro?

¿Su libro? Ya entonces estaba casi seguro, por alguno que otro cultismo que se había deslizado entre sus páginas, que el verdadero escritor del manuscrito era el secretario. Villa habría grabado casete tras casete de sus memorias, y luego el otro les había dado cierta coherencia.

—Me gustó, me gustó —respondí sin mucha convicción—. Sólo que estoy tratando de verlo con los ojos de un editor gringo. ¿No me dijo que no era para el mercado local?

Debía medir mis palabras. Habría algún micrófono oculto grabándonos. Y seguro alguien de los servicios de inteligencia del gobierno ya había leído las memorias. Sin embargo, si habían dejado que Villa se quedara con ellas, era porque no las consideraban comprometedoras. Tenían razón: era un texto pudoroso, reprimido, lleno de circunloquios y formalismos. Además, quizás a Montenegro le interesaba que el manuscrito se publicara, porque acusaba indirectamente a los militares que lo continuaron en el gobierno, y no a él. Cómplices de narcotraficantes y asesinos de Quiroga Santa Cruz y Reissig. Por comparación, su dictadura quedaba bien parada.

—Hay que llamar a las cosas por su nombre —dije—. ¿Quién es «El Coronel»? ¿Y quién es «El General»?

—No quiero dar nombres todavía —argumentó, agitando su rosario con la mano derecha—. Ellos están vivos y se armaría la balacera. Los puse como prueba de que me metí a esto por una cuestión patriótica, porque los que estaban en el poder me lo pidieron.

—A los gringos les gustan los nombres, las fechas y los detalles. Si usted no se anima a hablar, ¿para qué les interesaría leer el libro?

Yo dudaba del interés de una editorial norteamericana.

—Mi hijo opinó algo parecido. Debe ser otra generación, más... abierta.

Se me acercó y me agarró de la camisa.

—Ninguno de nosotros hablará. No todavía. ¡Y al que habla, *pa* su balazo, carajo!

Su rostro enrojeció de furia, sus ojos se desorbitaron; me sentí intimidado. El secretario le alcanzó un vaso de agua, atusándose el bigote como acostumbrado a los actos de su jefe. Villa se tranquilizó. Sentí que él tenía más miedo que yo; que quería ser fuerte, aparentar que no ocurría nada y que seguía en control de los acontecimientos. Pero no era tonto: se encontraba en una posición vulnerable, a merced, como pocas veces en su vida, de las decisiones de otros.

—Y mi filosofía, Pedrito... ¿qué opinás de mi filosofía?

Su filosofía... daba para reírse. Pero era el núcleo central de las memorias, la forma que había elegido para justificarse a sí mismo y ante los demás.

—Porque yo era —continuó sin esperar mi respuesta—, dos décadas atrás, un inocente ganadero. Hasta que recibí el dichoso llamado de mi primo hermano, militar y miembro importante del gobierno de García Meza. Me propuso que me encargara del tráfico de drogas a Colombia como forma ilegal pero necesaria a fin de recaudar fondos para un gobierno y un país que se hundían —repetía lo que yo ya sabía; tal vez no estaba seguro de que lo había entendido—. Tal como estaba, los colombianos se quedaban con la mayor parte de las ganancias. Después de meditarlo mucho, decidí acudir a mi deber patriótico e ingresar al narcotráfico como intermediario entre los colombianos y el gobierno.

Al final, no hubo intermediación: en un par de meses, los principales capos colombianos en Bolivia comenzaron a aparecer muertos, hasta que no hubo dudas para nadie que el nuevo hombre fuerte del narcotráfico en el país era Villa.

—Explica muy bien su ingreso —le dije, intentando en vano medir mis palabras—, pero no el porqué, una vez que los militares dejaron el poder, decidió quedarse en el negocio. ¿O es que seguía habiendo una razón patriótica?

Había un pisapapeles a mano, y pensé que me lo arrojaría, o me ahorcaría con el rosario. No lo hizo, pero la frustración se instaló en su rostro. Era un hombre poderoso, no acostumbrado a recibir ironías de sus subordinados. No era mi intención ser irónico: si lo hubiera pensado un poco más, no me habría animado a abrir la boca. Acaso me sentía protegido por tanto soldado merodeando por la casa. Acaso.

—Explícale a Pedrito —le dijo Villa al secretario, persignándose, como levantando las manos, confesando su incapacidad de entenderse conmigo. El secretario, parsimonioso, podía haber sido miembro de alguna legación diplomática o un sigiloso monje negro trepando por los pasillos del poder en el Vaticano.

—Don Jaime siguió en el negocio —vaya eufemismo— porque, una vez que se acabaron las dictaduras, encontró que podía ayudar directamente a los pobres, a los necesitados. Ése era su nuevo deber patriótico, y eso fue lo que hizo, ¿vio? Está en el capítulo diez, ¿o se lo saltó?

—Quizás no me convenció.

—Habrá que reescribirlo, entonces.

—Pero sin perder la esencia, Pedrito —agregó Villa, en un tono paternal, sorpresivamente amable—. Porque mi compromiso con el pueblo da la clave para entenderme. Sí, decidí trabajar con el gobierno, pero lo hice pensando en los más necesitados del país.

El manuscrito era, en el fondo, un pastiche de esas películas made-for-TV, straight-to-video, de coraje y triunfo del espíritu en medio de graves circunstancias. Villa y el secretario, encerrados en alguna hacienda, o quizás en esta misma sala, se habían pasado los domingos viendo esas deplorables narraciones, y habían utilizado su estructura para entramar la vida de Villa como un Robin Hood contemporáneo, un Scarface con conciencia, un incomprendido rebelde que luchaba contra los poderosos y se legitimaba como el gran defensor de los pobres.

—O sea que —dije, perdiendo el miedo—, si estallaba una bomba en la avioneta de uno de sus socios, era por los oprimidos. Si se llenaba de droga a las grandes ciudades norteamericanas, era para recaudar fondos que serían invertidos en clínicas y postas sanitarias y luz eléctrica en las calles y, por qué no, una cancha de fútbol para un pueblo abandonado. Al final, en agradecimiento, habría estatuas en las plazuelas y bebés bautizados con su nombre, y algún comité cívico lo postularía a la presidencia.

—Muy bien, jovencito —afirmó Villa moviendo la cabeza, acusando el impacto de mis palabras o quizás pensando cómo deshacerse de mí—. Por un momento me recordaste a tu papá. Quería quedar bien con todo el mundo, y a la vez mostrar que era más inteligente que el resto. Por lo menos no querés quedar bien con todos. Eso me gusta. Podemos entendernos.

Su conclusión la sentí equivocada: yo tenía de manera exacerbada ese defecto de papá de querer quedar bien con todos, incluso aquellos a quienes ofendía, una ceguera egoísta mezclada paradójicamente con un afiebrado cálculo de la responsabilidad personal en cada situación. Había una ligera diferencia: papá, dicen, hacía o decía las cosas que quería hacer o decir, y luego pedía disculpas por ello; yo, a veces, sobre todo en situaciones de inferioridad o falta de poder, era capaz de controlar mis palabras y actos. Es cierto, había algo en Villa que me ponía contra la pared y me obligaba a la sinceridad. Eso no era una virtud mía, sino de Villa. En todo caso, una golondrina no hacía verano.

—Tu papá —dijo, suspirando—. Un tipo interesante. Uno de los primeros amigos que llegué a hacer cuando mis papás me enviaron aquí a estudiar. Yo extrañaba la vida en el Beni; acá la gente es más cerrada. Pedro se me acercó. Estaba interesado en que le contara de mi pueblo, de las mujeres. Quería viajar allá en alguna de sus vacaciones. Como que viajó. Popular con las peladas. Tenía buen charle.

—¿Y por qué no lo menciona en sus memorias? Digo, si fue uno de sus primeros amigos, debió ser importante. Eso, por ejemplo, interesaría a los lectores. Una nueva perspectiva sobre un político famoso.

—No toda la gente que conocí merece un lugar en mi libro —su respuesta fue seca. El secretario me miraba con desdén.

—Nunca tenía plata —continuó—. Y siempre me pedía prestado. Pero no es por eso que no lo menciono, por si acaso. Y yo le prestaba, y siempre tenía excusas para no pagarme. Nunca me decía directamente que no tenía, sino que me iba a pagar ese día y justo su hermano había tenido una emergencia y tuvo que darle el dinero. Yo me hacía el que le creía, porque no necesitaba el dinero, pero de verdad porque me caía bien. Un farsante simpático.

—No era farsante —solté, sin pensarlo.

—Oh, sí que lo era. Pero simpático. Ya pintaba para político en ese entonces. Era el tesorero del curso, y el curso nunca tenía dinero. Organizaba fiestas de carnaval con cuotas caras, pero nunca había la suficiente comida y bebida. Si me preguntás que hacía con el dinero, no lo sé. Sus amigos, su hermano, todos lo socapábamos. Pequeñas cosas al comienzo. Luego se fue complicando todo poco a poco.

Volvió a su asiento.

—Una vez me dijo que tenía un plan muy bueno, y que necesitaba mi ayuda. Se trataba de robar un cuadro de la iglesia del colegio. Conocía a un coleccionista que le pagaría bien. Me ofrecía el treinta por ciento. Yo no necesitaba dinero, pero, qué querés que te diga, éramos jóvenes. Lo hicimos. Nunca recibí un centavo.

—Todos tenemos pecadillos de juventud.

—No siempre —sonrió—. Algunos tienen pecadillos, y otros, como tu papá, tienen pecados. Yo sólo te conté las cosas menores.

—No tengo por qué creerle.

—Tenés razón. Precisamente por eso, me creerás. Pero mejor cambiemos de tema por ahora, veo que te molesta. ¿Querés o no trabajar en el manuscrito?

Hubiera querido decir no, dejar de mancharme con la asociación a un personaje siniestro. Pero si decía no, se acababa mi relación con Villa, mis llegadas a la casona con policías revisándome antes de dejarme pasar, quizás algún relato extraño sobre papá. Debía reconocerlo: Villa me repugnaba y me fascinaba a la vez. Y a lo que le huía y lo que me atraía era su lado siniestro y perverso. Era mi forma de vivir la abyección del mal: nunca más volvería a estar cerca de ese agujero negro de amoralidad. Algún día volvería a mi vida académica, pero ese mundo era juego de niños al lado de Villa o, más propiamente, de la leyenda de Villa.

—Déjeme pensarlo.

—Tendrá que decidirse hoy —dijo el secretario—. ¿Usted cree que a don Jaime le gusta esperar?

Acepté, sin saber muy bien cómo podría mejorar el manuscrito. Se lo quise contar a Carolina mientras yacíamos desnudos en la cama, yo fumando un cigarrillo, ella con las piernas cruzadas, muslos donde se acumulaba tejido adiposo sin sosiego. Habíamos estado hablando de mi tío; ella también sabía de su plan de captar la voz de los muertos, y no era tan incrédula como yo.

—Es un inventor conceptual —dije—, no puedo creer que lo tomes en serio.

—No se trata de tomarlo en serio o no —respondió—, simplemente, no lo puedes descartar sin darle un chance para probar o no su teoría. Algún día te llevaré donde mi bruja. Te quedarás con la boca abierta con lo que te diga de tu vida, y eso te impedirá descartar tan fácilmente todo lo que no tiene una explicación racional. Porque, bien mirado, lo racional es una isla pequeña en el gran mar de lo sobrenatural. ¿O no?

No quería seguir discutiendo. Apagué el cigarrillo y abracé su piel tibia. Las paredes de su habitación estaban llenas de carteles del Everest y otras montañas que le hubiera gustado escalar; en su escritorio había una iMac encendida; Scully, en el screen saver. En el espejo, fotos en blanco y negro de su joven mamá en un concurso de belleza, y de su papá con buzo de piloto, sentado sobre un Honda blanco. Al lado de la iMac, el diccionario del esoterismo de Riffard y una pirámide azul de vidrio fundido. Nuestra ropa estaba tirada en el piso, sobre revistas de diseño digital y un periódico abierto en un Criptograma que habíamos intentado hacer y no pudimos terminar. *¿Comentarista de Borges en la cárcel* (siete letras)? *¿Autor de «Un brazalete tricolor»?* Una gata marrón de ojos verdes se acurrucaba a nuestros pies.

Le conté lo de Villa. Mientras lo hacía, algo inesperado, o quizás no tanto, me ocurrió. Carolina comenzó a decir algo, pero no escuché del todo su comentario: en esa cama había un fantasma más real que aquel cuerpo de erguidos y redondos senos que se me ofrecía a la vista. El fantasma de Ashley cuyo silencio ahogaba las palabras de Carolina.

—¿Me estás escuchando?

—Disculpa, ¿qué decías?

—Nada. No es importante.

Se lo conté a mi tío.

—El maestro y su discípulo —dijo, caminando por el patio de la casa con un vaso de Old Parr en la mano; uno de sus ojos, mirándome; el otro, simulando hacerlo—. Como en el capítulo treinta y seis de *Berkeley*. Terminarás olvidándote de la razón por la que te acercaste a Villa, y te convertirás en su gran defensor. Ten cuidado, él es muy peligroso.

Pasó un largo intervalo antes de que continuara.

—Sin embargo, si fuera tú, haría lo mismo.

—Lo mismo qué.

—Sólo conocí a un hombre así.

—¿Quién?

—Obvio, ¿no?

Me quedé sorprendido.

—No puedes compararlo con Villa...

—Por supuesto que están en planos diferentes. Tu papá cometió o hizo que se cometieran actos brutales, pero exigido por las circunstancias. Aun así, lo suyo no llega a los talones de Villa. ¿Un par de soldados muertos que pudo haber perdonado? ¿Algunos compañeros fusilados sin compasión, por traidores?

Continuó:

—Todavía tengo muy fresca esa tarde en la que me le enfrenté, tratando de defender a esos dos camaradas que no merecían la muerte a sangre fría. «No está probado del todo que son traidores», le grité en su cara. Estábamos en el sótano de una casa de campo a las afueras de Río Fugitivo. «Y aun si lo son, fusilarlos no es la solución.»

—¿Y qué sugieres? —contestó Pedro, molesto por mi insolencia—. ¿Dejarlos partir, para que vayan a revelar nuestro escondite? ¿Nuestras estrategias? ¿Nuestros planes?

—No lo sé. Pero se supone que no somos como los gorilas que trabajan para el gobierno. No podemos actuar como ellos.

—Algunas veces —dijo Pedro, mirándome fijo—, no hay remedio.

—Supuestamente no —continuó tío David—. Teníamos ideales, luchábamos por una causa justa. Y vi en sus ojos odio. Odio verdadero. Deseos de venganza. Como que jamás se le hubiera ocurrido que alguien intentara defender a esos traidores. Johnny, que tenía ojos azules. Macario, que tocaba tan bien la guitarra. Unos chiquillos, ambos. Qué cara de asustados tenían. Si lo hicieron, ¿por qué diablos lo habrían hecho?, ¿quién sabe? ¿Y por qué Pedro era tan intransigente? No lo entendía. Tardé en darme cuenta de que, en esa lucha, nadie podría salir con las manos limpias. Ni siquiera los que no participaban en ella, culpables por omisión si no por obra...

—Era una situación difícil.

—Una situación de guerra. Lo cual no debería ser excusa. Las circunstancias nos exigían más de lo que algunos podíamos dar. Aun así, ni a los talones de Villa. Me refería al carisma cuando dije que ambos eran similares. ¿Curioso, no? Con ese magnetismo personal, podían haberse abierto camino donde hubieran querido. Podían, incluso, haber intercambiado destinos. Pero ya lo ves, uno hizo de su vida una consistente apología del delito; el otro no.

Hizo una pausa, bebió su whisky.

—No me hagas caso. Nunca olvides que Villa es un criminal.

—Claro que no —dije, todavía molesto por la comparación.

—Si lo defiendo es por cuestiones de soberanía nacional. Como persona no me interesa, y, por mí, ojalá se pudra en una cárcel. Entiendo perfectamente al grupo ese que está poniendo... ¿Te enteraste de la última? Lo que se sospechaba desde el principio. Todas esas bombas del último tiempo tenían un solo responsable. Un tal Comando de Reivindicación Nacional se atribuyó hoy la responsabilidad; dijo que era su forma de protesta contra el gobierno, ante la inminente extradición de Villa.

—¿Y por qué no atacaron sólo propiedades del gobierno? Está bien el Correo, pero, ¿por qué un canal privado de televisión?

—Tendrás que preguntárselo a ellos. En cuanto a mí, ese canal se merece eso y más. Lo único que pasan son porquerías.

El canal *Veintiuno* era el que pasaba ese video de Berkeley que interpretaba libremente los hechos de la calle Unzueta, que sacaba de quicio a tío David y que en los últimos días había invadido mi imaginario: por las noches, soñaba con escenas del video en las que yo participaba, y me perdía entre gansos y bayonetas y niños y árboles en un parque y helicópteros sobrevolando Río Fugitivo; por el día, reconstruía el atentado de la calle Unzueta usando al video como base.

Debía preguntarle qué era lo que realmente había ocurrido ese día.

Durante un tiempo, no pude dormir sin recordar una escena de las memorias de Villa: la de su conversión religiosa. Cuando, caída ya la última dictadura, mientras él se encuentra meditando en su hacienda acerca del camino a seguir, una voz lo conmina a salir al descampado. Y él sale, y corre unos doscientos metros, hasta detenerse y arrodillarse, mientras en el cielo nublado una luz poderosa se abre paso y termina iluminándolo. Villa, en ese momento, siente por primera vez el poder de Dios; en ese instante, decide continuar con el «negocio», con la promesa de que todas las ganancias serán repartidas entre los más pobres.

Tanta megalomanía, que ni siquiera era suficiente una conversión normal. Dios tenía que haber intervenido directamente. Me pregunté si le habría dejado una tarjeta con su teléfono privado.

No podía dejar de recordar esa escena, ni siquiera cuando recordaba a Ashley.

Nunca logré sentir mía esa habitación helada y sin gracia donde dormía o me refugiaba cuando la migraña venía por mí. Pasaba el menor tiempo posible en ella; prefería instalarme con mi iBook o mi Palm Pilot en la sala principal. Temprano por la mañana, iba al gimnasio con Carolina (a quien notaba cada vez más impaciente conmigo, molesta porque no hacía nada para que avanzara nuestra relación). Luego, mientras mi tío se pasaba horas en el container o el estudio, me refugiaba en la sala. Inquieto, esforzándome por articular mis ideas en un todo coherente, a la vez con ganas de quedarme en Río Fugitivo y de volver a Madison, me sentaba o caminaba por ese museo de artefactos presidido por un televisor gigante, vomitando imágenes sin pausa, noticieros, documentales históricos y fútbol, la pantalla la única luz en un recinto de cortinas cerradas, nocturno aun de día.

La sala seguía siendo el escenario de mi recurrente visión del velorio de papá y tía Elsa. No había podido entender del todo esa visión y su particular escenografía, pero me imaginaba que algo tenía que ver mi infancia en ese territorio, y un presente en que el cuerpo de papá todavía no había sido encontrado, y necesitaba de algún ritual religioso para que descansara en paz de una vez por todas. De alguna forma, al volver a vivir en esa casa, mis recuerdos y mi imaginación se habían activado y puesto de acuerdo para condensar en una escena diferentes líneas narrativas.

¿Qué haría? Dejaba pasar los días, esperando que ellos me dieran una respuesta. Era el vivo retrato de la pasividad (si se puede hacer un vivo retrato de ella). Un fin de semana me dejé convencer por Carolina para que fuéramos en su Kawasaki a acampar a un parque forestal de eucaliptos y lago gélido. Ella tenía una desacostumbrada seriedad y me dijo que quería despreocuparse de sus asuntos. Quise hacer lo mismo, pero no pude del todo. Carolina me preguntó muchas veces qué me ocurría; le respondí con evasivas. Me metía a la carpa o al lago para cambiar de tema.

—¿Sabes? —me dijo mientras regresábamos—. Te preocupas mucho de ti.

—Te refieres a…

—Que te encierras en tu mundo, y… a las otras personas —hablábamos a gritos en la moto; el viento extraviaba algunas palabras—. Y no te das… que esas otras personas tam… tienen problemas… haberse incendiado mi oficina hace una semana, y no te hubieras enterado. Podemos … en quiebra, y lo mismo.

—Me lo habrías contado.

—No me entiendes —dijo—. Olvídalo.

—¿Estás en quiebra?

—Ajá.

—No te creo. ¿En serio? —quise ver su cara—. Pensé que les estaba yendo muy bien.

—Yo también … lo mismo. Por lo … nadie es inmune a la crisis. Estela se va a vivir a España; tiene una hermana allá.

—Lo siento.

—Olvídalo. No puedes hacer nada. Yo tampoco.

—¿Deudas?

—Muchas.

—¿Y qué harás?

—Sobrevivir, como todos los demás.

Tenía el ceño fruncido y una mueca de molestia en los labios cuando me dejó en la puerta de la casa de tío David. La invité a que pasara, pero no quiso. No le quedaba la seriedad. Me dio pena verla tan azorada; me hubiera gustado ayudarla, al menos escucharla desahogarse, pero, por lo visto, yo estaba destinado a decepcionarla.

En la sala, me quedé largo rato mirando esa fantasmagoría de máquinas de escribir y radios acromegálicas. A tío David le hubiera gustado inventar alguna de ellas, o una superior. Una radio inverosímil cuyas ondas fueran capaces de viajar en el tiempo, y que trajera consigo, como en la red de un pescador, las voces de nuestro pasado, núcleos sólidos que servirían para la corporización de los seres que en él habían existido y que todavía nos habitaban. Acaso no dormía porque lo perseguían esas voces, porque sentía que un poco de esfuerzo sería suficiente para que papá y tía Elsa aparecieran en el umbral de la puerta y se inmiscuyeran en el presente como si jamás se hubieran ido del tiempo (y si lograban inmiscuirse, quizás le ocurriría lo que a Randolph Jones, una esperada voz que aparece de forma inesperada y provoca un corazón detenido).

Acaso. No me había vuelto a tocar el tema y había respondido con evasivas a mis preguntas acerca del avance del proyecto: era un inventor conceptual —esa magnífica excusa—, y quizás sobre un pedestal lo único suyo que podría poner eran los planos para esa máquina.

Una mañana, a mediados de julio, me encontré con un ejemplar de *El Posmo* sobre la mesa. El gobierno había decretado el alza de la gasolina, y el precio oficial del dólar había subido; las protestas contra Montenegro habían reaparecido con una virulencia inesperada. Tres soldados habían muerto en Achacachi, centro neurálgico de las protestas y los bloqueos —el líder indígena de la región se había convertido en una personalidad nacional y ya hablaba de formar su propio partido político—, y dos en el Chapare; tres estudiantes universitarios habían fallecido en Cochabamba a causa de balazos disparados por francotiradores militares vestidos de civil; otro había perdido la vista.

En la primera página del periódico había fotos de manifestaciones dispersadas por la policía, y un recuadro con una nota enviada por el Comando de Reivindicación Nacional a los medios. Hubo una frase que me llamó la atención: «No nos daremos por vencidos ni aun vencidos». Por una inevitable asociación de ideas, me acordé de un reciente Criptograma en el que se pedía el nombre, de diez letras, de un poeta argentino. La solución la había encontrado Federico en un manual de literatura: Almafuerte. Y yo había recordado el único verso que sabía de él: «No te des por vencido ni aun vencido». ¿Conocían los miembros del comando ese verso? ¿Comenzaban los crucigramas a articular mi visión del mundo? Ya no podía ver una computadora sin pensar en el nombre de su creador, recordar una película sin intentar indagar en los responsables de la dirección o la cinematografía, escuchar el nombre de una ciudad sin preguntarme qué batalla se había librado allí.

Dejé el periódico a un lado. Los problemas de siempre, la agobiadora rutina. Me había ocurrido en anteriores vacaciones: la novedad de Río Fugitivo me duraba alrededor de dos meses; luego, la ciudad me quedaba chica y quería izar amarras una vez más, para que, después de un tiempo, Madison me quedara chica y deseara una vez más volver a Río Fugitivo.

Fui varias tardes a la casona de Villa y sugerí ciertos cambios en sus memorias, que rechazó de un plumazo: el miedo a las represalias le impedía mencionar nombres, y su orgullo le impedía verse sólo como un glorificado narcotraficante. Sabía que rechazaría mis sugerencias, pero insistía, sospechando que todo eso era apenas una excusa: en el fondo, me había atrapado la órbita magnética de Villa, y no sabía cómo escapar de ella.

Paseábamos por el jardín. El mastín nos seguía, displicente. Villa apretaba su rosario entre las manos. Fumaba, haciendo caer la ceniza en la palma de la mano. Me pregunté si eso no tendría algún significado. Sus socios lo veían en la televisión comiéndose la ceniza, y recibían el mensaje. Somos polvo y ceniza, ser una tumba... Villa les estaba diciendo que no se preocuparan, no había abierto la boca...

—Dejame decirte, Pedrito, Montenegro está tan preocupado por la imagen que va a dejar, que ha perdido los pantalones. No hay día sin huelgas y manifestaciones. A ese indio alzado en La Paz, lo haría pasar por las armas. ¿Qué se cree, que el país es sólo para su gente? Y los gringos, como Pedro por su casa, si me permitís el juego de palabras.

Se rió con ganas, tiró la colilla al pasto, se metió la ceniza a la boca. Ceniza, ash, Asheville, villa de Ash... Papá sabía de la costumbre de Villa y la había codificado en su novela, en esa villa de Ash mencionada un par de veces como escenario de la corrupción, el lugar donde Montiel se recluía para dedicarse a sus juegos con el lenguaje...

—Montenegro no es santo de mi devoción, usted sabe, pero tampoco se le puede culpar de todo. La recesión lo tiene con las manos atadas.

—En momentos difíciles es cuando se ve el carácter. Me enfurece que me usen como ficha de cambio. No sé, no sé. Cuando se acabe todo esto, a ratos pienso que debería entrar a la política.

Lo imaginé como candidato presidencial. La idea era cómica, pero no podía descartarla. Todo era posible en nuestro continente, profuso en dictadores que se reinventaban como demócratas, en líderes corruptos que se las daban de maestros de la ética, en políticos populistas que sabían manejar autos de carrera y jugar fútbol con sus guardaespaldas, pero que no tenían idea de lo que se necesitaba para gobernar un país.

—He estado pensando en lo que dijo de mi papá —afirmé—. Un farsante simpático. Está bien, quizás tenga algo de razón. Yo también le conozco algunas mentiras. Tenía una debilidad por aparentar ser más de lo que era. Pero no creo que todo haya sido negativo. En la adolescencia, uno está inseguro de sí mismo, y necesita proyectar una imagen de gloria y triunfo para ser aceptado por los amigos.

—Ni vos te la creés —resopló—. Tenés que aceptar a tu papá como es, y punto. Y no todo son mentiras y juegos con palabras, no. Están también las cosas que hizo. Lo que no te conté, y lo que todavía no he decidido si te lo contaré.

La esposa se nos acercó para decirnos que había llegado su líder espiritual, un peruano barbudo que entremezclaba ciertos cultos incaicos —adoración a la Pachamama, a los cerros protectores— con un elástico misticismo New Age.

—Me voy, Pedrito. Pediré por ti y por mí. Nunca hay que olvidarse del de arriba. Yo nunca lo hice. Pero debí haber sido más insistente. Siempre hay una persona más a la que se puede ayudar. Una escuela más a la que pude haber donado uniformes, un pueblito más al que pude haber dotado de una bomba de agua potable. No, no estoy feliz conmigo mismo. Y eso que tanta gente humilde hoy se acuerda de mí y me apoya.

Había un toque de vulnerabilidad en su voz. Me conmovía su entrega a un incoherente espectro de causas religiosas. Por las noches —esto me lo había contado sin el menor asomo de ironía—, una ex esposa suya muy dada al comercio con el más allá venía a dirigir sesiones en las que, en la mesa principal del comedor, agarrados los presentes de las manos, se pedía la pronta liberación del humillante cautiverio.

Me despedí. El hombre poderoso se encontraba inerme, a la expectativa de algún milagro que lo librara del helicóptero que algún día aterrizaría en su jardín para llevárselo a La Paz y luego al Norte.

Y en ese instante supieron al unísono, de una vez por todas y para siempre, que pronto serían aquello para lo que habían nacido y que mil permutaciones habían ocultado: ceniza. Como en la Villa de Ash. Como Ashley.

Estaba con una chompa gruesa; aun así, sentía frío. La casa no tenía calefacción. Revisé el email; tuve ganas de escribir o llamar a Ashley. Me las aguanté. ¿Con qué cara? Me eché en el sofá. Jugué Dope Wars por un rato, hasta que la policía me agarró vendiendo crack. Abrí *Berkeley* al azar, releí unas páginas. ¿Qué sería de las salamandras? Era ridículo, me dije; se trataba de un símbolo no más ni menos importante que los otros, no valía la pena obsesionarse. ¿Quién me había convencido que encontraría el sentido que encerraba a todos los demás? Los sentidos, en vez de remitir a uno solo, podían proliferar hacia el infinito... La noche avanzaba, oscurecía los pasillos y los cuartos de la casa. Sólo quedaban luces en la sala y en el container (un débil resplandor que se colaba por las rendijas de la puerta).

La luz del container se apagó. Mi tío apareció en el umbral. Sin afeitar, parecía más viejo de lo que era. Estaba despeinado. Me hizo un gesto como preguntándome qué hacía.

—Juego con una palabra. Salamandra.

—¿No escribías tu libro? Rara forma de investigar. Te la pasas leyendo. ¿No deberías estar visitando archivos, entrevistando gente...?

¿Sería hora de decirle que el susodicho libro jamás existiría?

—Se refiere a eso —improvisé—. Por mucho tiempo pensé que los símbolos centrales de la novela eran los puentes o los cuervos o las antenas de televisión, que aparecían por todas partes. Luego se me ocurrió que su abundancia podría servir para ocultar un símbolo más sutil. Se menciona siete veces a la salamandra, siempre en conexión con una calle de Berkeley, y creo que la cosa va por allí.

Miró al suelo, hacia sus viejas pantuflas de cuero marrón.

—Noté las menciones... Una por una, tienen un significado distinto. Las siete juntas, no sé. Y menos pensar que son lo central de la novela. Quizás se trata de un guiño secreto, un mensaje oculto a alguien.

—A esa conclusión estoy llegando. ¿Cuál es el mejor lugar para esconder un libro? Una biblioteca. ¿Cuál es el mejor lugar para esconder una frase? Un libro. Alguien dijo que debía escribir toda una novela para poder escribir la única frase que quería escribir. Papá escribió su novela para ocultar un mensaje. ¿A quién? ¿Y qué mensaje?

«El mensaje es para mí», pensé, pero no lo dije. Se sacó las pantuflas y aspiró el aire como si le faltara. Me miró con tristeza.

—Tu papá nos dejó las fichas de un modelo para armar. Quizás algunas se hayan perdido y nunca logremos penetrar en todos los misterios del texto.

—No te des por vencido ni aun vencido.

Me guiñó.

—Otros misterios son más accesibles y tienen solución —dijo—. Cuestión de un buen diccionario.

—También olfato. Como en todo.

Se sentó a mi lado. Su mirada se perdió en el pasillo, como buscando con ansias alguno de los mapas renacentistas colgados en las paredes (mapas que en la oscuridad escondían su arte de extraviar a los marineros).

—Anoche me soñé con los Cuervos Anacoretas —dijo sin mirarme—. ¡Qué gran personaje es Montiel! Conmovedora, su dedicación al lenguaje, a las palabras en un momento en que toda búsqueda de sentido se derrumba. Lo imagino caminando por las calles de la ciudad vacía, con un sobretodo y sombrero anacrónico, murmurando versos de poetas franceses. «Peluquerías, zapaterías, mercados, almacenes, escaparates donde se posan las cosas por unos instantes, antes de emprender camino a trastiendas polvorientas, a gente que le dará algún valor antes de que se pierdan en el anquilosamiento, la gente, porque las cosas continuarán, independientes de nosotros a pesar de nuestros esfuerzos.»

—No me digas que te la has memorizado.

—Algunos párrafos. Es una prosa encantatoria. Me pregunto de dónde sacó Pedrito tanto ritmo. Yo tengo las palabras pero nada más. Por eso los crucigramas son ideales para mí. Allí no es necesario construir ningún ritmo.

Los Cuervos Anacoretas: Bernard, Montiel y Xavier. En sesenta y seis capítulos rápidos y fragmentarios, de dos páginas cada uno, *Berkeley* narraba la historia de esos tres amigos, desde el momento en que formaban su grupo en los días de la lucha por la independencia, pasando por sus posteriores desavenencias, reflejos alegóricos de las fracturas nacionales y continentales de nuestra historia, hasta su reencuentro final en la cárcel de una dictadura, ciento cincuenta años después. En un ambiente opresivo e inestable, de revoluciones y represión, cada uno buscaba, a su manera, el sentido de su vida, tratando de conectarlo con algo mayor, el fervor a una causa o país.

La novela concluía en el fracaso de los tres. Aun así, había pequeños triunfos a lo largo de esa búsqueda. Montiel se entregaba a la vida a través del lenguaje, y exploraba el mundo sin salir de la corrupta Villa de Ash, prácticamente un recluso en su casa, excepto por su habitual caminata por la ciudad semidesierta, a la hora de la siesta. Era un personaje que obviamente le interesaría a tío David (a veces me preguntaba si Montiel no estaba basado en él).

—Yo prefiero a Bernard.

Bernard, el álter ego de papá, era un explorador metafísico que había llegado a Berkeley en los sesenta y encontró allá una suerte de Nirvana; su error había sido sentirse responsable por lo que ocurría en su país, y volver en los setenta a combatir una dictadura, con la consecuente pérdida de sus ideales y de un Berkeley que terminaría convirtiéndose, en la novela, al menos en mi lectura, en la Ithaca que todos ansiábamos, el fin que era el origen, el paraíso perdido que nos permitía el viaje (al final, en un momento conmovedor, Bernard quería dejar todas sus responsabilidades y volver a Berkeley, y descubría que era imposible).

—Ésa es la respuesta fácil. Todos se identifican con Bernard. Imposible no hacerlo. Serías más respetable si te identificaras con Xavier.

Xavier era el personaje más siniestro de la cofradía, la encarnación del mal. A la manera de un Sade pero no por la vía sexual, radicalizaba su apuesta por el mal como forma de liberación total de las convenciones morales que regían nuestras vidas. La violencia de su enfrentamiento con la sociedad terminaba en la nada: como a los otros, en el último capítulo lo encontrábamos en la cárcel, a punto de ser torturado y, posiblemente, morir. Pero había una lectura más positiva de ese fin: Xavier lo buscaba; no se podía ser Xavier sin pagar el precio, sin la muerte violenta o la autoinmolación. El último capítulo sugería que Montiel y Bernard, miembros de la resistencia a la dictadura, iban a dar a la cárcel gracias a la traición de Xavier, una figura ambigua que estaba y no estaba con la dictadura.

—Al subir las escaleras —continuó; sentí una vaharada de alcohol—, tuve un mal presentimiento. Y esto tiene que ver con Xavier. ¿Y qué si alguien nos traiciona?

No me di cuenta inmediata de que estaba hablando de lo ocurrido en la calle Unzueta. Me estremecí.

—Pedro había llamado a una reunión de los mandos del movimiento —prosiguió—. Ese MAS que era menos para ese entonces. Ja. Estábamos siendo derrotados en todos los frentes, y necesitábamos reagruparnos, organizarnos mejor si no queríamos que continuara el desastre. Yo creía que era un error, pero no dije nada. Si algo salía mal, nos agarrarían a todos juntos. Igual, de nada hubiera servido que dijera algo. Pedro se las daba de flexible, pero no conocí a nadie más dogmático que él.

Se levantó.

—Nada fue lo mismo desde la vez que hizo fusilar a nuestros compañeros. Parezco un disco rayado, pero la verdad es que la lucha dejó de interesarme como antes. Todavía puedo ver el odio, la venganza en sus ojos. Quise retroceder el reloj, volver a mis días de vida inocente. Y más aún, volver a la imagen de Pedro que tenía antes de ese incidente. Un tipo algo loco e idealista, pero no alguien capaz de contagiarse del extravío generalizado de ese entonces. Se hablaba tanto de trascender el momento, pero creo que se buscaba la trascendencia no siempre de formas correctas. Trascender no significa solamente morir, dejando un diario para la posteridad. Significa ser capaz de ver más allá del momento, ver lo que otros no han visto, no dejarse llevar por lo que sucede a nuestro alrededor. Y Pedro no pudo trascender su momento y perdió su ángel. Y tuvo el diablo en la cabeza, y ya no fue lo mismo para mí. Con los años, es cierto, he aprendido a ser más generoso con él, a perdonar sus errores. Perdí al héroe, reconocí su humanidad.

Su ojo izquierdo se dirigía a todas partes, intranquilo. Me froté las palmas de las manos; estaban húmedas. Tuve miedo de lo que podía llegar a escuchar.

—Pude haber sugerido que no nos reuniéramos. No dije nada y a ratos me arrepiento de eso y me siento culpable de todo. Pero no había motivo para desconfiar de ninguno. Nos conocíamos bien, o al menos eso pensábamos. Cuando llegué, Elsa ya estaba allí. Hablaba con Pedro. Me acerqué y los saludé. Después fueron llegando los otros. Yo seguía con el presentimiento. Quizás no era necesaria una traición, sino, simplemente, que ellos hubieran interceptado un mensaje y lo decodificaran...

Parecía estar reviviendo ese momento, y le daba igual que yo estuviera o no en la habitación.

—Llegaron todos. Casi todos. Mérida se retrasó, o al menos eso pensamos ese rato. Lo esperamos una media hora y, como no llegaba, Pedro decidió empezar. No habían pasado más de cinco minutos cuando comenzaron los disparos... Aparecieron rompiendo puertas y ventanas. Instintivamente, me tiré para proteger a Elsa, que estaba sentada a mi lado. Fue ahí cuando recibí el disparo en el rostro. Caí sobre ella en un charco de sangre.

Hubo un prolongado silencio. Recordé esa tarde, yo jugaba con una pelota de fútbol en el patio de mi casa cuando mamá entró llorando con las noticias. Me abrazó y me dijo: «No está más». Tenía el maquillaje corrido, olía a un perfume dulzón. Esa noche tuve mi primer ataque de migraña.

—Las cosas que se dijeron. Tanta leyenda, tanta mentira. No fue como lo muestran en el video, pero ahora los jóvenes creerán que fue así. Después de los disparos perdí la conciencia por unos minutos. Me dieron por muerto y se fueron. Cuando me desperté, me encontraba en una camilla. Pregunté a los enfermeros por Elsa, por Pedro, por los demás. «Todos muertos», dijo uno de ellos. «Todos muertos.»

—¿Y Mérida?

—Todos muertos. Éric, el rubio, que era capaz de darte su lata de sardinas y no comer nada con tal de que tú comieras. Camilo, que hablaba en parábolas y en proverbios, había dejado de estudiar teología, pero andaba a todas partes con su Biblia. Una cara tierna, apenas veinte años, una mirada de ensimismamiento. No era su verdadero nombre; ya te imaginarás en honor a quién lo adoptó. Y si me dicen que todos éramos frágiles y vulnerables e imperfectos, que no hubo héroes en esa generación, puedo nombrarlos a ambos como ejemplo de que sí los hubo. Sin pensarlo dos veces. Éric y Camilo. Salazar era el marxista ortodoxo, un poco insoportable, nunca se bañaba y tenía muchísimo sarro en los dientes; se le habrían caído antes de llegar a los cuarenta. Él sí era tacaño, se comía las provisiones sin que lo viéramos, y muy miedoso. Si a mí me costaba agarrar un revólver, a él mucho más. Domínguez era el suicida, quería poner bombas en todas partes, gozaba con la destrucción, sonreía cuando escuchaba los informes de la muerte de soldados. Era un ginecólogo popular por su devoción a su trabajo. Cuántas veces lo vi poner el revólver en la sien de un secuestrado y hacer como que disparaba. Algún rato se le saldría un tiro, me decía, o se haría el que se le salía.

Me dio la espalda, se acercó al ventanal con las cortinas corridas. Yo había perdido el miedo y sentí que le tenía cariño a esa conmovida figura habitada por fantasmas tan vívidos.

—Éric, Camilo, Salazar, Domínguez, Elsa. Todos se acuerdan de Pedro. Pero ya nadie se acuerda de ellos.

—Tú sí.

—No lo sé. Nunca los menciono en mis crucigramas. En cambio a tu papá sí. Yo también soy culpable de aquello que critico.

Volvió sobre sus pasos, me miró al pasar, como recordando que le había hecho una pregunta.

—Siempre sospeché que Mérida había sido el Xavier de nuestro grupo. Nunca lo podremos comprobar. Apareció muerto poco después. El gobierno se deshizo de él, pensamos.

—La gente ya lo acusó.

—La gente se equivoca muchas veces.

Salió de la sala y se dirigió al container.

Esa noche, me encontraba en cama respondiendo a un cuestionario de *NewTimes* (estaban obsesionados con que Bolivia sería el primer país en salir del circuito de la cocaína) cuando escuché a mi tío gritar y tirar libros y vasos al suelo, un estrépito de escándalo que me hizo acercarme hacia la puerta. No la abrí. Agucé el oído, tratando de escuchar la letanía de insultos. Era difícil.

Pude escuchar el nombre de papá, pude escuchar insultos dirigidos a Dios. Lo imaginé borracho, perturbado. Lo había visto con unos tragos encima, la voz resbalosa y las palabras trabadas, y había tenido ocasión de presenciar alguno de sus ataques de furia. Esa noche, algo hacía explosión en él. Acaso todo se unía y conspiraba para atormentarlo, minar la lucidez con que parecía contemplar el mundo aun dormido.

Gritaba que hubiera silencio y se jalaba los cabellos. Golpeaba su cabeza contra las paredes. Sollozaba. Hubo platos rotos y luego, de pronto, silencio. Salí a la sala. Uno de los cuadros alterados digitalmente, el de

Sartre en el Palacio Quemado, estaba roto en el pasillo. Salté sobre él.

Lo encontré tirado sobre la alfombra, en su vieja bata de cuadrados azules, el penetrante olor a whisky. Dormía la borrachera. Había algo tierno en ese gigante tan indefenso, doblegado en el suelo. No intenté moverlo, no hubiera podido. Lo cubrí con una frazada.

A la mañana siguiente, me habló en el desayuno como si nada hubiera ocurrido.

8

No me fue fácil cortar con Ashley. Estuve muchas veces al borde del fin, pero mi constante indecisión impedía que las palabras fueran pronunciadas. A veces, en las tardes, la veía recostada en el sofá después de una hora intensa, con esa capacidad que tenía para cerrar los ojos y tener al poco tiempo espasmos musculares en la profundidad de la inconsciencia, y me sentía con un cuchillo en la mano, a punto de asesinar a un ser perdido en un sueño angélico. ¿Cómo podía sentirme culpable y verla tan inocente cuando, en todo caso, debía ser al revés?

Noviembre avanzaba, ya instalados en un otoño de vientos inquietos y árboles despojados de sus hojas. En la colina donde se hallaba el campus, el frío agredía con más fuerza que en la ciudad. La agitada vida de los estudiantes en el Arts Quad iba dejando paso a la desolación que llegaría con toda su fuerza en el invierno. Muchos abrigos y chamarras y sobretodos, alguna que otra bufanda. En el edificio del Instituto, Ashley era una de las pocas que seguía con ropa ligera. Sandalias, una chompa, a veces faldas. La veía mucho. Con el paso del tiempo, como sabiendo que de cualquier modo todo terminaría un día de diciembre del que ya tenía memoria, ella extraviaba la cautela y me visitaba con más urgencia y cotidianidad. Aparecía en mi oficina en el tercer piso, o cuando estaba preparando la clase en la cafetería llena de freshmen ansiosos ante los exámenes y los trabajos finales. Una mañana, mientras recogía mi correo al lado de la secretaría del Instituto —en las paredes de la oficina, anuncios de cursos de quechua en Cornell y seminarios sobre la situación centroamericana en Nuevo México—, se me acercó por detrás y me dio un beso en el cuello. Una tarde, me siguió a la biblioteca y, en la sección de historia latinoamericana, en un oscuro rincón del cuarto piso, oloroso a libros viejos, me asustó, primero, tocándome la espalda con una mano fría, y me hizo perder de placer, después, con la sabiduría de su boca inquieta.

Fueron los días de más angustia: disfrutaba con ella, pero mi gozo estaba empañado por una sensación de culpa y por una paranoia persecutoria que no me dejaba tranquilo. Sonaba el teléfono en mi casa u oficina, y creía que era un llamado de Patrick o de Clavijero con las palabras acusatorias, más aún si colgaban y no había una voz al otro lado del auricular (en ese caso, el silencio era el acusatorio). Cuando ella llegaba a mi casa, lo primero que hacía era acercarme con ansiedad a la ventana para ver si nadie la había visto entrar. Y cuando venía a charlarme en los pasillos, miraba sin disimulo de derecha a izquierda, presintiendo los ojos de reproche de algún colega o estudiante. Poco me faltaba para comenzar a ponerme guantes o lavarme las manos y el cuerpo después de un encuentro con ella, para borrar del todo sus huellas en mi piel.

Una tarde caminaba con Yasemin rumbo a la biblioteca. El cielo se había oscurecido; pronto llovería; el perfil de los edificios góticos del campus se recortaba ominoso contra el súbito atardecer. El campanario retumbaba con los golpes sobre el bronce anunciando las cinco. Algunos estudiantes caminaban con prisa de un edificio a otro. Una chica pasó con un chihuahua entre sus manos. A lo lejos, al pie de la colina, se veía el pueblo extraviado entre los árboles.

Yasemin me hablaba de Morgana.

—La voy a dejar —me dijo—. Mi novio viene a visitarme para las fiestas de Navidad. Ella se está enamorando y es muy peligroso —subrayó las últimas palabras.

—Pensé que eras tú la que, you know.

—Lo estaba. It's over now. Más bien me di cuenta de que extraño a mi novio. Esto no hubiera pasado con él aquí.

En el vestíbulo de la vasta biblioteca, le pregunté si se refería a algo más con eso de «es muy peligroso». Contestó:

—A todos nos gusta el peligro. Pero algunos nos quedamos callados, y otros no.

Alguien nos pidió que bajáramos la voz. Yasemin susurró:

—Los estudiantes ya lo saben. Los profesores no, pero pronto lo sabrán si no tomas alguna decisión.

—¿Habló algo ella?

—No es necesario. Es tan obvio, con sólo verle la cara. El tal Patrick, o es un idiota o se hace. Ambas cosas, lo más seguro.

—Quiet, please —dijo alguien que estudiaba en una mesa cercana.

—¿Es tan buena en la cama? —el susurro se convirtió en un murmullo casi ininteligible.

—It's not only that.

—Really.

—Would you please shut up? —era una voz agresiva, intimidatoria.

Una pausa. Luego, en voz provocativamente alta, Yasemin dijo:

—Hazlo ahora, before it's fucking too late. No te queremos perder.

La conversación en la biblioteca terminó por decidirme. La siguiente vez que Ashley apareció en mi piso, se lo dije. Lo hice sin poder mirarla a la cara, concentrado en su anillo obsceno, como para darme fuerzas. MTV en la televisión —alguien cantaba «you got the dreamer's disease»—, ella con su buzo negro y el pelo recogido en un moño. Se había sacado las zapatillas, tenía las uñas de los pies pintadas de rojo.

Cuando terminé, me dijo:

—¿Te puedo dar un first draft de mi paper? Estoy escribiendo sobre la conexión entre los militares bolivianos y los chilenos en la Operación Cóndor.

—¿Y tu proyecto sobre los sandinistas?

—Me interesó saber un poco más de tu país.

—¿No tienes nada que decirme?

—Que los militares bolivianos querían congraciarse con los chilenos, para lograr algún tipo de concesión territorial. La salida del mar es una obsesión de Montenegro, ¿no?

—Sí, y Pinochet usó y abusó de él. Una vez nuestro canciller llegó de unas negociaciones con una frase famosa por lo infame: «Traigo el mar en mi bolsillo».

—Quizás se refería a algo literal, unas cuantas gotas de agua sería lo máximo que Pinochet les daría.

—Sí, pero esa frase se entendió como una gran metáfora de nuestro retorno al mar. A partir de ese fracaso, la clase media urbana le quitó el apoyo a Montenegro, y los días estaban contados para su caída. Pero la obsesión no sólo es de Montenegro.

—La apariencia de obsesión, mejor. Deep down, saben muy bien que Chile no les ha de dar una salida, pero nadie puede decir eso en voz alta porque sería antinacionalista.

—Además de que es uno de los pocos símbolos que realmente nos unen. Me hubiera gustado discutir tu tema antes de que comenzaras a escribir.

—En diciembre se amontonan los papers. Better get rid of at least one, while I can.

No dijo más. Alzó su mochila, se puso sus zapatillas y se marchó. Un final anticlimático, con angustia pero sin tragedia, desilusionante: acaso esperaba, en el fondo, que armara un escándalo y se negara a aceptar mi decisión.

Desde el umbral de la puerta, la vi desaparecer. Le quedaba mejor el pelo suelto.

En las últimas semanas del semestre, Ashley no apareció en mi clase. Intenté enseñar *Berkeley* aparentando que nada ocurría, en medio de las primeras nevadas de la estación —un invierno que comenzaba a fines de noviembre y se prolongaba hasta abril—, pero ya era tarde: los estudiantes intercambiaban miradas y guiños, y yo no podía obviar ese asiento vacío en el que había estado, hasta hace muy poco, la mujer que amaba.

Porque en su ausencia había descubierto que la amaba sin sosiego. Sí, había sabido antes, cuando la veía en clase o desnuda en mi piso, y sus ojos verdes refulgían de amor o deseo, que estaba enamorado. No sabía cuánto, no hasta el momento de la pérdida. Ahora sabía que no se trataba de uno más de esos amores inconstantes en los que me especializaba, tan violentos en su intensidad como en su desaparición. Caminando por el campus bajo la nieve, mi cara acariciada por copos como plumas de ganso, recordaba su melena pelirroja, el arco de su espalda y los fierros en los dientes, y me decía que ella bien podía ser la persona para acompañarme el resto de mis días. Incluso recordaba su anillo con nostalgia. Esperaba sus emails, y no llegaban. Y cuando sonaba el teléfono, me abalanzaba hacia él deseando en vano encontrarme con su voz.

Iba más al Instituto, con la ilusión de toparme con ella por casualidad. Luego me enteraría que Ashley había pedido Incompletos en todas sus clases —menos en la mía; acaso se sentía segura de que no la reprobaría si no hacía el trabajo final— y se había vuelto a Boston a ayudar a sus papás a ultimar los detalles de la boda.

«Sin remedio, sin condiciones.»

Quizás todavía no era tarde, y podía llamarla y pedir que cancelara la boda, dejara a Patrick y viniera a mi lado. Acaso esta vez era necesario, imprescindible el *pathos* y el melodrama. Tal vez debía asumir mi rol de amante ideal y saltar al escenario con una declaración de amor que turbara el orden establecido. ¿No me gustaba eso: desafiar las convenciones?

Sí, siempre y cuando hubiera una red que me protegiera de la caída libre. Ahora no la había. No sólo perdería mi trabajo, sino que no sabía hasta cuándo Ashley se quedaría conmigo. Porque, ¿qué me aseguraba que ella no haría conmigo lo que había hecho con Patrick?

Nada. La medida del amor la da la ausencia o no del cálculo, del razonamiento. Si yo pensaba en las consecuencias, todavía estaba muy lejos de alcanzar la barra alta que me había puesto Ashley. No se trataba de ser poeta y matemático a la vez. Se trataba de ser sólo poeta.

Utilizaba su contraseña para entrar a su cuenta y ver cómo le iba con el internet trading. Me compré un Nomad y descubrí que ella me había contagiado el fetiche de la tecnología. Aprendí a descargar canciones de la red en mi G3 en casa. Me compré una iBook. Empecé a buscar un Palm Pilot.

Lo primero que hizo Joaquín al llegar de Georgia fue convocarnos a Yasemin y a mí a Common Ground. Nos instalamos en una mesa de la esquina, nos proveímos de té y capuchinos y nos aprestamos a escucharlo. Estaba extático.

—¿Y? —dijo Yasemin—. Was it worth it? ¿Con cuántas business cards volviste?

—No seas tonta. Claro que valió la pena. Increíble el mar de gente, jóvenes, viejos, niños, hombres y mujeres con un elan entre pacifista y religioso.

—Una experiencia retro —dije—. Onda sixties.

—Algo así, pero en su versión ecológica, religiosa, incluso diría pentecostal o carismática, con cánticos y acalorados discursos de pastores bautistas. Un noble deseo de hacer algo por nuestro continente.

—Autoengañosa nobleza, yo diría —señaló Yasemin—. ¿Se comprometerían si el riesgo fuera demasiado grande? Ah, los gringos. La mayoría ni se enteró.

—No sé, y no me importa. El asunto es que me conmovió. Y Helen, ni qué decir, estaba realizada. La procesión fúnebre, la lectura de nombres de muertos y desaparecidos de Latinoamérica antes y mientras las miles de personas cruzaban la línea del fuerte con orden y lentitud... Finalmente, la manifestación de alegría y gozo religioso que se dio una vez que todos habían cruzado.

—Me imagino —dije—. Ni en lo religioso son tan sombríos como nosotros. Ni siquiera los católicos.

—¿Lo viste a Martin Sheen? —preguntó Yasemin, burlona—. En la tele lo pasaban a cada rato. La sangre artificial, las máscaras, los ataúdes. Todo me pareció tan teatral. Aunque Fort Benning no me impresionó mucho. Sin muros altos, sin alambrada de púas.

—Había algo de conflicto virtual, de crear escenas para la televisión —dijo Joaquín tomando su té—. Me hubiera burlado de eso en otro momento, hubiera sido irónico, cínico. Pero me dejé llevar por la intensidad de la experiencia, del momento colectivo. Mi distanciamiento se convirtió en un poco de condescendencia amorosa por la ingenuidad de casi toda la gente que participó en la protesta. No toda, porque hay algunos que tienen una gran conciencia y compromiso con lo que hacen. Hubo mil setecientos arrestados, después de todo.

—¿Y ahora qué? —dijo Yasemin—. ¿Te irás a enrolar en el ejército zapatista?

—Cómo jodes. No sé. Supongo que mantendré mi distancia, pero de otra manera.

Admiré la capacidad de Joaquín para dejarse llevar y a la vez mantener la lucidez. Yo hacía tiempo que no me conmovía tanto por motivos políticos; quizás desde aquellos lejanos días en Berkeley cuando comencé a escribir mi tesis.

—Al menos tienes un buen paper para la clase —dijo Yasemin.

En la primera semana de diciembre llegó la noticia feliz de que mi evaluación había sido en general satisfactoria, lo cual me sorprendió. Se me pedía avanzar más rápidamente en el libro que debía publicar si quería ser considerado para el tenure, y formar parte más activa del Instituto y la Universidad, ofrecerme voluntariamente a comités y al trabajo burocrático de servicio que detestaba; por lo demás, todo parecía estar en orden. Luego me enteraría de que dos de mis colegas, Clavijero y Sha(do)w, habían votado en contra. Difícil enorgullecerse al saber que no contaba con el apoyo de todos y que se me renovaría el contrato por una votación apenas mayoritaria. Sin embargo, Helen me convenció de que el mío no era un caso especial: no debía haber instituto o departamento en donde todos se llevaran bien, aprobaran el trabajo de todos sus colegas, creyeran que los demás eran del mismo nivel intelectual de uno. Había que aceptar las reglas del juego, aprender a sonreír a aquellos colegas que uno detestaba y que detestaban a uno, por lo menos hasta el tenure.

Esos días, a pesar de mi constante ambición de caerle bien a todos, no sentí tanto el golpe de la falta de unanimidad de mis colegas en torno a mí. Los pasé en mi piso, corrigiendo exámenes y trabajos y abroquelado ante una nevada que duró tres días y convirtió a Madison en un pueblo fantasma, de tardes penumbrosas y calles por las que uno debía manejar siguiendo las huellas dejadas en el camino por otros coches. Escribí un artículo para *NewTimes*, que Silvana rechazó («pero todavía nos interesan tus opiniones, Pedro»). Vi que la recurrente Colombia se había vuelto a poner de moda en CNN —guerrillas que se apoderaban de territorio, Estados Unidos que había decidido apoyar con dinero, armas e inteligencia la lucha contra el eje narcotráfico-guerrilla— y mandé un par de opiniones a *Latin American Affairs* y a *Newsweek*; también envié otro par sobre la crisis financiera en Ecuador y la corrupción de la policía en México a *Salon* y a *The Nation*. Latinoamérica era una suerte de gran parque forestal en la plenitud del verano, azotado por incendios de un extremo a otro, furiosos brotes que uno contenía a duras penas para verlos renacer al poco tiempo, o ver nacer otros en diferentes lugares. Era fácil de entender el impulso generoso de tantos hombres y mujeres que habían sacrificado sus vidas por aplacar el incendio (o hacer que se propagara con furia, a fin de llevar al continente a la *tabula rasa* que haría posible el renacimiento). También era fácil de entender el impulso nada generoso de tantos hombres y mujeres que habían preferido no entrometerse, para así no arder ellos también en el incendio.

Trataba de olvidarme del día que se avecinaba, pero no podía. Me armaba de valor y me acercaba al teléfono pensando que todavía estaba a tiempo, para luego desanimarme.

Un día antes de la boda de Ashley, llamé a Yasemin y le dije que quería hablarle con urgencia. Nos reunimos en Common Ground. Los cristales estaban empañados; afuera caía la nieve. Los clientes andaban con botas, creando charcos de agua a su paso. Yo tomaba un capuchino y comía M&Ms.

No esperé a que se sacara su chamarra llena de nieve para comenzar a desahogarme y contarle todo. Ella me escuchó con paciencia, y luego dictaminó:

—Llámala. No hay otra.

—¿Y mis colegas? ¿Y los estudiantes?

—Fuck them.

—¿Y mi trabajo?

—Fuck it. No way around it. Si estás como dices que estás, a la larga será peor si no lo haces.

—¿Lo harías en mi lugar?

—Es algo personal. Pero lo haría. Si tuviera que elegir, no lo pensaría dos veces.

—Fácil es decirlo.

—Quizás.

Le agradecí y volví a casa, armado de valor.

Pero no pude llamar.

El día de la boda, me la pasé viendo en la tele un ciclo de cine dedicado a Orson Welles en AMC, una botella de Santa Rita a la mano y otras esperando su turno. Imaginé a Ashley vestida de blanco vaporoso, entrando a una iglesia, escoltada por su padre mientras

Patrick, con un smoking ridículamente grande, la esperaba al final del pasillo y junto al altar. Imaginé una boda católica —y eso que ninguno de los dos lo era—, el arroz y el letrero de just married en el auto y la típica parafernalia de la fiesta— el bouquet arrojado a las mujeres solteras, la liga que un Patrick hincado sacaría con sus dientes lascivos de la pierna derecha de Ashley (que se merecía otros dientes).

Salí varias veces a la calle, sin chamarra ni guantes ni bufanda, y caminé por el parque con la nieve nada leve cayendo incesante sobre mí y sobre otras sombras borrosas en las calles del pueblo muerto. Mis pisadas se hundían en una capa algodonosa, el crujido amortiguado. Huellas de pasos que se cruzaban, de esposos infieles y mujeres en crisis y jóvenes extraviados, rumbo a la protección del hogar o los amigos, o de brazos ajenos a los que esperaban en el solitario lecho nupcial.

¿Qué hacía en Madison, tan solo y tan lejos de mi verdadero mundo en ese exilio voluntario? Caía la nieve, y yo recordaba mis días en Río Fugitivo. Caía la nieve, y yo recordaba mis días en Berkeley. Aquella vez, por ejemplo, en que Lydia y yo comíamos una pizza en un restaurante, y apareció un mendigo y se sentó al lado de Elka y nos endilgó un discurso sobre cómo la civilización occidental nos reprimía al obligarnos a usar ropa. Acto seguido, se sacó la camisa y los zapatos; procedía con los pantalones cuando dos mozos lo sacaron a empujones del restaurante. Berkeley era un pueblo repetitivo en su originalidad, capaz de ofrecernos a la vez el modelo y su parodia.

Me dormí, borracho, antes de imaginar la noche de bodas. Cuando desperté al día siguiente, con un fuerte dolor de cabeza y la televisión encendida, lo primero que se me ocurrió fue que ya debían estar en camino a su luna de miel, en las Islas Caimán. Tomé el teléfono entre mis manos, deambulé con él por mi piso. Había perdido mi oportunidad.

Pasé el día releyendo partes salteadas de *Berkeley* y extrañando al hombre que las había escrito. ¿Y dónde estaría mamá, en que país europeo disipaba sus penas?

A la madrugada siguiente, me despertó el timbre urgente del teléfono. Corrí a contestarlo, sin tiempo para la premonición.

—Despierta, Little Ear.

9

Superior a Chaplin. Teórica de la fotografía. Comandante del ERP *en Oxford. Personaje de Rosario Castellanos en* Balún-Canán. *Telegrama que decidió la primera guerra mundial. Contribuyó al desarrollo de Colossus. Expresionista belga. Guionista del cine nacional. Primera victoria sandinista. Líder en las guerras cristeras. Fotógrafa italiana. Grupo local de rock.*

Carolina se había infiltrado en el tejido mismo de mis días, y yo, después de una resistencia inicial, la había dejado hacer. Necesitaba, tal vez, compañía para restañar mis heridas, para reponerme antes de volver a la circulación. Mientras el país se agitaba en sus cíclicas convulsiones de ahogado, situaciones anómalas convertidas, por su frecuencia, en una forma de la normalidad, nosotros íbamos al gimnasio, al centro comercial XXI a tomar un café y ver tiendas, a bares y discotecas en el fin de semana. Un sábado me convenció de acompañarla a escalar el Ángel, un pico nevado que apenas se divisaba al noroeste de la ciudad. Salimos a la madrugada. Eran las diez de la mañana cuando levanté las manos, a medio camino de la cumbre. De todos modos, nos divertimos: a la bajada, entramos en un bar en un pueblito y nos emborrachamos con huarapo.

A ratos se deprimía. Tenía grandes ojeras, por la noche la atacaba el insomnio. Se comía las uñas pintadas de colores intensos. Le habían ofrecido su anterior trabajo en la Ciudadela; decía que dudaba por cuestiones éticas, pero a la vez andaba necesitada de dinero. Estela se había ido a España dejándola con deudas. Decía que esos días pensaba mucho en sus papás. Los extrañaba. Tenía ganas de aparecerse en la puerta de la casa de su papá en Buenos Aires, y decirle que no era justo tanto olvido, papá, comprendo que te haya dolido tanto perder a mamá, comprendo que la amaras tanto que decidieras borrar de tu vida todo lo que te recordara a ella, incluida yo, pero no es justo, no es justo. Recordaba la noche en que había fallecido su mamá.

—Al final la habían pasado al cuarto de los huéspedes. Casi no me dejaban verla, estaba desfigurada, escupía sangre y decía que no aguantaba más, quería morir. El cuarto olía mal, a caca de ratones, pensaba en ese entonces. Yo jugaba en el patio con mis hermanas, miraba a la ventana del cuarto donde hacía guardia mi papá. Saltaba la cuerda. Mis hermanas eran mayores y querían distraerme. En las noches, me escapaba de mi habitación con una frazada, y me echaba a dormir en el suelo, a la puerta del cuarto de huéspedes. Escuchaba sus gritos, lastimeros, su respiración como si tuviera algo atorado en la garganta, no podía dormir. Tenía ganas de entrar, pero también miedo a lo que encontraría. Esa noche de sábado, a las tres de la mañana, hubo un grito diferente a los otros, casi un aullido, que me sobresaltó. Escuché los pasos de papá, quise esconderme, pero era tarde. Me miró con cara de reproche, luego entró corriendo al cuarto. Y ya no hubo más gritos, ni más piedras en la garganta, y supe que había muerto; no lloré hasta que escuché el llanto de papá. Un llanto que todavía escucho.

En su habitación, la escuchaba y la consolaba. Quería escucharla, quería consolarla. Hacía un esfuerzo por romper la indiferencia de la que me había acusado; le daba besos suaves en las orejas, en el cuello, en torno al ombligo. Me decía a mí mismo que todo sería más fácil si me enamorara de ella y me olvidara de mi vida en Madison. Y ella me miraba, y quería perderse en mis ojos, y no podía, porque yo pestañeaba, porque mi profundidad tenía límites para ella.

Un domingo, cedí a su insistencia y la acompañé a visitar la casa de Cristina, esa quinceañera que decía escuchar la voz del Señor en latín. Se hallaba en la zona norte, en un barrio de viejas palmeras. Me sorprendió descubrir que se trataba de una casa de dos pisos, de acomodada clase media, con amplio jardín y grandes ventanales (luego me enteré que los padres habían sido dueños de una agencia de publicidad, y que la habían vendido para dedicarse a cuidar a su hija). Mucha gente se agolpaba a la puerta, dos señoras avanzaban de rodillas mientras murmuraban un padrenuestro tras otro. Las aceras estaban tomadas por vendedores de velas, estampitas, anticuchos: una kermesse popular, un sincrético ritual de fe católica y paganismo. Nos pusimos en la fila. Había llanto y olor a incienso; me sentía incómodo, pero me conmovía ver a Carolina con un clip sobre una ceja y tanta esperanza, así que decidí no protestar.

Entramos al cuarto de Cristina cuarenta y cinco minutos después. Las velas chisporroteaban sobre el velador y creaban una movediza penumbra en ese recinto de cortinas cerradas y crucifijo de metal sobre la cama. Nos hincamos; me saqué los lentes. Cristina era morena, de pelo negro y mofletes; tenía quince años pero parecía de diez; las colchas le llegaban al cuello, y agarraba con su mano derecha las manos de su madre, sentada al lado de la cama. Me emocionó su cercanía.

A un costado, una mesa sobre la que se encontraban, protegidos por una urna de cristal, los manuscritos de Cristina, objetos sagrados del culto. La letra grande y redonda era inteligible para aquel que supiera latín. No era mi caso. Pero, ¿de quién lo era en Río Fugitivo? Un culto retro, sin imágenes y en una lengua prestigiosa pero desconocida para la gran mayoría: acaso su poder radicaba en su misterio, en su distancia de la cotidianidad.

No teníamos mucho tiempo. Carolina, ganada por el fervor, le preguntó si le podía besar las manos, y ella asintió con un leve movimiento de cabeza. Luego le pidió la bendición, y nos la dio. Rezamos un padrenuestro y un avemaría, y pedí en silencio encontrar el deteriorado cadáver de papá, los huesos reducidos a escombros. Pedí reencontrarme con mamá, perderme entre sus brazos como lo hacía de niño. Pedí que tío David hallara la paz en su mundo tan cercano y tan remoto. Pedí que tía Elsa fuera un espectro benigno para él. Pedí que Ashley... no supe qué pedir para ella.

Cristina no transcribió ni una frase en latín para nosotros, no escuchó ninguna voz sobrenatural, no levitó, no recurrió a ninguno de esos efectos especiales que caracterizan a los seres milagrosos; tampoco pronunció una sola palabra; quizás por eso hubo algo de fe en mí.

Caro actualizaba en la red el sitio de mi tío, añadiéndole imágenes y nueva información; había logrado desarrollar una amistad con él e iba mucho a casa (yo a veces llegaba y me la encontraba saliendo). Parecía revelarle su intimidad como no lo hacía conmigo, tibio recipiente de mendrugos. Entraba al container y a las demás habitaciones con confianza, sin pedir permiso. Me pregunté si no habría entrado a mi cuarto a buscar notas, fotos, cualquier cosa que la pusiera en la pista de una supuesta rival (en eso yo era muy discreto, no había nada tangible de Ashley en mis mundos; sus huellas eran más bien incorpóreas; está bien, lo acepto, una foto en la billetera, pero nada más).

Caro también era la primera en leer mis artículos para *Digitar* (había escrito uno sobre Amazon.com y otro sobre el rol de los politólogos en la era del internet), prácticas que me servían, más que nada, para calentar la mano, pues todavía no lograban la adecuada consistencia y *NewTimes* jamás los hubiera publicado. En las noches, en la esponjosa cama de su departamento, me contaba de sus aventuras con Estela, recuperando emails borrados de amantes, de esposos desconsolados que se arrepentían de haber obtenido una venenosa información: signos que volvían de la muerte para perseguirlos por el resto de sus días.

—Una vez vino una mujer llorando a la oficina; insultaba a Estela que no tienes idea, amenazaba con suicidarse, todo un teatro. Pensé que Estela había hecho algo realmente malo. Nada, lo único que hizo es descubrir pruebas de la infidelidad del marido en sus emails. ¡La esposa la había contratado para eso! Si será loca la gente. Si no estás preparada para afrontar la verdad, mejor no intentes descubrirla.

—¿Y qué pasa si crees estar preparada, y luego descubres que no lo estás?

A veces me costaba escucharla, porque me distraía en el recuerdo de otra voz en otro ámbito, pero al menos lo intentaba. En la cama, nos entendíamos cada vez más, aunque reconozco que hubo siempre muy buen sexo entre ambos: nuestras pieles dialogaban mejor que nosotros mismos, había ritmo y un deseo que, si bien no desbordaba, permanecía constante, como un faro guiándonos en alta mar. Su húmedo cuerpo en la penumbra brillaba y se acomodaba con armonía junto al mío.

Sin embargo, la suma de las partes nunca era igual al todo. Yo me resistía a entregarme, calculaba, dosificaba el esfuerzo, y ella lo sabía, aunque no las razones. Creía que era cuestión de tiempo, y persistía en sus esfuerzos, cada vez más descorazonada. ¿Cómo decirle que jamás me entregaría, que ella nunca podría conmover el centro de mi ser? No podía hacerlo, era un cobarde cuando me convenía. Algún rato se cansaría, me decía; algún rato me dejaría por voluntad propia. Como era mi estilo, dejaba que el tiempo decidiera por mí. Y yo parecía no haber aprendido nada, y regresaba rápidamente, después de la furia y el desastre con Ashley, a mi manera poco original de entender las relaciones con mujeres. Con mi sonrisa de niño bueno, era un cínico oportunista que se merecía todas las desgracias, un calculador que de tanto evitar entregarse había olvidado cómo hacerlo.

Se me ocurrió que sería bueno volver a hablarle a Caro de mi tío. Quizás podría ayudarme a entender lo que le ocurría. Le conté del incidente de aquella noche.

—La respuesta es fácil —dijo; estábamos en el café Mediterráneo en XXI—. Tu tío es alcohólico. Me di cuenta desde el primer día. Toma solo, siempre tiene un vaso de whisky en la mano...

Era un imbécil por no haberme dado cuenta. Estaba tan acostumbrado a verlo tomar desde la mañana que se me antojaba una práctica normal, como atarse los zapatos o lavarse la cara. Traté de disimular.

—Puede ser. Pero no creo que todo se reduzca a un diagnóstico médico. Hay algo más, tiene que haberlo. ¿Por qué es alcohólico? ¿Qué lo llevó a eso?

—La cosa es más compleja, por supuesto. La pregunta sería: con todos nuestros problemas a cuestas, ¿por qué no somos todos alcohólicos?

—Filosófica estás —me ponía y sacaba los lentes cada rato, por eso las bisagras a los costados estaban siempre sueltas.

—Tu tío sufrió mucho. Okay, me acusarás de sicología barata, pero ponte en su lugar, imagínate una tarde de 1980 en la calle Unzueta. ¿No te hubiera perseguido eso el resto de tu vida? ¿No te hubiera desgastado, no te hubiera llevado, qué sé yo, al alcohol, a las drogas? Más bien que, dentro de todo, supo manejarlo. Era muy cercano a tu papá, ¿no? Y estaba muy enamorado de su esposa, ¿no? Tantos años, no volvió a salir con nadie.

—¿Cómo lo sabes?

—Él me lo dijo. Un hombre viejo, en la soledad, atormentado por los recuerdos, las pesadillas. Y para colmo, los rumores. Viste el video de Berkeley. ¿No te diste cuenta todavía?

—No sé de qué hablas.

—¿En qué país vives? Los rumores que dicen que el verdadero traidor de la calle Unzueta fue él. Y que por eso fue el único que sobrevivió.

Me reprendí por no haberme dado cuenta antes de tantas cosas que estaban a la vista. ¿En qué había estado pensando?

Gracias a la intermediación de Ricardo, Caro me consiguió la entrevista con los rockeros de Berkeley. El encuentro se lo había pedido hacía mucho, pero después de esa conversación fui más insistente. Debimos esperar su regreso: estaban de gira por Sucre, Potosí y Tarija, conscientes de que ningún mercado era pequeño.

Nos reunimos una noche, a pedido de los rockeros, en Berkeley, un café de Bohemia atestado de universitarios y extranjeros, gente de mochilas y chalecos de alpaca que hubiera detestado la idea de pisar El Marqués. Había humo y un dejo a marihuana. En los altoparlantes sonaba la música de Rush. De cerca, los rockeros eran unos jóvenes de rostro infantil. Como todos, se habían dejado seducir por la cultura pop norteamericana, pero habían ido un poco más allá que el resto y se habían tirado al abismo de la grotesca caricatura. Quizás eran el espejo distorsionado de lo que vendría: mientras más jóvenes, la entrega a los valores del Norte era más completa e irremediable. No había que ser ni apocalíptico ni integrado. Si nuestra cultura era fuerte, como pensaba que lo era, resistiría el embate.

Pidieron unos shots de tequila, se los tomaron mientras mascaban chicle. Llegó una jarra de sangría. La mesera, una gorda de escote esperanzado, sirvió un vaso para todos.

Cuando se enteraron para qué los buscaba, hubo desilusión.

—¿Qué esperaban, un corresponsal de *Rolling Stone*? —reclamé, irritado.

—Easy, boy —dijo el cantante, lentes oscuros, labios carnosos, nariz recta y mejillas huesudas—. Pensamos que era para algo más cool. Ricky nos dijo que trabajas para *Digitar*.

—Sí, pero no es para eso. Estoy escribiendo un libro sobre mi padre. Me interesaba su video.

Terminó el compact de Rush. El lugar se llenó del murmullo de gente conversando. Alguien recitaba un poema de Sabines a mis espaldas. No conocía la obra del poeta mexicano, aunque sí ese poema, escrito por Carolina en una carta torrencial, después de nuestra primera separación, cuando la llamé de Berkeley para cortar (la había dejado por perseguir en otro cuerpo los mismos deseos que me habían llevado a ella, o al menos eso creía). «Los amorosos salen de sus cuevas/

temblorosos, hambrientos/ a cazar fantasmas./ Se ríen de las gentes que lo saben todo,/ de las que aman a perpetuidad, verídicamente...»

¿Yo era uno de los amorosos? ¿Caro también lo era, y por un momento se había olvidado de ello, y yo se lo había recordado de mala manera? Nunca había entendido del todo por qué me había enviado ese poema en la carta final. Había tantos gestos y palabras del mundo real que no terminaba de entender por más que me esforzara. No había que cejar en el empeño: los signos eran frágiles mariposas que debían ser capturadas una vez que extendieran sus alas, o acaso más tarde.

Protegida por la penumbra, una mujer de rizado pelo negro le metía mano a su pareja en la mesa de al lado.

—¿Y quién es tu papá, again? —dijo el baterista, moreno, una horrible permanente como un panal de abejas en la cabeza.

—Pedro Reissig. Su video es una interesante alegoría sobre su muerte.

Subrayé la palabra «alegoría». Abrieron los ojos, se codearon entre sí.

—¿Tú crees que nos falta, ah, que no entendemos la palabra alegoría? —dijo el cantante, chupando un limón y sirviendo sangría para todos—. ¿No se te ocurre que ya, desde el mismo nombre de nuestro grupo, estamos diciendo que sabemos lo que es una alegoría? Porque ninguno de nosotros ha visitado Berkeley, pero sabe muy bien lo que significa eso en Río Fugitivo. Lo que significó, al menos, para la generación anterior, y que nosotros, you know, tratamos de recuperar.

Recordé una mañana que llegué a clases en Barrows. No pude entrar porque los de Estudios Étnicos lo habían tomado y demandaban que el programa se convirtiera en departamento. Algunos compañeros míos se habían sumado a la propuesta y me instaron a que agarrara una de las pancartas que proclamaba el trato discriminatorio de la universidad hacia los estudiantes de color. Así lo hice, sin mucha convicción y admirando a los esporádicos jóvenes de mi generación que trataban de recuperar el espíritu contestatario de la anterior, de Berkeley (porque ya para ese entonces sabía que el Berkeley de esos días era un pálido reflejo del de los sesenta, a la vez pálido reflejo del que el imaginario colectivo había entronizado en el mundo terrible de los arquetipos). La huelga terminó con la derrota de los estudiantes: la administración, aprendida la lección de decenios anteriores, no se dejaba intimidar fácilmente.

—Más bien —dije, procurando tranquilizarlos—, creo que les sobra. Su interpretación me pareció tan provocativa que decidí buscarlos.

—Tan provocativa —dijo un rubio de nariz grande y ganchuda; con las primeras ganancias de verdad se la haría operar— que el canal ha decidido no pasarlo más. Hubo muchas protestas, y, para colmo, la bomba.

—Pensé que la bomba tenía que ver con Jaime Villa.

—Los del canal tienen otra teoría. ¿Qué tiene que ver Villa con un canal de música? La bomba estaba dirigida a alguien del canal. Por qué, no está claro. Lo que está claro es que han utilizado lo de Villa como excusa.

—Pero, díganme. ¿Por qué Kubrick y Buñuel? ¿Y por qué los gansos? Tanta información en tan pocos minutos, y por más que le doy vueltas y vueltas no logro poner todas las fichas en su lugar. Por cierto, un trabajo brillante. Tanto, que ha comenzado a suplantar a la realidad, al menos para mí. Cuando pienso en cómo ocurrió lo de la calle Unzueta, las primera imágenes que se me vienen son las del video.

—Con el que tienes que hablar —dijo el cantante— es con Ricky.

—¿Ricardo? ¿Y por qué con él?

—En realidad, fue su concepto, su idea. Es un tipo muy cool. Se entendería muy bien contigo. Él es, you know, hijo de...

—Sí, sí, ya sé...

—Uno sabe de Reissig, y no de los demás.

Una anciana se me acercó y me ofreció comprarle una rosa a mi pareja. La ignoré; Carolina me miró como diciendo que mi falta de romanticismo era predecible y deprimente. Luego encendió un cigarrillo.

—Ricardo —repetí—. No sabía que también estaba en esto de dirigir videos. ¿O me lo dijo? No importa. Un hombre orquesta.

—No nos queda otra. En los States se dan el lujo de tener un tipo para cada cosa. Aquí hay que jugárnosla con lo que tenemos. Dirigir, dirigir, no lo hizo. Pero fue el creativo principal. Lo que hizo fue interpretar visualmente uno de los rumores más fuertes que han circulado sobre lo que ocurrió.

—El cual es...

—Es apenas un rumor. Tendrías que hablar con Ricky.

Me molestaba que lo llamara así. Miré a Caro como reprochándole que no me hubiera contado ese lado de su amigo.

—A él nunca le convenció la historia oficial —continuó—, y se dedicó, you know, a buscar otra. Pero no tiene nada concreto. Sólo chismes sin sustancia.

—En el grupo había un informante —dijo el rubio.

—Exactamente —afirmé—. El papá de Ricardo.

—No, no. En el grupo que estuvo en la reunión.

—Pero entonces... —dije.

—El crucigramista. David Reissig.

—No porque haya sobrevivido significa que es él —agregó el cantante y ahuyentó una mosca con su mano derecha—. Conste que esto no tiene nada que ver con sus crucigramas, que son muy cool. Uno se informa allí, uno aprende. Por ejemplo, el otro día, me enteré de quién descubrió la vitamina K.

—O el nombre del inventor del walkman —dijo el rubio.

—Pudo haber sido otro —continuó el cantante—, quizás el mismo Mérida, ¿no? Eso no se lo digas a Ricardo. Le convenía al gobierno deshacerse del informante, ¿no? Ésa es la mejor coartada del crucigramista.

—Sí y no —opinó el rubio—. Según Ricardo, él tenía todos los motivos. Tu papá se las hacía con su esposa.

—Y les contó todo a los del gobierno por despecho —completé—. Con lo que el crimen político se transforma en un simple crimen pasional. Y mi tío pide que le saquen un ojo, para ahuyentar sospechas. De telenovela. ¿No habrá escrito Ricky el guión? Pensaba que conocía todos los rumores. Éste parece que fue inventado ayer.

—Se mantuvo underground, circuló word of mouth —dijo el rubio—. El tiempo hace que muchas cosas salgan a la superficie, you know.

—Parece que no estaba en los planes lo del disparo en el ojo —aseveró el cantante—. Eso sí fue un accidente.

—Por lo visto —argumenté—, Ricardo es muy persuasivo y los convenció de su versión. La historia, sin embargo, dice lo contrario.

Tiré unos billetes a la mesa y me levanté con rapidez, indicándole con un gesto a Caro que era hora de irnos. No quería molestarme, pero no pude no hacerlo: ese rumor me sublevaba.

Me fui de Berkeley con más preguntas que respuestas. Pese a su tonta forma de creer en rumores infundados, los rockeros habían resultado inteligentes, perceptivos: las apariencias engañaban; a veces se podía encontrar lo sublime en MTV. Carolina me pidió que me tranquilizara, que no me apresurara con las conclusiones.

Me molestaba, pero sabía que debía buscar a Ricardo, ver de dónde salía su versión. Era inverosímil, y a la vez encajaba de forma perfecta con la sensación de extrañeza que me producía mi tío. Lo conocía más y sabía de su lado afable, cotidiano; incluso le había tomado cariño; a la vez, estaba seguro que ocultaba un enigma. Él era un enigma y mi misión era desentrañarlo, ir al núcleo de su relación con papá.

Debía hablar con él, con ese otro hombre en arresto domiciliario en torno al cual giraba mi vida esos días.

La fuerza del presente me ayudaba a domesticar un poco la ausencia de Ashley.

En esos días, intenté averiguar una vez más lo que había sucedido realmente en la calle Unzueta. Volví a revisar periódicos en la marchita y amarillenta hemeroteca municipal, con la generosa conjetura —el desmañado deseo, más bien— de que acaso a algún periodista se le hubiera ocurrido cifrar lo ocurrido en el anonimato de algún párrafo banal. No tuve suerte: enmudecidos por la censura militar, los periódicos no se animaban a contar nada, ni siquiera entre líneas. O quizás su escritura era tan secreta que me era vedado develarla. Terminé con las manos manchadas de tinta y las ganas de no saber nada de páginas impresas de tan rudimentaria manera (una imprenta pululante de insomnes tipógrafos, letras colocadas una al lado de otra en una laboriosa plancha de metal).

Busqué a periodistas, a políticos. Los relatos se perdían en la densa bruma del mito: papá y tío David emergían intactos; Mérida era el obvio culpable, el inmisericorde delator. ¿En qué mundo paralelo era culpable el crucigramista?

Hablé por teléfono con Ricardo, le dije que quería reunirme con él. Respondió que le encantaría, a su regreso de un corto viaje a La Paz.

Redacté un insípido artículo sobre *Berkeley* para *Digitar* («Humanismo en tiempos posthumanistas»). Le escribí un largo email a Ashley, que jamás envié.

Carolina y yo encontramos una noche a la esposa de Carlos saliendo de El Marqués con otro hombre. Pensando en mi pronta delación, se aventuró a presentármelo como su primo. No debió molestarse: no le diría nada a Carlos.

Federico me llamó para contarme que lo habían despedido. No parecía alterado.

—Hay que verle el lado bueno —dijo—. ¿Qué vida es ésa, viajando constantemente?

—¿No piensas conseguir trabajo en otra aerolínea?

—Lo dices como si tuviera mil opciones. Más bien voy a aprovechar esta oportunidad que se me presenta para buscar otra cosa. Imposible tener estabilidad así. Nunca hubiera podido tener una vida normal.

—¿Crees que ahora la tendrás? De por ahí no consigas trabajo y te tengas que ir a Santa Cruz.

—No me pinches el globo, que estoy tratando de tomarlo con humor.

—Disculpa. Me parece saludable tu actitud.

Hubo silencio al otro lado de la línea.

—Aunque, ahora que lo dices —comentó—. Esta recesión está jodida. Y hay pocas cosas que realmente me gusten.

—Los pilotos me parecen los seres más admirables del mundo —mentí—. Los copilotos también.

—¿Te animarías a abrir un club de video? Tengo contactos en Miami, puedo...

Silencio. Intenté imaginarme de socio suyo. Como si jamás me hubiera ido. No pude. Y me di cuenta que la distancia geográfica era una excusa para justificar mi sensación de distanciamiento; éste hubiera ocurrido de todas formas, aun si me hubiera quedado, porque la caprichosa vida es capaz de unir a seres dispares, pero también de separarlos, transcurran donde transcurran sus días, acaso en el mismo edificio, quizás separados por un par de continentes.

—Cualquier rato me iré, Fede. Me encantaría, pero...

Federico recién se daba cuenta de la magnitud de lo ocurrido. Su entereza de ánimo le había servido para afrontar el despido, pero no le había durado mucho. Me dijo que quería colgar, y lo hizo sin esperar mi respuesta. Ah, mis amigos: andaban como yo, extraviados en la trama de sus vidas. ¿En qué momento la línea recta se había tornado crapuloso laberinto?

Fui a la casona de Villa, a decirle que renunciaba a mi trabajo. Habíamos llegado a un punto muerto, y no valía la pena continuar. Me dijeron que estaba ocupado. Fui a esperarlo a la terraza.

Me puse a resolver el crucigrama de Benjamín Laredo en un periódico que encontré. *Exigió al rey Alfonso la jura de Santa Gadea. Rivales de Medicis, Florencia. Cantón de Suiza, Altdorf. Elementos del ácido nítrico. Famosos violines de Cremona. «La mala moneda desplaza a la buena moneda.» Asociación de diarios americanos. Tango de Discépolo.* Lo encontré más fácil, más clásico, menos pop que el de mi tío. Prefería el Criptograma. Tantas veces había intentado hacer crucigramas en periódicos y revistas de otras ciudades, para desinteresarme al rato, incapaz de tornar más elástica mi fijación. Había ocasiones en que jugaba con las palabras que tenía al frente en la grilla, tratando de configurar con ellas algo similar al crucigrama de mi tío. Algo así debió sentir James Stewart en *Vértigo*, decidido a imponer en la pelirroja Judy su enfermiza obsesión por la imagen de Madeleine.

El sol caía con fuerza a la media tarde, arrugaba el cuerpo joven de la esposa de Villa, durmiendo tirada sobre un flotador en la piscina, a punto de caerse al agua. Dos soldados montaban guardia mirando, distraídos, su espalda oleaginosa. Tres despeinadas palomas se aburrían en el palomar.

Villa se acercó y me pidió disculpas por la demora.

—Por lo visto no estás muy ocupado que digamos.

—No tengo mucho que hacer. Me quedé sin ideas. Su secretario rechazó todas mis sugerencias.

—Lo religioso no se toca.

—Sólo dije que su... conversión era un poco melodramática, y había que suavizarla, nada más.

—Si sumamos todas tus sugerencias, no queda una sola línea a salvo. Tenés otra idea del libro, tan distinta que mejor la escribís tú. La idea era mejorarlo, no cambiarlo hasta volverlo irreconocible.

—De eso quería hablarle. No sé para qué sigo viniendo.

—Eso. ¿Para qué?

Salimos caminando hacia el jardín. Se me apareció el rostro de Carolina. La noche anterior, cuando le pregunté qué haríamos el viernes, me dijo que había aceptado una invitación de Ricardo. Era, lo intuía, una manera de forzarme a formalizar nuestra relación, a tomarla más en serio. No era suficiente que estuviéramos casi todo el tiempo juntos: debía darle una señal de que la consideraba algo más que compañía agradable o sexo gratificante. Me costaba hacerlo, pero, a la vez, la mención de Ricardo era una espina que se hundía con estrépito en mi carne de acezante perro del hortelano.

—El problema, Pedrito, no es que no creés en el libro. Es que no me creés.

—Yo no lo pondría en palabras tan extremas.

—Al pan, pan, y al vino, vino. No creás que no sé para qué me buscaste. Querías escuchar algo que te ilumine sobre tu papá. Y lo hiciste, pero tampoco me creíste.

Hubo un silencio. Me preguntó qué pensaba de la niña Cristina.

—Me puse a leer uno de los libros que escribió. No sé nada de latín, pero, carajo, no me vas a decir que no hay intervención divina en eso.

No dije nada. Había muchos misterios que quería resolver; ése no era uno de ellos, y prefería dejarlo así, funcionando con levedad en mi interior, como una llama que se niega a apagarse y que quizás, a la larga, pueda iniciar una gran conflagración.

—Te ahorraré el trabajo —dijo Villa súbitamente—. Para entender a tu papá, la regla de oro es ésta: tenés que creer todo lo malo que se diga sobre él. Absolutamente todo. Pensá que la gente se queda corta porque respeta su memoria. O hace que la respeta.

Me pasó su brazo derecho por los hombros. En su amplio jardín, parecíamos compañeros de golf. Los soldados no nos perdían de vista. El mastín dormía sobre unas margaritas.

—Exagero. Mucha gente lo respeta, pero es porque no sabe la verdad. Yo, yo lo perdí de vista después de colegio, Pedrito. Podrás decir que lo que te cuento son cosas de jóvenes. Pero, carajo, uno nunca es más real que cuando joven, ¿no? Ésa es mi teoría.

Su mano presionó mi hombro.

—Escuchame bien una vez más porque no lo repetiré. *Tu papá era alguien que abusaba de su sonrisa.* Se metía intencionalmente en apuros, confiado en que al final saldría del paso. Y lo hacía. Los profesores, los compañeros, las mujeres le perdonaban todo. Nunca he visto alguien así. A otros no se nos perdona nada, pero, te digo, si él estuviera en mi lugar, jamás se les hubiera ocurrido extraditarlo. ¡Injusto, mil veces injusto!

—No se acalore, don Jaime.

—Dejame, es mi estilo. Le gustaba meterse con las peladas de su hermano. Yo supe de tres. Ahora todo es Pedro, pero en ese entonces David era el más inteligente, el más respetado. Distante, nada simpático, pero igual. Había una rivalidad rara entre los dos, sobre todo de parte de Pedro. Encontró el punto débil de su hermano, y pare de contar. David era un cornudo de marca mayor, y no creía lo que decía la gente de Pedro. Es más, lo defendía. Hasta que lo encontró con una de ellas. Un escándalo, pero lo perdonó al fin. No pudo con su carácter.

—He visto cosas peores —dije, aparentando tranquilidad. ¿Debía creerle? Y si lo hacía, ¿era importante lo que me contaba?

—Sigamos, que recién comencé. ¿Escuchaste hablar de Miguelito Arnez? Por supuesto que no, Pedrito. No hiciste las preguntas correctas. Nadie hace las preguntas correctas. Todo el mundo se olvidó de Miguelito Arnez. Pedro le puso un apodo. La Salamandra.

Lo miré, me solté de su abrazo.

—Nuestro compañero de curso. El típico chico objeto de los abusos de todos en colegio. Afeminadísimo, por no decir otra cosa. Pedro se hacía la burla de él a sus espaldas, pero parecía tolerarlo. Al menos le escuchaba sus problemas.

Como yo con Federico, pensé.

—Miguelito estaba lleno de problemas. Era de familia humilde, su papá lo pegaba, quería irse de su casa.

Se detuvo.

—La Salamandra apareció muerta en un canchón, con un tiro en la sien. Suicidio, se dijo, y ahí acabó la cosa. La policía no quiso indagar mucho. No le interesaba. Sólo yo sabía la verdad. Yo conseguí el revólver, yo se lo entregué a Pedro la noche antes. Yo estuve con él cuando lo citó al canchón, yo lo acompañé.

El sol iluminaba su rostro perverso. Sentí que disfrutaba de sus palabras. Me llevé el índice derecho a la punta de la nariz.

—¿Y sabe qué es lo peor, Pedrito? Que no había razón. Que fue un acto gratuito. Por curiosidad, para ver lo que sentía...

—¿Hubo otros testigos?

—No. Sólo yo. Es mi palabra, y punto. Tenés derecho a no creerme una vez más. Pero sé que algún día, cuando yo ya no esté, te despertarás en la madrugada y te acordarás de lo que te dije. Y me creerás. Porque yo soy de palabra, Pedrito. Por algo la gente humilde cree en mí…

No quise seguir escuchando. Me di la vuelta y me dirigí deprisa hacia la puerta principal. El mastín se levantó y se me acercó con paso cansino, sin muchas ganas de alterar su rutina somnolienta. Maldije el momento en que se me había ocurrido ser el editor de Villa. Me había golpeado en mi parte más vulnerable: pese a tanta información sobre papá, cualquier leyenda podía acomodarse en ese espacio hueco que era él.

Era imposible gravitar en torno al mal sin ser salpicado por éste.

Esa noche aparecí en casa de Carolina. Hice el amor de manera tan mecánica, que ella se detuvo y me dijo que prefería no continuar. Había tardado en darse cuenta de mi desinterés, en asumirlo, pero al fin lo había hecho. Pensé que me echaría de su casa, pero se compadeció de mi aspecto lastimero. Me pidió que no le mintiera más. Y yo dudé, pero al final, con la respiración entrecortada, me desahogué y le conté de mi relación con Ashley, y de cómo ardía de amor por ella y había perdido de forma tan cobarde mi oportunidad. Porque el tiempo pasaba, y nosotros con él, y en un pestañeo se iba nuestra juventud, nuestra deliciosa y flagrante atracción hacia lo efímero y fugitivo, y el amor a veces nunca llegaba, y a veces lo hacía con sigilo, y cuando eso ocurría era mejor escucharlo, y aceptarlo, y rendirse al gozo de construir lo cotidiano. ¡Ah, qué no dije de Ashley! Al final, terminé hundido en el abrazo en el que me cobijó Carolina.

Se sentó en la cama y se cubrió el cuerpo con la sábana amarilla. La luz de la lámpara hacía resplandecer su rostro de músculos tensos y resaltar el clip sobre la ceja. Estiró la mano hacia el velador, tomó la cajetilla de cigarrillos, encendió uno.

—Fue culpa de mi bruja —dijo—. Me aseguró que me enamoraría de un gran amigo, y que la atracción sería mutua. Me equivoqué. No supe ver los signos.

La gata, recostada sobre la cama, se levantó, maulló y se dirigió a la cocina.

—Yo también tengo una confesión que hacer —dijo.

Dio una larga bocanada al cigarrillo. Apoyé mi espalda en la almohada.

—Todo este tiempo —continuó— he estado viendo a Ricardo. Comencé a salir con él un par de meses antes de que llegaras. Nada formal, pero salíamos. Cuando llegaste, le dije que tenía que arreglar mi situación contigo, que esperara a ver qué pasaba. Aceptó, pero a la semana de tu arribo me armó un escándalo. No era plato de segunda de nadie, etcétera. Una cosa lleva a la otra y, bueno, volvimos. Aceptó vernos de ocultas hasta que me armara de valor y te lo dijera. Fueron pasando los días, y no me animaba. Ya ves, en cierto modo facilitaste mi decisión.

Procesé en silencio la información recibida. Luego, dije:

—Qué bueno saber que no soy el único hijo de puta.

Estaba agotado, y comenzaba a sentir las punzadas de un dolor de cabeza. Hubiera querido hundir mi rostro en la almohada y olvidarme del mundo. Sin embargo, no podía dejar de hablar:

—Eres increíble. Tuviste el coraje de presentarnos, de salir con los dos, de intentar que nos hiciéramos amigos. Me pregunto qué pasaba por tu cabeza. Si era emocionante la situación.

—No me eches toda la culpa —la ceniza del cigarrillo caía en la sábana—. Ése es tu estilo de siempre. Ahora resulta que yo soy la culpable y tú, el inocente.

A medida que hablaba, la voz se le quebraba, como si la firmeza inicial con que había recibido mi relato sobre Ashley hubiera dado paso a la angustia ante el desvanecimiento de un sueño. Yo me iba de su vida, yo no era más, había acabado mi papel.

—La gran oportunidad que perdimos, Pedro. ¿Qué falló? Nos llevábamos bien, habíamos logrado una linda amistad. Y eso es tan difícil de conseguir.

—Tú lo dijiste, Caro. Una linda amistad. Aunque ahora ni siquiera sé si tuvimos eso.

Cuando vio que me recostaba, dijo, la voz firme:

—Estás loco si piensas dormir aquí.

—No te preocupes. Ya cometí ese error muchas veces.

Me levanté en silencio.

—Saludos a Ricky Martin —dije, cuando salía.

—Cabrón —respondió.

Regresé caminando a casa de tío David. En ese trayecto, sentí que caminaba por las calles de Berkeley tal como las había descrito papá, y me perdía por Telegraph para aparecer en la Unzueta, mientras en torno a mí sobrevolaban gansos —¿seis?, ¿siete?— y de pronto ocurrían los disparos y me perseguía una salamandra y alguien gritaba «todos muertos» y la sangre regaba el suelo y un ojo de vidrio explotaba. Hubo angustia, hubo agonía. Hubo, también, una desesperada sensación de irrealidad. Las calles vagamente iluminadas y yo nos afantasmábamos, padecíamos de falta de materia.

10

He dado sorpresas en mi vida, no porque quise sino porque tenía que hacerlo, sobre todo a mis parejas. Las he citado para tomar un café, y han aparecido muy elegantes y perfumadas, sin saber que la cita era para cortar con ellas. A mis alumnos suelo entregarles sus exámenes reprobados con una sonrisa, y ellos por un instante creen que les fue bien. No es intencional, supongo que el nerviosismo. No me gusta dar sorpresas, y tampoco recibirlas. Trato de estar en control de los acontecimientos, hacer como los ajedrecistas y mirar algunas jugadas más adelante; acercarme a alguien sabiendo que es más probable recibir un sí que un no. Carolina siempre me repitió que me perdía el secreto del placer de la vida con tantos esfuerzos por tenerlo todo previsto. Quizás no la entendí hasta que conocí a Ashley. Y tal vez, aun así, no lo supe con toda su carga de plenitud y regocijo hasta aquella madrugada en que sonó el teléfono y contesté con mi voz cavernosa, salida desde la laringe y esquivando intermediarios, y esa voz de acento español me respondió:

—Despierta, Little Ear.

Imposible no abrir los ojos y adquirir la lucidez en un segundo. Me aferré al auricular, ansioso y con miedo, y miré a mis espaldas esperando la pronta materialización de Patrick reclamando mi alma.

—¿Ashley? ¿De dónde me llamas?

—De un teléfono público fuera del hotel. No te preocupes, Patrick está durmiendo. Puede dormir con la televisión encendida a todo volumen.

—¿Y si despierta y descubre que no estás ahí?

—No voy a tardar mucho. Le diré que era una noche tan especial que salí a caminar por la playa bajo la luna.

Rió con dulzura y malicia. Confieso que cometí diversas transgresiones, pero nunca, hasta esa llamada, sentí que cometía una de verdad. Quizás antes no era lo suficientemente maduro para darme cuenta de lo que hacía. Tal vez por fin había descubierto y atravesado un límite que sentía mío, con el que me podía identificar. Había algo intolerable en una mujer llamando a su amante la madrugada de su primera noche de matrimonio, desde una remota isla en su luna de miel, cuando las olas arrecian en la playa y el esposo duerme extenuado de champaña y sexo y algunos invitados a la boda todavía no han regresado a sus casas. Había algo que me hacía, por fin, ponerme en el lugar de Patrick, compadecerme de él. Ashley me había ganado la batalla, tenía menos escrúpulos que yo. O acaso, simplemente, estaba más enamorada.

—Es tan blanco. Y ha engordado lately, tiene unos rollos. Y su piel blanda, me da asco. ¡Me da asco! ¿Qué me has hecho, Pedro?

—No deberíamos seguir hablando. ¿Y si aparece?

—¿Me prometes que volveremos a estar juntos cuando regrese?

—Podemos tomar un café. Puedes tomar una de mis clases.

—Ni tú te la crees. No debí haberlo hecho. Why, why? Why me?

—Tranquila, Ashley. Vuelve a tu habitación.

—¿Cómo estás vestido?

—Los boxers amarillos que me regalaste. La polera gris con el logo de Berkeley.

—When we were fucking I was just thinking about you. Thinking that you should've been him, here with me on our honeymoon. What the fuck have you done to me? What the fuck?

—Ashley...

Colgó. Yo era diez años mayor que ella, debía ser el responsable, el encargado de ver las cosas con lucidez y poner todo en su lugar. Pero cuando hablaba con ella y oscilaba entre el regocijo y el terror, entre la fascinación y el disgusto, ya intuía que sería débil ante la idea de estar al otro lado de uno de mis límites, y que no me quedaría más que entregarme a Ashley, viniera la conflagración que viniera.

La nueva etapa de nuestra relación comenzó a los pocos días de que ella regresara de las Islas Caimán. Abusó de la buena fe de Patrick y se inventó un nuevo horario para ir al gimnasio: de seis a ocho de la mañana, tres veces por semana. Tomaba el Saab azul que Patrick estaba pagando a plazos, y lo dejaba a cuatro cuadras de mi casa. Caminaba esa distancia arriesgando caerse por las aceras recubiertas de hielo y nieve; luego, abría tiritando la puerta de mi piso, que yo dejaba sin llave, se desnudaba en el camino a mi cuarto e ingresaba a la cama; yo me despertaba al contacto de su cuerpo frío pero cálido. A veces, no había terminado de abrir los ojos y ella ya estaba sobre mí, besándome el pecho con su lengua resbaladiza, o jugando con mi miembro cabizbajo, su larga cabellera roja cubriéndole los senos. Fueron invernales mañanas de excesos, y todavía no comprendo cómo Patrick no se dio cuenta, no descubrió una nueva luz en la mirada de Ashley o falsos gemidos en las noches con él, acaso un hematoma casi invisible o un leve rasguño.

Lo cierto es que en esos días primó el sexo, salvaje y desbocado y con algunos condimentos de ternura. Supuse que era mejor así: privilegiar lo carnal nos dejaría sin tiempo para intensificar los lazos emocionales, y haría más fácil la separación. Estábamos enamorados, pero ambos parecíamos haber adoptado una actitud fatalista: lo nuestro acabaría cualquier rato, y debíamos vivir cada encuentro como si fuera el último.

O al menos eso pensaba al principio. De manera inevitable, al par de semanas llegó la pregunta:

—¿Qué vamos a hacer?

—¿Cómo que qué? —yo jugaba con las hojas de un jazmín; Ashley había aparecido un día con varias macetas y ahora mi piso estaba lleno de plantas mustias.

—No me estoy arriesgando just because I love to do it. Tiene que haber algo al final.

—Dios proveerá.

—Nada de Dios proveerá. No aparentemos una vez más vivir el momento cuando en realidad sabemos... Los peores días de mi vida fueron when you broke up with me. Eso no se hace, Pedro. No sé cómo te perdoné. Well, I know.

—Yo también la pasé muy mal.

—¿Y me querías de vuelta, no? Aquí estoy. ¿Sólo para vernos otra vez a escondidas?

—¿Qué otra cosa podemos hacer?

—How quickly we forget.

—No nos volveremos a separar. Te lo prometo, Ashley. Ya pensaré algo.

—Con ese tono no convences a nadie.

—Give Pedro a chance.

—Ésta es la segunda.

—La segunda es la vencida.

No sabía lo que haría. Cuando no estuve con ella, la había extrañado y me creí dispuesto a sacrificar mi trabajo con tal de tener una nueva oportunidad. Ahora que la tenía, la cautela regresaba a mí, y el cálculo y las razones, las malditas razones.

Hubo también reposo; ella recostada con la cabeza sobre mi pecho mientras le acariciaba la espalda salpicada de lunares, contándome de su infancia y de sus planes de viajar por todo el planeta, jamás cansarse de conocer nuevos países. En esos momentos, la nieve acumulada en el marco de las ventanas, mi cuarto un refugio protector de los embates del mundo, me daba cuenta que sabía muy poco de ella, de su pasado, de sus sueños.

Cuando hablaba de Patrick, hacía todo lo posible por callarla.

—Esa noche en la iglesia, lo vi y quise correr, esconderme. Not for me at all. Y pensar que un día estuve tan enamorada de él, me decía.

—Lo mismo dirás de mí después.

—No lo creo. Aunque has engordado un poco —sonrió.

—Es el invierno —dije, aparentando no haberme molestado. Pero era cierto: mi metabolismo había cambiado, y ya no podía continuar comiendo lo que quería sin pagar las consecuencias. Debía ir al gimnasio. La idea no me entusiasmaba, pero sabía que, a la larga, mi vanidad me obligaría a hacerlo.

—Es que tú eres diferente —continuó—. Esa noche, no me escapé de milagro. Si no hubiese sido por mi mamá, lo habría hecho. La veía tan ilusionada: su hijita. Y mi familia y los invitados y la torta. I might as well, me dije. Y Patrick estaba…

—Hicimos un trato. No mencionar a Patrick.

—Soy una hija de puta, ¿no? Eso es lo que piensas.

—Yo también lo soy. Tú no eres nada que yo no sea.

—Will we go to hell?

—Probably.

—Volví a leer *Berkeley* en Boston. Sentía que te la debía. Y que era una forma de seguir conectada contigo. La he entendido menos que la primera vez. Ahora sí, ni me preguntes de qué se trata. No he podido concentrarme. Cada línea que leía, se me aparecía tu cara.

—Ya lo dijiste la primera vez. Es un libro muy romántico.

—¿Y estas fotos? —Ashley revisaba un álbum de fotos de mi paso por Berkeley.

—La co-op donde vivió mi papá. Está deshabitada ahora.

—Parece a punto de caerse. La hierba se tragó el jardín.

—Está cerca de People's Park, el lugar donde se reúnen los homeless. La universidad quiere demolerla, como también ha tratado de deshacerse de People's Park construyendo allí canchas de voleybol para los estudiantes. Pero hay toda una coalición de anarquistas y old lefties y leftovers de los sesenta que dicen que esa co-op es un monumento histórico de las luchas de los sesenta, y que hay que preservarla.

—¿Y cómo fue que entraste?

—Hubo una rave allí, y uno de mis estudiantes me invitó. Fui por curiosidad, cuando creía que andar por los lugares por donde había caminado papá me daría las pistas para entenderlo.

—And…

—Chicos drogándose en todas las habitaciones. Orinando en todos los rincones. Un explosivo olor a mierda y marihuana. Botellas de vino rotas por todas partes. No duré mucho. En ocasiones no es bueno intentar ver todo. A veces la imaginación y el deseo son preferibles a la realidad.

—Igual, nos cuesta quedarnos sólo con el deseo y la imaginación.

—Lamentablemente.

—¿Pedro?

—¿Sí?

—Sin remedio, sin condiciones. Nunca lo olvides.

El semestre comenzó. En esos días de nieve intranquila, en los que caía la noche alrededor de las cuatro de la tarde, y en el Arts Quad vacío de gente, reinaba, solitaria, la estatua restaurada de Randolph Jones —con un horrendo color verde esmeralda, enamorado y taciturno para siempre, en busca del más allá y con miedo de éste—, yo enseñaba a desgano mi típico curso introductorio, y uno avanzado sobre «Versiones del paraíso terrenal en el discurso de izquierda». El ambiente en el Instituto había mejorado mucho. Los colegas que se me oponían habían optado por la indiferencia y, en el peor de los casos, por la hipócrita diplomacia, la formalidad de circunstancias. Cuando me cruzaba con ellos en el pasillo, o los encontraba revisando el correo, hacían el mínimo gesto en el rostro que pudiera ser entendido como un saludo. No me molestaba; es más, lo prefería así. No teníamos nada de qué hablar. Pese a ello, yo seguía sin ir mucho al edificio; enseñaba mis clases, iba a mis horas de oficina y a las reuniones absolutamente necesarias. Helen me llamaba la atención, pero sin insistencia.

En materia académica, lo más interesante en el Instituto era un working group creado por Joaquín, con el apoyo de Helen y el desdén de Clavijero, para iniciar un diálogo con los estudiantes latinos de LSP. El grupo había logrado atraer a estudiantes de otros departamentos e incluso a algunos profesores, que tomaban a Latinoamérica como un punto de partida para discutir cuestiones poscoloniales, o la utilizaban para estudios comparativos. Joaquín había preparado un reader con textos de politólogos, sociólogos y críticos culturales latinos/latinoamericanos —Calderón, Bartra, Oppenhayn, Castañeda, Monsiváis, Sarlo, García Canclini, Alarcón, Stavans—, y tenía una ambiciosa lista de invitados al campus. No dejaba de sorprenderme su energía, su fe en el mundo académico. ¿Se podría lograr el diálogo? Mi escepticismo me decía que no. Cada grupo estaba metido en su pequeño cubículo disciplinario; el trabajo académico se hallaba cada vez más lejos de la verdadera búsqueda intelectual. Pero de nada servía adoptar una postura cómoda y distanciarse del tema. Había al menos que intentar tender los puentes. Bueno, al menos otros debían intentar hacer lo que yo jamás haría.

Ashley era cada vez más audaz en sus muestras de efusividad. Iba seguido en mis horas de oficina. Llegaba llena de sobretodos, guantes, bufandas, gorros y botas: como a los demás, el invierno había terminado por recubrirla de capas de ropa. Apenas entraba a mi oficina, comentaba acerca del magnífico espectáculo apoyada en mi ventana: los edificios góticos de Historia y Arquitectura recubiertos de nieve, las mansiones de las fraternidades y sororities como un opulento cinturón en torno al campus, el pueblo luminoso en su blancura, islas verdes rodeadas de blanco al fondo del valle. ¿Cuántos colores, cuántos matices encerraba la palabra «blanco»? Hablaba mientras se sacaba con lentitud el sobretodo, y luego los guantes, y el gorro, y caía la bufanda al suelo, y con la puerta cerrada, un par de estudiantes esperando afuera, se arriesgaba a las caricias, por manos que reptaban sin descanso por todo el cuerpo. Yo apretaba los dientes y me dejaba hacer. La migraña, que había desaparecido por un buen tiempo, reapareció con fuerza, presionando un lado de la cabeza, detrás del ojo derecho. Llegué a suspender un par de clases por su culpa.

Una noche —eran las cinco de la tarde, pero era noche—, me esperaba al lado de mi auto estacionado en el parqueo del Instituto. Llevaba su chamarra amarilla; la notaba radiante, llena de energía contenida. La llevé a su casa. Apenas apagué el motor, me dijo que quería despedirse bien de mí y que la acompañara al porche, donde la oscuridad era completa y nos protegería mejor. Nos besamos al lado de una incongruente hamaca y de una maceta sin plantas que colgaba del techo. Mechones de su roja cabellera le caían sobre el rostro expectante. Le pregunté dónde estaba Patrick. Me dijo que no sabía: quizás en la universidad, quizás en casa. Escuchamos las notas de un saxofón, y supimos que estaba en su habitación en el segundo piso. Volvimos a besarnos, y entendí adónde conduciría todo; como en la fiesta de Halloween, a Ashley la excitaba cada vez más el riesgo, el saber que Patrick andaba cerca y podía descubrirnos. Recordé los cautelosos días iniciales, en los que ella tenía incluso miedo a visitarme en mi piso. Quise parar, pero lo hice sin convicción, y terminamos en una trepidación de cuerpos contra la pared, mientras nuestras manos ahogaban los gemidos y el saxofón nos servía de música de fondo.

El ciclo anterior se había reiniciado. Una vez más, Yasemin lo notó y me lo advirtió. Esta vez, no quise escuchar.

Hubo también desesperación. Una noche que Patrick tuvo que quedarse estudiando en el campus, Ashley vino a mi casa. Tomamos vino tinto y fumamos un pitillo mientras ella me contaba de su desinterés académico. Planeaba dejar la universidad; decía no tener paciencia para un doctorado.

—Lo supe siempre. Pero ahora más que nunca. No te decepciones de mí, ¿vale?

—¿Y qué vas a hacer?

—¿Te tengo que responder ahora? Podría dedicarme full time al internet trading. Creo que soy buena para eso. Esta mañana vi que the futures in Nasdaq estaban up y todas mis acciones estaban up menos una, que es mi favorita, Nortel, que estaba even. Así, compré con margen 200 acciones de Nortel y salí. Cuando volví, el gran Nasdaq seguía up, y mi querido NT estaba up 5%, así que lo vendí for a quick profit. Me sentí muy inteligente porque I had guessed it right.

—Toda una experta. Te está comenzando a devorar el tema. ¿No estabas perdiendo plata? La bolsa ha sido un desastre últimamente.

—Ya te dije que una no pierde plata, sino que los stocks bajan. Una estudia, y ahí no hay nada concreto. Lo concreto está en el internet trading. Conozco a muchos estudiantes que se dedican a eso prácticamente full time, y no les va mal. Claro que les iba mejor antes, before the bubble burst.

—Creí que no te interesaba el dinero.

—No me interesa por sí mismo. Lo que estoy haciendo is very risky, y eso es lo que me atrae. The adrenaline rush. Ganar, perder dinero, es secundario. Claro que ganarlo da mucha libertad. Piensa: no tener que trabajar más, poder viajar donde te dé la gana.

¿Debía tomar en serio sus palabras o reírme? Estaba perdida, no sabía qué hacer con su vida. A la vez, quizás había algo coherente en todas sus búsquedas: ansiaba la materialidad de la experiencia, la cual no estaba en los libros, sino en los viajes, en el efímero compromiso con Chiapas, en el dinero que ganaba o perdía en cada segundo de compra y venta de acciones.

Hacíamos el amor cuando la combinación del vino y la marihuana, que a mí me había adormecido, produjo un efecto explosivo en Ashley. Se aferraba a mí, decía que no podía quedarme quieto, me escapaba de sus manos y me multiplicaba en infinitos Pedros en la habitación en movimiento. Me imploraba que no me fuera, que no la dejara sola. Había angustia en su voz, y yo no sabía qué hacer para calmarla. Vomitó sobre mi cama y se recuperó en algo del trance. La bañé, la vestí y la dejé a una cuadra de su casa, dándole instrucciones para que llegara a su puerta.

Hacia marzo, Ashley había articulado un plan de evasión. Terminaría el semestre, yo ofrecería mi renuncia a la universidad; un día desapareceríamos y nos iríamos a vivir a Barcelona, donde tenía amigos que nos alojarían y eventualmente encontraríamos trabajo y reiniciaríamos nuestra vida. Era un plan alocado y romántico, out of this world, como repetía Ashley. Quise oponerme, pero no pude. Me rendí a su ímpetu, a la fuerza de su amor, y la dejé soñar.

Un día en que la ventisca azotaba el campus y ni bufandas ni chamarras servían para detener el frío que se colaba por todos los resquicios del cuerpo —las orejas como estalactitas vivas—, y yo maldecía Madison y extrañaba Río Fugitivo, encontré la puerta de mi piso abierta, la cerradura descerrajada. Me saqué los guantes, entré. Todas las ventanas estaban rotas, al igual que el televisor y la G3; las plantas habían sido arrancadas de cuajo de las macetas y los libros estaban esparcidos en el suelo, sus páginas destrozadas. Las paredes de mi cuarto estaban pintadas con graffiti rojo, insultante. Había un charco sobre mi cama; no quise descubrir qué era. Sobre mi escritorio, encontré una factura por el pago de unas plantas.

Me senté en el piso del baño, crema de afeitar en el espejo roto y en las paredes. Mi desconcierto dio paso a la comprensión de lo ocurrido. No sentaría ninguna denuncia. Entendí a Patrick mejor de lo que él podía sospechar que lo entendería. Era hora: tuve ganas de buscarlo y darle la mano. Es más, pudo haber sido peor y no me habría quejado: pudo ocurrir un disparo que da fin con el inmerecido rival.

Ashley me llamó llorando. Me dijo que Patrick la había golpeado y amenazado con lo peor. Se quedaría unos días en casa de una amiga. Le conté de lo ocurrido en mi piso, le dije que no debíamos vernos por un tiempo. Me dijo que me amaba, esto era apenas una prueba: si lo nuestro era fuerte, sobreviviríamos. Sí, sí, le dije, y colgué.

Ese día, preparé mi propio plan de evasión. Hablé con Helen y le pedí licencia para el próximo semestre: necesitaba ir a Río Fugitivo a terminar la investigación para mi libro. Me dijo que debía haberlo dicho antes; ahora era tarde para conseguir un reemplazo. Me prometió que lo sometería a revisión.

En abril, mientras la primavera hacía esfuerzos por posesionarse de un territorio todavía invernal —el deshielo en su tímido inicio y el verde de la vegetación pugnando por retornar—, todos en el Instituto se enteraron de lo ocurrido, y le añadieron su pizca de invención a los hechos conocidos. ¿Patrick había contratado a un par de matones? ¿Ashley había iniciado los trámites de divorcio? ¿Me habían despedido? Los estudiantes me miraban con picardía, y había sonrisas que me hacían perder el hilo de mi argumento en clases. La secretaria me acorralaba con preguntas curiosas. Clavijero me miraba con sorna, como diciéndome que la verdad tardaba pero llegaba: su intuición no lo había engañado.

Helen me defendió en una reunión; dijo que no se podía sacar conclusiones de rumores infundados, y mientras no hubiera ninguna queja oficial, el Instituto no podía hacer nada. En privado, me dijo que haría todo lo posible para que me dieran la licencia: en un semestre de ausencia, todo se aquietaría. Esperaba no escuchar ningún rumor más.

—¿Por qué? —le pregunté—. ¿Por qué me defiendes?

—Tengo años aquí. Éste no será ni el primer ni el último caso en que un profesor se mete con una estudiante. Mientras haya discreción, y mientras no haya quejas de ninguna de las partes afectadas, there is nothing wrong about it.

—Ésa es la respuesta oficial. ¿Tienes alguna otra?

Respondió luego de meditar un rato si debía decírmelo o no. Le costaba abrirse, era muy reservada y era difícil llegar a conocerla. De lo que sí estaba seguro era de que había pocas personas como ella para ponerse en el lugar del otro. Era dura y tenía mucho poder, pero no le gustaba abusar de él, y se esforzaba por ser comprensiva si la situación lo requería; los estudiantes la adoraban, yo entremezclaba el cariño con la admiración, otros colegas la respetaban y temían.

—Sin quererlo —dijo—, te pusiste en medio de una batalla por el poder del Instituto. Clavijero dominó aquí durante dos décadas. Por mucho tiempo fui su fiel aprendiz. Ahora las cosas han cambiado. Él se va dentro de poco, y te ha escogido para demostrarnos a todos que todavía tiene poder. No se da cuenta que ya lo ha perdido. Algo hay contra ti, es cierto. Y si sigues haciendo tonterías, será cada vez más difícil defenderte. Espero que lo que me han contado no sea cierto. ¿Lo es? Mejor no me respondas.

Una amiga de Ashley me llamó un par de veces para decirme que ella quería encontrarse conmigo. La evité, arguyendo que era mejor dejar que se calmara todo. Ashley volvió a vivir con Patrick.

Una tarde apareció en mis horas de oficina, su cuerpo perdido bajo un grueso sobretodo gris. ¿Qué sería de sus lunares en la espalda? Me saqué los lentes.

—¿Cómo anda el semestre? —preguntó mirando los estantes de libros. Sus gestos eran vacilantes, su voz titubeaba.

—Un poco desordenado. Pero ya se acaba. ¿El tuyo?

—Va. No le queda otra que avanzar. Un día tras otro, una semana tras otra. Tengo tantos papers atrasados del anterior semestre.

—¿Tus acciones?

—Tech stocks are going down, down, down. Bad news todos los días. Pronto no quedará nada. Otra razón para que Patrick me odie. Estoy invirtiendo lo poco que me queda en acciones que han sido destrozadas, o por lo menos están como 40% off their highs... pero de compañías muy sólidas con earnings growth más de 30% y más de $25 billion in market cap. Texas Instruments, Amgen, que es el granddaddy de todas las acciones de biotecnología, JDS Uniphase, fiber optics. Y sigo con Nortel.

Su voz cambiaba cuando hablaba del mercado de valores, adquiría una seguridad y un tono de genuino interés que jamás había encontrado yo del todo cuando hablaba de sus estudios. Eso era lo que la movía, lo que la tocaba de cerca. Por lo menos se había dado cuenta de ello.

—Fiber optics y biotech —dije—. No está mal.

—No te he visto por ningún lugar. ¿Me estás evitando?

—No es eso. ¿No te parece mejor?

—¿Hasta cuándo? No puedo esperar todo el tiempo.

Estaba sentado detrás de mi escritorio, las manos aferradas a la silla, como preparándome para el momento del impacto. Ella dio un rodeo y se me acercó.

—Si me lo pides, estoy dispuesta a dejarlo. Si me lo pides.

Apoyó sus manos en mis rodillas, acercó su rostro al mío. Sentí el olor de brisa marina de su perfume, que invariablemente me recordaba la primera vez que la había llevado a su casa, cuando todo era nuevo y nada de lo que nos rodeaba parecía existir.

—¿Y ahora qué hacemos, Little Ear?

Nos besamos con ardor y ternura. Supe, una vez más, lo que ya sabía: con miedo y todo, nunca había estado enamorado de nadie como lo estaba de Ashley. Ella era la mujer para mí.

A principios de mayo, una vez que recibí la aprobación del Instituto, me fui a Río Fugitivo sin despedirme de Ashley. Era la mejor decisión, tanto para ella como para mí. Confiaba en que la distancia ayudaría al olvido. Deseé que me perdonara. Estaba seguro de que no lo haría.

11

Desperté en la madrugada desconcertado: no sabía dónde estaba. Me toqué la frente húmeda. Había tenido una pesadilla: ayudaba a unos soldados en las excavaciones en el patio de un cuartel militar. Aparecían huesos que se destrozaban al contacto con mis manos. «Todos muertos», murmuraba una y otra vez un teniente con la cara de Ricardo. Me acercaba a él y le preguntaba, a gritos: «¿Quiénes, hijo de puta?» Me miraba con sorna y repetía: «Todos muertos».

Me dolía la cabeza. Rogué que la migraña no viniera por mí. No lo hizo, pero no pude volver a dormir. Me distrajeron los chillidos de una gata en celo corriendo por algún tejado vecino. La luz iniciaba su incursión en el día; pronto amanecería.

Encendí un cigarrillo. Acaso el álter ego de papá en *Berkeley* no era Bernard, ese utópico soñador, sino Xavier, esa encarnación del mal. O acaso era ambos a la vez.

Di un par de pitadas al cigarrillo. Deposité la ceniza en la palma de mi mano derecha.

¿Y cuál era el álter ego de su hermano? Acaso, también, ambos a la vez.

Miguel Arnez era la salamandra. Papá había dejado su cuerpo al descubierto en *Berkeley*, esperando que alguien lo reconociera. Si era cierto lo que Villa me había dicho, ¿cómo justificaría a papá ahora? Podía hacerlo con sus mentiras para construir su leyenda, podía incluso hablar de una crispada situación de guerra para entender el par de camaradas que hizo fusilar. Pero, ¿una muerte gratuita? No había forma de hacerlo.

Deseé que Villa me hubiera mentido. Quise que Villa me hubiera mentido.

Me metí la ceniza a la boca.

Ese viernes por la mañana, a la hora del desayuno, comencé preguntándome en el Criptograma por el nombre de la computadora inventada por Von Neumann. Luego, mientras mi tío me mostraba en el jardín los últimos arreglos que le había hecho al motor de su cortadora de pasto, me enteré por la radio que Villa había sido enviado a La Paz y luego a Miami en una operación a la vez esperada y sorpresiva. Más tarde, mientras caminaba hacia el edificio del canal *Veintiuno*, supe de una bomba que explotó en las oficinas de Digital Global Service, una empresa encargada de servicios en línea; los del Comando de Reivindicación Nacional se responsabilizaron de ella. Y yo extrañé a Villa, la ceniza de sus cigarrillos en las palmas de sus manos, los rosarios en busca de socorro en el otro mundo, sus desesperados intentos por recuperar para la posteridad una imagen suya capaz de neutralizar la instantánea del mal —un mal dadivoso, pero mal al fin— que había construido para sí los últimos años. Me dio pena no haberme despedido de él, y me arrepentí de haber sido tan intempestivo el día anterior.

Me pregunté por el destino de sus memorias. Traté de comprender una vez más a un hombre tan generoso con los pobres, y al mismo tiempo un amoral narcotraficante. Recordé la vez que había visto en su escritorio un ramo de rosas rojas, enviado por un agradecido lustrabotas cochabambino. Recordé el rostro quemado de uno de sus hombres que quiso traicionarlo y amaneció colgado de un poste en la plaza de un pueblo beniano. La contradicción de su personalidad me perseguiría por un buen tiempo. La contradicción de la personalidad me persigue por un buen tiempo.

Ahora me quedaba con más preguntas que respuestas, con una ficha más en mi penumbroso rompecabezas: Miguel Arnez.

El edificio azul del canal *Veintiuno*, viejo, de siete pisos y con una inmensa antena parabólica en el techo, se encontraba en la Avenida de las Acacias. Pregunté a un policía en la caseta de entrada por las oficinas de Ricardo Mérida. Debía seguir por un largo pasillo a la izquierda, hasta la puerta que encontraría al final. Me hizo dejar mi carnet.

Mientras subía, me trabajaban la mente las palabras de Villa sobre papá. Había intentado desestimarlas como una burda patraña y no pude. ¿Para qué me mentiría? Lo cierto era que si no terminaba de descreer, había algo en mí desde el principio que podía considerar a papá muy culpable de hacer lo que Villa decía que había hecho. ¿Cómo era posible que de pronto los dos hermanos hubieran adquirido un cariz siniestro?

¿Quién era papá, por Dios? ¿Quién?

Cuando entré a la oficina, un cubículo oscuro, desprovisto de ventanas y ventilación, Ricardo embalaba su computadora. Tenía las mejillas rojas: su considerable acné era una entidad viva que amenazaba tomar el rostro. Había sobre la alfombra cuatro cajas con objetos varios, desde videocasetes hasta pisapapeles y un portarretratos desde el cual Carolina nos sonreía con una mirada cómplice.

No debía pensar en ella. Ella no había hecho más que actuar de manera innoble en una situación innoble, creada por mí. No podía acusarla de haber sido incapaz de trascender la situación; no podía acusarla de no haber hecho lo que yo no había hecho.

En las paredes había retratos del papá de Ricardo. La barba negra, la melena desprolija, los ojos torvos, los labios finos. Un rostro común, uno más de esos chicos de clase media que quiso hacer la revolución, cambiar las estructuras del continente con el fervor de su idealismo y las anteojeras de su ideología, al menos al principio, antes de la corrupción, que todo lo puede con todos y nos azota de distintas maneras.

—Me agarraste a tiempo. Ya era hora, nunca estuve contento en este trabajo. Las oficinas de *Digitar* son un lujo en comparación. Amplios ventanales, aire fresco.

Lo miré sin decir una palabra. Había venido a insultarlo porque lo consideraba el culpable principal de los rumores propagados sobre tío David; lo de Carolina se había inmiscuido, pero no debía ser importante: él sólo se había beneficiado de la situación.

No sabía por dónde comenzar.

—¿Me buscabas para algo urgente? Sí, ya sé, te debemos de unos cuantos artículos. ¿Podrás esperar un par de semanas?

Me senté en el sofá marrón de resortes que se hundieron ante mi peso. Ricardo siguió embalando. Traté de no fijarme en sus mejillas picadas; no pude: me parecieron repulsivas.

—Creí que seguirías con ambos trabajos.

—*Digitar* está creciendo un montón. Y ya era hora de irme. Aquí nunca me aceptaron del todo. Querían que sacara de las paredes las fotos de mi papá, por ejemplo.

—No sé mucho de él.

—Nadie sabe de él. Ha dejado de ser una persona, se ha convertido en el Traidor. Nadie sabe que estuvo dispuesto a sacrificar su vida y su familia por conseguir una sociedad más justa. Que arriesgaba todo por venirnos a visitar, y cuando estaba con nosotros se portaba como si no pasara nada, sin siquiera mencionar el tema político delante de mamá o sus hijos. Quería protegernos con la ignorancia, y jugaba con nosotros mientras la procesión iba por dentro. Le gustaban Dylan y Credence. Leía a Cortázar y a Dostoievski. Era tímido con las mujeres. Admiraba al Che, a Franz Fanon y a Juan José Torres. Tenía una mente estratégica de primer nivel; Reissig se llevó las flores, pero él sólo daba las indicaciones generales y en realidad era mi papá quien planeaba los detalles de los asaltos.

Su voz amenazaba resquebrajarse. Se calló.

—Difícil lo que nos tocó —dije—. Yo también tengo que lidiar con esto de ser hijo de alguien conocido. A ratos incluso pienso que ésa es la razón principal por la que me fui quedando en Estados Unidos.

—Es más difícil aún si la persona que todo el mundo considera culpable es inocente.

—O viceversa.

—Eso ya no sé.

—Supe de algunas cosas que dijiste sobre mi tío.

—Ah, era eso —se detuvo—. Dicen que dijo. No fui el primero, ni seré el último. Toda versión oficial tiene su versión alternativa.

—No se trata de versiones oficiales. Se trata de cómo ocurrieron realmente las cosas.

Ricardo se acercó a los retratos en la pared y tomó uno entre sus manos.

—¿Cómo sabes cómo ocurrieron las cosas? —alzó la voz— ¿Estuviste ahí? ¿Y por qué te molesta tanto? El problema no es ni siquiera tu papá. No quiero destruirlo a él, lo único que quiero es recuperar al verdadero René Mérida.

—¿Destruyendo a mi tío de paso?

Abrió una de las cajas ya embaladas. Sacó una carpeta y me la dio. Estaba llena de hojas escritas a máquina.

—Son fotocopias, quédate con ellas. Te puedo mostrar los originales, si quieres.

Eran cartas. Leí la primera, dirigida a *Adorada Salamandra*. Llegué hasta la mitad, me salté hasta el final en la tercera hoja. No estaba firmada. Seguí leyendo: intensas cartas de un amor furtivo, con una pasión que yo jamás había sentido y a la que tuve dolorosa envidia. No me fue difícil intuir de qué se trataba: armar inmediatamente una historia escandalosa. La de papá y tía Elsa en la oscuridad de esos tiempos violentos, mientras tío David miraba a otro lado o se hacía. Sentí con violencia la falta de aire en el recinto.

—Tu papá se enamoró de tu tía —dijo Ricardo, paladeando lo que vendría, su lenta enumeración de lo ocurrido, rescatado del pozo de las conjeturas para mi beneficio—. Tanto, que decidió dejar la política, fugarse con ella a otro país e iniciar una nueva vida. Un plan melodramático, muy típico de tu papá, que parecía estar condenado a los gestos grandilocuentes, a las grandes declaraciones de amor.

Hizo una pausa.

—¿No está claro eso al final de su novela? —continuó—. Bernard, el que hace de tu papá, se arrepiente de haber venido y quiere volver a Berkeley.

—Estás proyectando una vida en una novela. *Berkeley* no son las memorias de mi papá.

—¿No proyectamos todos? ¿No lo hacen los mismos escritores? Esconden sus verdades más profundas en el lugar más visible del texto, y luego las protegen diciendo que se trata de una ficción.

Se sirvió un vaso de agua. Me preguntó si quería; quería, pero dije que no.

—Tu tío —continuó—, sabía de la relación porque no era muy disimulada que digamos; tu papá hacía lo que le daba la gana y luego dejaba que los demás se esforzaran por comprenderlo y terminaran justificándolo. Tu tío no dijo nada hasta que se enteró de los planes de fuga. Fue entonces cuando decidió actuar y los entregó a los militares. ¿Tú qué crees, que se salvó de pura suerte, que se equivocaron y lo dejaron como muerto? Algo les salió mal, al menos. Lo tenían que herir, para que pareciera que él no tenía nada que ver. Casi lo mataron.

—¿Cómo conseguiste las cartas?

—Papá las había dejado guardadas en un cajón. Mamá jamás quiso abrirlo. Lo abrí hace un año. Mi papá era el confidente del tuyo, la persona en quien más confiaba.

—Pudiste haberlo hecho público.

—Esto sólo prueba que Pedro Reissig y Elsa tuvieron una intensa relación amorosa. Nada más. No tengo pruebas de que David haya hecho nada. Lo que intenté hacer, y de ahí los rumores, de ahí el video, fue ponerlo nervioso, hacerle saber que sabía, y ver si eso lo quebraba y terminaba confesando. Logré desestabilizarlo, eso seguro, pero nada más. ¿O tú crees que la bomba que pusieron en la puerta del canal fue casualidad?

—Eso no tiene nada que ver. Hasta lo anterior, tu historia es creíble. Esto ya es paranoia pura. Mi tío apenas sale de la casa.

—No tengo pruebas. Pero no creo en coincidencias. Una bomba destroza el jeep parqueado al lado de mi auto, a minutos de que yo entre a él, y la gente dice que esto tiene que ver con Villa. ¿No sería más fácil pensar que tiene que ver conmigo? ¿Que el Comando de Reivindicación Nacional es una tramoya de tu tío para esconder su intento de deshacerse de mí?

No contesté nada. Me sentí muy cercano a Ricardo. Algo me había identificado con él desde el comienzo de nuestra relación; esa identificación se había profundizado. No creía en todos los detalles; sí, en el argumento central de su historia.

Antes de cerrar la puerta tras de mí, no pude continuar reprimiéndome y se lo dije:

—Sé lo de Carolina. No creas que estoy molesto contigo. Tú no tienes nada que ver. Además, hace mucho aprendí que no vale la pena pelearse por una mujer.

—¿Y por qué vale la pena pelear, entonces? —respondió—. Si no estás molesto, es porque no la querías, y punto. Porque yo tuve todo que ver. Todo.

Las respuestas de Ricardo tenían la virtud de dejarme callado.

Me fui de la oficina pensando que Villa tampoco me había mentido. No era coincidencia que papá llamara Salamandra a Elsa. La vileza cometida con su hermano había sido su forma de redimirse de un crimen vil.

Como un papel que arde lentamente en el fuego, la imagen de papá crepitaba en mí y se difuminaba. El dolor me quemaba el pecho.

Mi tío estaba en el container cuando llegué. Ingresé a la sala procurando no hacer ruido. Por las cortinas descorridas entraba la luz a raudales; las dejé así para controlar si venía. La agigantada sombra del limonero se posaba en el patio desprolijo.

La misma letra «o» desalineada, la intermitente barra de la «t»: no fue difícil comprobar que las cartas habían sido escritas con la Smith Corona verde, ahora posada y quieta en uno de los pedestales. Como si los trazos de la pasión que la mano enseña pudieran ser escondidos por la formalidad tipográfica, por la tecnología de un medio de comunicación que supuestamente distanciaba al autor de su producto (y por eso la temblorosa firma a mano en todas las cartas y documentos escritos a máquina, por eso la tinta personal después del intento de impersonalidad). Pero esas cartas no escondían nada, y la máquina servía para transmitir el producto de un corazón desgarrado, cuyos ecos aún resonaban veinte años después.

Lo que todavía no entendía: cómo era tío David capaz de preservar ese artefacto que le hablaba de un tiempo infame, arreglar la sala como un homenaje a *Berkeley* y encargarse de mantener viva la memoria del autor de la novela. ¿O acaso podía hacerlo precisamente porque había sido capaz de enviar a la muerte a su hermano, y con él a su esposa, y con ellos a otros inocentes? Acaso todo esto hablaba de un equivocado intento de expiación de la culpa, de búsqueda de redención.

No importaba eso. Yo vivía con el asesino de mi padre, y debía hacer algo al respecto. Debía mantener la cabeza fría.

Fui a mi habitación, donde tenía el archivador con los Criptogramas que me había dado mi tío, y las páginas recortadas del periódico con los crucigramas desde que había llegado. Precisé ciertas fechas. Luego revisé los crucigramas correspondientes a ellas.

Ruso, verdadero inventor de la televisión en 1908. Computadora inventada por Von Neumann. Las tres bombas habían explotado los viernes, cuando salía el crucigrama. Revisé cada uno de ellos; escondidas entre tantas referencias a los medios de comunicación, encontré, el día de la bomba en el Correo, referencias al sistema postal; a la televisión, el día de la explosión en el canal; a las computadoras, el último viernes, día de la bomba en Digital Global Service.

Él sabía de las bombas antes de que ocurrieran. Bombas que formaban una cadena, que escondían en la protesta a la extradición de Villa su verdadero objetivo. A mi pesar, tuve que darle la razón a Ricardo: sólo una bomba había importado: la que destrozó el jeep en la puerta del canal, la que falló en el intento de llegar a él. Las otras habían servido para distraer la atención hacia un inexistente Comando de Reivindicación Nacional.

Debía conseguir las cartas enviadas al periódico por el Comando. Me acordé que *El Posmo* había publicado en su primera página una copia de una de ellas. Busqué en la despensa. Comparé las letras con las de la Smith Corona. No eran las mismas.

Se me ocurrió revisar la Underwood negra al lado de la Smith Corona. La apretada *s*, la borrosa *a*. Eran las mismas. Acaso todo ese museo de artefactos no servía más que para esconder esas dos máquinas en plena sala principal. «Sólo colecciono objetos que permiten comunicarse a distancia. Porque, ¿sabes? Ésa es la mejor manera de comunicarse. A distancia. La presencia de la gente sólo obstaculiza la comunicación.»

Había algo más, y a la vez sólo se trataba de eso. De los desajustes que nos ocasiona la presencia de otras personas, de las pasiones que despiertan y los excesos que desbordan ante el contacto de otras pieles, ante el dulce temblor de una voz en la misma habitación y de una mirada inquisitiva que nos penetra y nos pierde. La presencia de la gente sólo obstaculiza la comunicación; a la vez, esos obstáculos *son* la comunicación.

Imaginé a un hombre en un container, fabricando bombas rudimentarias pero poderosas para llevar a cabo el plan que lo mantendría en libertad. Un hombre que siente que con el tiempo ya ha pagado todos sus pecados, se resiste a la idea física de la cárcel aunque no necesita de ella, porque ella ya está en esas voces muertas que todos los días le susurran su crimen al oído. Voces que logran materializar lo ya incorpóreo y son la prueba más concreta de que su invento conceptual es real. Los muertos nunca están muertos del todo, flotan en las coordenadas del tiempo y del espacio, en un pasado que a ratos se inmiscuye en el presente y trastorna el futuro.

¿Debían los hombres tener perdón por errores cometidos veinte años antes? ¿Había encontrado papá, en la política y luego en el amor, la redención a un crimen gratuito de la adolescencia? ¿No había su hermano pagado ya todas sus culpas?

No debía conmoverme. Había errores y errores. ¿Cuál era el álter ego de tío David en *Berkeley*? ¿Acaso también, como su hermano, Bernard y Xavier a la vez?

Me senté en uno de los sillones. El caso estaba cerrado. Debía ir a la policía.

Pero, si era justo, ¿no debía también hacer público lo que sabía sobre la muerte de Miguel Arnez?

Callaría ese tema. No había pruebas, se trataba sólo de la palabra de un narcotraficante. A papá —a ese angustioso hueco en mi pecho que era papá— le podía perdonar cosas que jamás toleraría de otras personas.

Nadie sabría de mi cansancio. Debía irme de Río Fugitivo, volver a Madison.

—No todo es como lo piensas —la voz me asustó. No lo había oído entrar. Se me acercó con pasos lentos, firmes. Se me ocurrió que estaba armado. Apreté las fotocopias.

—Soy culpable de algunas cosas —continuó—. Más que de haber hecho algo, soy culpable de no haber hecho nada.

Miró a su alrededor, como cerciorándose de que estábamos solos. Parecía desorientado. El pelo en desorden, la camisa desabotonada. Traté de controlar el ligero temblor de mis labios.

—Te extrañé por la tarde —dijo—. Pensé que ibas a volver temprano.

—Tenía cosas que hacer.

—Fui a la tienda a comprar empanadas para el té. Me acordé que te gustaban las con queso. De niño. ¿Te siguen gustando?

—Me siguen gustando.

A pesar de que hablaba despacio, sus palabras retumbaban en la sala. Y podía decir cosas inofensivas, pero había algo amenazante en el tono, o al menos así lo sentía yo.

—Un día... —dijo de pronto— René me dijo que quería hablar conmigo. Me pidió que no saliera de mí. Acepté. Lo notaba extraño. «Estoy seguro —dijo René, medio comiéndose las palabras—, de que el traidor en nuestro grupo es Pedro.» «¿Por qué haría una cosa así?», le pregunté. «Está cansado de la lucha —dijo René—. Ya no cree en sus propias palabras. Y quiere irse del país con Elsa. Sí, sí, Elsa, no me mires así. Pero no está dispuesto a sacrificar su gran imagen revolucionaria. Ha contactado al gobierno para negociar las condiciones de su partida. Y le han dicho que lo van a dejar salir, a cambio de que entregue a su gente. Lo van a dejar salir, y no van a tocar su imagen.»

—¿Te imaginas? —continuó mi tío, la mirada sombría—. René era el hombre de confianza de Pedro, debía saber por qué lo decía. Le dije que no hiciera nada hasta asegurarse de la verdad. ¿Le creía o no? Pedro era capaz de muchas cosas, pero, ¿de eso? Decidí no creer a René, aunque, te lo confieso, fue sin convicción. Quise contárselo a Pedro, pero me quedé callado.

El día de la reunión, al ver que no llegaba René, se me cruzó que algo ocurriría. Una vez más, me quedé como paralizado y no dije nada. Hubiera querido tener la convicción. Hubiera querido tenerla.

Estaba a un metro, su aliento a alcohol me golpeaba y podía ver algo de caspa en su pelo. Su voz no temblaba; paradójicamente, hablaba con convicción de su falta de convicción. Yo me pasaba la mano por la frente y movía negativamente la cabeza, esta vez incapaz de creer. Sentí que esa gran sala se había achicado, que no había espacio para que respiráramos los dos a la vez. Hurgué en mi interior en busca del cariño que le tenía; lo encontré, pero no pudo salir a flote, amordazado como estaba por el miedo, por la decepción.

—Debí haber aceptado lo de Elsa; era la justa retribución después de todo. No lo hice, me perdí. Y créeme, lo vengo pagando desde entonces. No hay día que no me atormenten algunas imágenes, alguna frase, algún sonido.

—¿La justa retribución?

—Cosas de hermanos.

—¿Algo que ver con... Miguel Arnez?

—¿Quién es Miguel Arnez?

—Tú sabes quién es. La Salamandra. Un chico del colegio que mi papá... mató sin razón alguna. O al menos eso dicen.

Se rió con estruendo. Su risa rasgó mi pecho.

—Ah... ya me había olvidado de él. Tampoco hay mucho para recordar. Tantos años, de pronto me traes un fantasma de la adolescencia. Miguel Arnez se suicidó. No hubo ninguna duda al respecto. Sus huellas estaban en el revólver. Y tenía motivos más que suficientes para hacerlo. ¿Sigues con las salamandras? Puedes decir lo mismo de los puentes. En el fondo, ¿quería tu papá suicidarse lanzándose de un puente? ¿Y por qué los Cuervos Anacoretas siempre están vestidos con algo anaranjado? ¿Y por qué...? Buscabas el símbolo entre los símbolos. Pero el tema central de la novela, creo, es la imposibilidad de descifrar el sentido. Estamos perdidos en un mar de símbolos, y nos desesperamos por descubrir el que realmente cuenta. Pero los años nos gastan, y en el fondo cada pista que encontramos en el camino tiene la misma jerarquía que las demás. La salamandra es una pista más.

—Como en un crucigrama.

—Un crucigrama que no importa resolver. Un crucigrama que acaso es mejor no intentar resolver.

—Miguel Arnez tiene que existir. Me lo contó Villa.

—Villa, Villa. Te dije que tuvieras cuidado. Aunque yo te mandé a él, tonto de mi parte. Un tipo astuto, muy astuto. Un tipo sin credibilidad te hizo pisar el palito.

—¿Por qué habría de hacerlo?

—Para sentir que aún controla los hilos de la acción. Que sus palabras todavía tienen peso. Tú le diste mucha importancia, fuiste a escucharlo, le serviste de público para sus ideas trasnochadas, para sus delirantes mistificaciones. Te quiso usar para justificarse. Pero fue mi culpa, ya lo sé, yo te dije que hablaras con él.

Se detuvo, estornudó. El cansancio físico y emocional se reflejaba en su rostro. Me miró; sentí que su ojo inquieto me distraía, mientras el otro, el inmóvil, grababa cada uno de mis más ligeros movimientos, la forma laboriosa en que el aire discurría por mi garganta, mi pestañeo incesante. Yo también estaba agotado. Quise salir al jardín, llenarme de aire, olvidarme de esta historia.

—La Salamandra era el nombre de guerra de René Mérida —continuó—. Eso lo sabíamos sólo los del comando. En *Berkeley*, de manera sutil, Pedro señalaba quién era el verdadero traidor. El espía que nos vendía desde hacía meses, quizás años. Porque la historia, en el fondo, es la misma de siempre. Pedro fue un gran héroe de la resistencia. Pero era un hombre falible, y sus pequeños grandes problemas fueron su desmedida ambición, su intransigencia y el hecho de que se enamoró de mi esposa. Que me haya traicionado no significa que haya traicionado a la causa.

Quise dar dos pasos atrás, lograr alguna perspectiva sobre la historia. Los hechos se confundían, me perdía en un dédalo de interpretaciones. Me sentí mal, por haber creído tan fácilmente en las deleznables palabras de Villa sobre papá. No había pasado la prueba. Abominé de haber desconfiado de papá, haberlo creído capaz de una perversión gratuita; debí haber confiado a ciegas en él. Abominé de haber dejado que Villa me cayera bien.

Si Villa me había seducido con su relato, no debía dejar que tío David lo hiciera. No debía olvidarlo: sus propios Criptogramas, después de todo, sugerían que él sabía de las bombas. Me armé de valor. Intenté que el pestañeo amainara, que mi respiración discurriera por su ritmo normal, que las palmas de mis manos dejaran de sudar.

—No es suficiente —dije, al fin—. Tú, tú fuiste el traidor. Por despecho, entregaste a papá, a tu hermano. Veinte años después, cuando te creías a salvo, Ricardo te descubrió, y quisiste matarlo. No has terminado de pagar nada. Nunca lo harás. Y pensar, pensar que viví aquí sin saberlo.

Suspiró, movió la cabeza como incapaz de creer en mi credulidad.

—También creíste en los rumores de Ricardo —dijo—. Ah, ¿qué haré contigo? ¿No te das cuenta que la de Ricardo es una gran campaña para lavar su apellido? Una campaña desesperada, pero entendible dentro de su propia lógica. No tanto por su papá, sino por él mismo. Para comenzar de cero, para vivir sin el peso de ser hijo de un traidor.

—Los crucigramas dicen que tú sabías de las bombas. Y con esta máquina se escribió la carta del dichoso Comando. Ahora entiendo tu interés en Villa.

—¿Con esta máquina? Eso sí me sorprende. Más inteligente, o inteligentes, de lo que pensé.

Carraspeó. Hizo una pausa larga que me pareció interminable; mi mirada se enfocó en la Smith Corona, esa máquina que era capaz de convocar calles y objetos e historias y deseos y utopías y pesadillas con su agobiado tap tap.

—Pero no diré nada —dijo; su tono había cambiado, sonaba vencido—. Podría darte mil explicaciones. Lo que haré ahora es más importante para mí. Ya te dije de qué soy culpable. No entregué a Pedro, no apreté ningún gatillo, tampoco hice nada por evitarlo. Tampoco hice nada de lo que me acusas. ¿Me crees o no?

¿Se trataba de otra prueba?

—Los crucigramas.

—Sí, los hice. Pero sin ningún motivo siniestro. Un tema que siempre me atrajo, y punto. Los usaron para inculparme. Es decir, *fue al revés de lo que tú piensas*. No puse las pistas en los crucigramas para burlarme de la policía antes de cometer un atentado. Más bien, utilizaron mis crucigramas para elegir sus blancos. Alguna asociación casual en ellos fue suficiente.

—La carta del Comando.

—No la escribí —lo dijo con impaciencia, con cierto filo violento—. Pero basta. Basta. Podemos seguir hablando todo el día, cuando todo se puede solucionar con una simple pregunta: ¿me crees o no?

Me miró, pendiente de mi respuesta. Como si en mi afirmación o negación se jugara el sentido de su vida; como si todos sus actos lo hubieran conducido de manera inexorable a ese instante que lo condensaba y lo explicaba. Yo no quería responder; prefería dejar que corrieran los minutos mientras hablábamos, esperar que algo inesperado ocurriera para no tener que decir lo que tendría que decir.

—Sólo una cosa más —dije—. El cuerpo. ¿Dónde lo enterraron?

—¿Cómo puedo saberlo? Y si lo supiera, ¿crees que encontrarás ahí a tu padre? ¿En un canchón, en una fosa común? Ah, Pedrito, te falta tanto.

Había ternura en su voz. El diminutivo me recordó a Villa. También recordé los días que había pasado viviendo con él, nuestras charlas serias y las intrascendentes, y cómo había llegado a conocerlo un poco más y en el camino quererlo mientras aprendía de sus invenciones manuales y verbales y de su magnífico homenaje a papá y de esos tortuosos años de su vida imbricados, de manera accidental, con la historia del país. Y me dije que, más que enfrentarme a él, de una vez por todas debía enfrentarme a mí mismo y responder a su pregunta.

—No —dije, enfático—. No te creo.

—¿Eres capaz? —preguntó.

—Lo seré.

Se hincó en el suelo y apoyó su cabeza en mis faldas. Al rato, con sorpresa, lo escuché sollozar. Era un sollozo débil, lastimero, que recorrió mi cuerpo y me hizo cerrar los ojos: vano esfuerzo por lograr que el encantamiento me recuperara para él, al menos por ese fatigado momento.

Epílogo

Fue un viaje largo, o al menos así lo sentí. Suspendido en la enceguecedora claridad del día, el avión de American Airlines fue cortando el espacio, deslizándose casi sin ruido y sin turbulencia rumbo a Estados Unidos. Mis compañeros de vuelo roncaban o leían o miraban la película (una de Tom Hanks), mientras ojerosas azafatas que hace días no llegaban a casa merodeaban por los pasillos en fingida actitud de interés por lo que ocurría en torno a ellas.

Quise dormir para no pensar; no pude. Intenté ver la película y me perdí al seguir su soporífica trama. Me quedé a medias en un crucigrama del *New York Times* en mi Palm Pilot. Jugué Dope Wars sin prestarle atención a la pantalla. Quise escribir en mi iBook, y no pude hilar dos frases. Incluso acepté la charla de una vieja divorciada que bebía vino tinto como si estuviera celebrando la muerte de su ex esposo; su voz ronca me hirió los oídos y a los pocos minutos tuve que cambiarme de sitio.

No quería pensar. Sólo deseaba alejarme lo más pronto posible de Río Fugitivo, escaparme de esa ciudad como lo había hecho antes de Madison, como si una cualidad que acabara de descubrir en los espacios que habitaba fuera su capacidad para expulsarme de ellos como si se tratara de una maldición, o mejor, parecía que una de mis cualidades fuera escapar de los espacios que habitaba como si ello significara el fin de mis pesares. Pero no había ningún fin, y la terca rueda de la vida y sus sorpresas se agazapaba para saltar sobre mí apenas arribara al aeropuerto de turno, y volviera a convivir con seres tan, o más, o menos falibles que yo. Quizás había vivido demasiado tiempo de prestado, con el viento a mi favor. Quizás era cierto que todo, tarde o temprano, se pagaba.

Carolina había aparecido en el aeropuerto. Me sorprendió toparme con ella en un puesto de revistas, mientras hojeaba la primera edición en español de *NewTimes*. Estaba linda, la mirada vivaz y la sonrisa burlona. Apretados pantalones negros, chamarra de cuero negro. El clip sobre la ceja, lacerando la carne con poesía.

—¿Algo tuyo? —me dijo—. Una frase que explique nuestros problemas, que los diagnostique de una vez por todas y para siempre. Como dijo el doctor Pedro Navaja, profesor auxiliar de ciencias políticas...

—No te queda el sarcasmo.

Desde la portada de una revista paceña, el líder indígena de Achacachi nos miraba, despectivo; acababa de fundar su partido político y el líder de los cocaleros del Chapare lo desconocía como representante del movimiento indígena. En un subtítulo, Montenegro afirmaba, desdiciéndose de anteriores declaraciones, que la erradicación total de la coca era imposible. Debía escribir un artículo al respecto.

—Federico te envía un gran beso —dijo.

—Pasé por su casa para despedirme. Me preocupa. Me dijo que no me sorprenda si un día de éstos toca el timbre y se me aparece en Madison.

—Caerá parado, ya verás. Déjalo disfrutar de su falta de trabajo. Sólo tú puedes creer que sufre. Eso sí, está gastando rápido todos sus ahorros. La recesión...

—No tengo ganas de hablar de eso. Me contó Fede que Carlos se enteró de lo de su esposa, la encaró y ella no lo negó. El pobre está que no sabe qué hacer.

—Ningún pobre. Que se joda.

Los extrañaría hasta llegar a Madison. Una vez allí, como ninguno de ellos escribía emails, los olvidaría hasta alguna noche de soledad en que el vino me pondría nostálgico, o hasta mi próximo regreso, que esta vez avizoraba lejano (siempre era así cuando me iba; un par de meses después, comenzaba a tramar el regreso).

—Decidí volver a trabajar en la Ciudadela. Necesito el dinero. Por favor, no hagas ningún comentario. Sé lo que piensas.

—Soy el menos indicado para hablar.

—Así que te vas. Creí que no te dejarían, tan pronto.

—Ya declaré lo que tenía que declarar. Con las pruebas que encontraron y la confesión, no hay por dónde perderse. Cualquier cosa urgente, dije que estaría a su disposición.

—Una pena, me caía muy bien. Todavía no lo puedo creer.

—Es lo mismo que dice Federico.

—Él extrañará sus crucigramas. Eso es lo que menos me importa. Disculpa que te lo diga, pero, a pesar de todas las barreras que ponía entre él y los demás, se hacía querer.

—Eso era lo peligroso. Eso es siempre lo peligroso.

Había entregado a la policía todas las pruebas en mi poder. Cuando encontraron materiales para fabricar bombas caseras en el container, tío David dijo que no sabía quién las había puesto allí; luego, terminó confesándose culpable de todo lo ocurrido. Era una historia triste. Su confesión me dolió de manera inesperada, como si una parte mía cuya existencia yo no conocía se hubiera negado hasta el final a creer en su culpabilidad. Era, acaso, la parte que supo de acrósticos y crucigramas y trucos de magia gracias a él, en los nebulosos territorios de la infancia; la parte que volvió estos meses a descubrir su lado entrañable, su frustración de inventor, su angustia ante una realidad que se cerraba en torno a él y a la que le costaba cada vez más entender.

—En realidad no vine a despedirme —dijo Caro—. Sólo quería entregarte esta caja.

Me la dio; era de zapatos, estaba forrada con papel periódico.

—Tampoco te queda el romanticismo —dije—. No sé si vale la pena guardar recuerdos.

—Al menos revísalos antes de botarlos.

Me besó con apuro en la mejilla derecha —una furtiva caricia con los labios, como el contacto con las alas de una mariposa—, me dejó algo en la mano y se perdió entre la multitud. Me quedé sorprendido, sin reacción alguna. Abrí la mano: era la cadena de plata con la imagen de la adolescente Cristina grabada en metal. No tuve valor para ponérmela, y me la metí al bolsillo. Quizás habíamos perdido una gran oportunidad. Quizás no nos quedaba otra que perderla: no era extraño, las chances de que ello ocurriera eran más altas que las de que hubiera un mutuo interés. El mundo estaba poblado de seres con amores desencontrados, corazones que latían para la indiferencia, vidas dedicadas en vano a otras vidas, o quizás no en vano, quizás ser fiel a los propios sentimientos era una forma exaltada de redención, y se hallaba en un plano más elevado que la narcisista y banal búsqueda de correspondencia.

Luego me molestó tener una caja entre mis manos: ¿qué diablos haría con ella? Seguro eran recuerdos de nuestros días juntos, fotos y algunas cartas que jamás se había animado a enviarme, los inevitables objetos que acumula cualquier relación, incluso aquélla de amores contrariados. La cadena hubiera sido suficiente gesto de despedida.

Metí la caja en mi equipaje de mano, junto al ejemplar de *New Times* para el cual algún día volvería a escribir, gran comentarista profesional sobre Latinoamérica y sus múltiples crisis, autor de diagnósticos de dos minutos y recetas de treinta segundos que no alcanzaban a rasguñar la magnitud del problema (pero debía hacerlo; de otro modo, alguien acaso más incorrecto que yo lo haría).

—¿Algo de beber? —me preguntó la rubia azafata. Tenía acento colombiano.

—Whisky, por favor.

En el aeropuerto de Miami, rodeado de latinoamericanos de todas partes, mientras hacía la obligatoria cola para que el bigotón agente de migraciones cubano o puertorriqueño me sellara el pasaporte y me diera el permiso de reingreso, se me ocurrió que, si hubiera vivido un poco más, papá quizás le habría dado otro sentido a *Berkeley*. Papá quería abandonar la política e irse, fugarse con la tía Elsa, con la Salamandra, a Berkeley, ese su paraíso perdido. Plan utópico si los había: papá no podía entrar a Estados Unidos, al menos no legalmente. ¿Cruzaría el río Grande? ¿Falsificaría su pasaporte?

Eso no importaba: quizás no era necesario volver al paraíso para recuperarlo. Tal vez no era suficiente irse para perderlo. Quizás papá hubiera descubierto más temprano que tarde que en realidad nunca se había ido del todo de Berkeley, nunca había perdido del todo a Berkeley.

Fue un viaje largo, o al menos así lo sentí. A medida que me acercaba a Madison, contemplando a través de la ventanilla del Embraer bosques interminables y lagos y pueblitos, comenzaba a extrañar Río Fugitivo pese a mis esfuerzos por no acordarme de nada de lo ocurrido allí, y mis ganas de reencontrarme con Ashley eran reemplazadas por una turbadora sensación de pánico. Era de esperar. ¿Cómo sería el encuentro? ¿Qué haría ella al verme en la puerta de su casa? ¿Dónde estaría Patrick?

La imaginé desnuda en la cama de un hotel barato de la Ruta 15, la larga cabellera escondiéndole el rostro, la piel húmeda y con un resplandor salvaje, la inquieta respiración ahogada por la voz de Shirley Manson en la pantalla del televisor. Yo miraba en el espejo sobre la cama su cuerpo por fin quieto, reflejado en toda su vulnerable plenitud.

Yasemin me esperaba en el aeropuerto, desierto al filo de la medianoche. Le había escrito un email pidiéndole que me fuera a buscar. Parecía recién salida de la cama, con buzo azul y sandalias. En el trayecto a casa, me contó que su novio había tenido que venir a visitarla para darse cuenta de que ya no lo amaba, y que se había mudado al departamento de Morgana.

—Creí que sólo estabas experimentando.

—Experimentar no tiene que ser una preparación para una etapa superior. El experimentar puede ser un fin en sí mismo, se puede vivir para eso.

Yasemin tenía una teoría para cada uno de sus actos. Yo no quería meterme tan rápido en una agotadora discusión seudofilosófica. Al menos no esa noche.

—¿Y Joaquín?

—Anda a bit disappointed. Su working group se desarmó. Los puertorriqueños tenían su own agenda, lo mismo los hindúes que decían estar interesados en

Latinoamérica. Al final, todo es quote unquote identity politics. Nadie puede hablar de un tema que no tenga que ver directamente con su problemática local.

—Así es el nuevo orden global: cada vez más localista.

—Por eso yo mejor me mantengo al margen. But don't worry: Joaquín volverá a la carga sooner than we think.

Me pidió que le contara de mis vacaciones, y así lo hice, seleccionando las partes más inofensivas de la historia.

—That's all?

—Pretty much.

—¿Y por qué volviste tan rápido?

—Me aburrí. Y tampoco había mucho más para investigar. No descubrí ningún manuscrito secreto, ni me enteré de nada muy diferente a lo que ya sabía antes. ¿Qué más? Los amigos, la comida, la vida social, la hemeroteca, las entrevistas a la gente que conoció a papá. No hay más. Río Fugitivo no es Nueva York.

—Tampoco Madison. Jamás me harás creer que es más aburrido que esto. Your book?

—Ya hice toda la investigación. Sólo me falta escribirlo.

¿Por qué le mentía a ella, que era mi amiga? Estaba visto que no era fácil perder ciertas costumbres.

—¿Enseñarás este semestre?

—Tengo licencia hasta diciembre. No sé, tengo que pensar muchas cosas. Tomar decisiones importantes. No sé si esto es lo mío. Don't get me wrong, me gusta enseñar. Pero me pregunto si no hay otras cosas que me gustan más que enseñar.

—Tu fantasía de la política.

—¿Por qué no?

—Porque es sólo eso, una fantasía que sirve mientras no la tengas. Nos gusta tener un plan B, fantasear con el what if, con la posibilidad de reinventarnos. Pero eso no significa que debamos hacerlos realidad. Precisamente, su fuerza deriva de que siempre estarán ahí, irrealizables en nuestra imaginación.

—No sé, no sé. Tengo hasta diciembre para pensarlo.

Me ofreció quedarme en el departamento de Morgana; le dije que lo menos que necesitaba era que en el Instituto se enteraran de que estaba viviendo con dos estudiantes. Le pedí que me dejara en el Holiday Inn; luego me pondría en campaña para conseguir un nuevo piso.

Me dejó. Un botones se acercó a cargar mi maleta. Cuando Yasemin se iba, no pude resistir preguntarle qué era de Ashley.

—Hace mucho que no la veo —dijo, moviendo la cabeza en un gesto de resignación—. Me dijeron que abandonó el programa, pero que seguirá aquí hasta que su esposo termine el pos-doc.

Esposo. La palabra sonaba extraña.

—Hace frío aquí.

—No te vuelvas a meter en líos, Pedro.

—Trust me.

—Famous last words.

Hubo un par de veces en que llegué a la puerta de la casa de Ashley. Desde mi auto estacionado en la vereda del frente, encendí un cigarrillo y recordé la noche en que hicimos el amor en el porche, mientras Patrick tocaba el saxofón en el segundo piso, la ventana iluminada y la larga silueta recortada contra el computador en la mesa (lo último era mentira, pero así recordé esa noche).

Ahora esos momentos se habían desvanecido. El porche estaba vacío bajo la luna llena; la ventana iluminada dejaba ver unas siluetas que iban y venían. Se me ocurrió que así comenzaban los stalkers: hombres o mujeres que deambulaban como fantasmas alucinados en torno a las casas donde vivía el objeto de la pasión no correspondida. Pero yo no era uno de ellos, me decía; Ashley me correspondía y sólo era cuestión de una palabra mía, o acaso un susurro fuera suficiente, o un gesto, el dedo en la nariz en procura de compartir un antiguo secreto. ¿O cuántos más lo sabían?

No era uno de ellos. Y, sin embargo, me faltaba el valor para hacer el acto que había que hacer, dejar de lado mi meditabunda parálisis y bajar del auto y cruzar la calle y tocar el timbre y enfrentarme a Patrick; decirle que no era su culpa, tampoco la mía, sino de la vida y sus azares, que todo lo quieren inquieto, perturbado y sin concierto. O quizás Patrick no estuviera, y Ashley me esperara en el vestíbulo con una maleta bajo la luz mortecina, lista para la fuga. Adiós, Madison, adiós: la vida ordenada fue buena mientras duró.

El acto que había que hacer no era hecho, y pasaban los días.

Así se fue la primera semana. La segunda todo cambió, cuando Yasemin me llamó una noche con urgencia, para contarme de lo que se acababa de enterar: Patrick y Ashley se iban al día siguiente de Madison, para siempre. Apenas supo de mi regreso, Patrick decidió que era hora de marcharse rumbo a Amsterdam.

—Se van en el vuelo de las diez a Nueva York. Trata de confirmarlo por tu lado. Lo que te digo son rumores. Hace tiempo que no la he visto y, que yo sepa, nadie la ha visto.

Debía haber ido ese mismo instante a casa de Ashley. Opté por aparecerme temprano, sorprenderlos en la puerta cuando estuvieran a punto de dirigirse al aeropuerto, demorar el momento del encuentro lo más que pudiera. Opté por el melodrama.

Estacioné frente a la casa de Ashley. Había comprado el *New York Times* y un capuchino con un croissant de chocolate. Pasó un par de ancianos sin dientes, luego una pareja joven trotando en shorts en la fría mañana.

No abrí el periódico, tampoco probé el capuchino ni el croissant. Me dediqué a mirar de reojo la puerta. De rato en rato observaba con disimulo el reflejo de mi rostro en el retrovisor, me acomodaba y reacomodaba el peinado, y me arreglaba la camisa Polo blanca que me iba quedando ajustada. Me había puesto los lentes de contacto, olía a Boss. Mis zapatos cafés de gamuza habían cumplido hacía rato su ciclo de vida.

Pasaron las horas y la puerta no se abría. A la media mañana, entendí que había habido un cambio de planes, y decidí ser valiente y acercarme y tocar el timbre.

Patrick me abrió. Tenía la barba crecida y descuidada; todo en él remitía a una sucia dejadez. Me vio, y volvió a entrar, dejando la puerta entreabierta. Sus pasos eran tentativos, o al menos eso me parecieron. Entré tras él.

Me sorprendió ver una casa sin muebles y sin cuadros en las paredes. Parecía no estar habitada. Patrick se detuvo en el rellano de la escalera y me dijo que nadie me había dado permiso para entrar. No había molestia en su tono, sino indiferencia; era el hombre que había atravesado lo peor y estaba preparado con resignación para cualquier cosa. Le pregunté dónde estaba Ashley.

Me contó con desgano —aparentando desgano, porque en el fondo deseaba contármelo— que un día, hacía un par de semanas, había llegado a casa y la había encontrado vacía. Los vecinos le dijeron luego que un camión de mudanzas había recogido todas las cosas, con el permiso de Ashley. Ella también se había ido, en el Saab. No había terminado de pagar el Saab, y los muebles de la casa no les pertenecían. La policía la buscaba, pero hasta ahora no había pistas. No se le ocurría dónde podría estar; no había vuelto a casa de sus papás, tampoco los había llamado.

Patrick no sabía de dónde sacar dinero para pagar los muebles y el auto; no quedaba un centavo de su herencia, Ashley lo había perdido todo haciendo internet trading.

Me dijo, acariciándose la barba, apoyando una mano en la pared desnuda, que creía que ella se había ido con otro hombre, pero ya no le importaba. Le había dado todo, y no había sido suficiente. Había analizado cada uno de sus actos, y estaba seguro de no haberse equivocado en nada. Todo ello le hacía pensar que lo ocurrido era inevitable. Ya se había resignado a la pérdida, y me aconsejaba que hiciera lo mismo. Quise creerle, pero era imposible. La gente que dice que se ha resignado a la pérdida es la que menos se resigna.

Le di las gracias y me marché. Me pregunté si no había sido injusta tanta culpa, tanta angustia. Quizás yo había sido más inocente de lo que pensaba. Quizás no. Nunca lo sabría del todo.

Lo primero que hice al llegar a mi habitación en el hotel fue buscar consuelo en la caja envuelta en papel periódico que me había dado Carolina y que había dejado sin abrir en un ropero.

La abrí esperando encontrar fotos de mis días felices con Carolina. Lo que encontré, sentado en el suelo alfombrado, fueron fotos y cartas de la pareja más enamorada que había visto jamás. Tío David y mi madre. Fotos íntimas en la crepuscular habitación de un hotel. Las cartas de mamá escritas a mano; las de tío David con la máquina Underwood de los errores ya fácilmente reconocibles por mí; las letras uniformes y no tanto procurando en vano ocultar las señas de la pasión.

Tío David y mamá, antes y después de mi nacimiento. Lo que contaban las cartas era el lógico, contundente corolario de la historia.

Ahora sí, todo adquiría mayor sentido y a la vez se tornaba borroso. El cierre era un nuevo comienzo, y David no había estado lejos de la verdad. Ricardo había descubierto las cartas entre Pedro y Elsa. Se convenció de que el traidor no era su padre, sino David. No tenía pruebas concretas, y, acaso, decidió fabricárselas, utilizando definiciones de los crucigramas de David para crear todo el cuento de las bombas e incriminarlo. Carolina debía haberlo ayudado: ella, después de todo, había pasado muchas horas sola en casa de David. Ella bien podía haber utilizado la máquina en la sala para escribir la carta del Comando. Ella bien podía haber dejado la evidencia incriminatoria en el container. Ella bien podía haberme usado para acercarse a David.

Pero el traidor en el grupo no era David. Era, acaso, aquel del que se había sospechado siempre: René Mérida. Mérida, a cargo de los planes estratégicos, pasaba información a los servicios de inteligencia; por eso los planes fallaban con frecuencia. Cuando se enteró de que Pedro quería dejarlo todo e irse del país en busca de un nuevo comienzo con Elsa, decidió entregarlo. Luego de usar su información para desarticular al movimiento en la calle

Unzueta, los servicios de inteligencia del Estado lo eliminaron.

También pensé en la otra posibilidad. Aquella que insinuaba que Pedro era el traidor, alguien capaz de entregar a sus camaradas al gobierno y fabricar su escape con Elsa para mantener intacta su leyenda plagada de mentiras. Pero algo había salido mal, o quizás simplemente el gobierno le había hecho creer a Pedro que todo ocurriría de acuerdo con lo planeado, cuando había decidido desde el principio que tanto él como Elsa serían también asesinados. Pedro nunca volvería a Berkeley, al menos no al real, y mucho menos tras haber pagado precio tan alto por ello.

Conjeturas, conjeturas. Todo venía a mí, yo era el lugar de encuentro de las diferentes versiones de la historia. Quería quedarme con sólo una versión y descartar las demás: así mis noches serían más tranquilas. No podía.

Continué desenredando la vertiginosa madeja. David siempre se sintió culpable por la muerte de su hermano, pero, cuando Ricardo hizo que las sospechas recayeran en él, no lo aceptó: su culpa era algo íntimo, no un relato público. *Él había matado a su hermano, pero no había matado a su hermano.*

La estocada final ocurrió poco después: el momento en que yo dejé de creer en él, su vida dejó de tener sentido. El momento en que dejé de creer en él, volví a perder a mi padre. Por eso, sólo por eso, había confesado hechos no cometidos.

Conjeturas, conjeturas. Lo único cierto era que yo había buscado a papá en lugares lejanos y equivocados. Debía haberlo buscado en una casa en Río Fugitivo, mientras hacía crucigramas y me contaba de su hermano y de las nunca perdidas del todo voces de los muertos.

Esa mañana, quise tirar a la basura mi subrayada edición de *Berkeley* y la única foto que tenía de Ashley. No pude.

Ithaca, enero 1999/marzo 2001

La materia del deseo se terminó de imprimir en octubre de 2001 en Panamericana Formas e Impresos, S.A., Calle 65 # 95-28, Bogotá, Colombia. Cuidado de la edición: Norman Duarte, Ulises Martínez, Rogelia Sánchez y Adam Sugerman.